A Faint Cold Fear Thrills Through My Veins · William Shakespeare

Zu diesem Buch

Bei dem Sprengstoff-Attentat ist niemand lebensgefährlich verletzt worden, Gott sei Dank. Aber es war schon ein mächtiger Schock für Kuhring, Brockmüller, Zumpe und die Lux – Kunststück! Wer um alles in der Welt kann ein Interesse daran haben, die ‹Sondergruppe für Systemplanung› der Euromag in die Luft zu jagen? Ratlos sehen sie sich an.

Die Polizei ist auch ratlos. Sie hat die Straße gesperrt, das Gebäude abgeriegelt, alles durchsucht . . . Gefunden hat sie nichts.

‹Owi› hat Glück gehabt – Otto-Wilhelm Ossianowski, genannt Owi, ist heute nicht zum Dienst erschienen. Er fehlt den Leuten von der Sondergruppe; sie brauchen den kleinen, verwachsenen Kollegen. Er ist ihr Hofnarr. Seit Jahren treiben sie mehr oder weniger geschmacklose Scherze mit ihm, und er läßt es sich klaglos gefallen . . . Ja, Owi hat Glück gehabt.

Und dann stellt sich heraus, daß Owi tot ist. Owi hat Selbstmord begangen, weil er sein tristes Dasein nicht mehr ertragen konnte. Weil er es satt hatte, den Hofnarren zu spielen. Weil er sich selbst im Weg war. Weil er, steht zu befürchten, ein Psychopath war.

Es wäre vielleicht richtiger zu sagen: weil er zum Psychopathen geworden war. Weil seine Umgebung ihn dazu gemacht hatte.

Dann kommt es heraus: Owi hat das Attentat verübt. Owi will sich rächen. In seinem kranken Hirn hat er einen diabolischen Plan ersonnen, seine Peiniger aus dem Weg zu schaffen. Sie sind ihm hilflos ausgeliefert, und auch die Polizei kann sie nicht schützen. Owi führt Regie – aus dem Jenseits.

-ky *ist das Pseudonym eines jungen Autors, dessen Romane* Zu einem Mord gehören zwei *(Nr. 2221), nachdem ein Fernsehspiel entstanden ist,* Einer von uns beiden *(Nr. 2244), verfilmt von Wolfgang Petersen,* Von Beileidsbesuchen bitten wir abzusehen *(Nr. 2250) und* Stör die feinen Leute nicht *(Nr. 2292) bereits in der Reihe der rororo-thriller veröffentlicht wurden. Weitere sollen hier folgen.*

-ky

Ein Toter führt Regie

Kriminalroman

rororo

Rowohlt

rororo thriller – Herausgegeben von Richard K. Flesch

ERSTAUSGABE

Veröffentlicht im Rowohlt Taschenbuch Verlag GmbH,
Reinbek bei Hamburg, Juni 1974
Umschlagentwurf: Katrin und Ulrich Mack
Umschlagtypographie: Manfred Waller

Gesamtherstellung Clausen & Bosse, Leck/Schleswig
Gesetzt aus der Aldus bei
Otto Gutfreund & Sohn, Darmstadt
Printed in Germany
ISBN 3 499 42312 X

Die Hauptpersonen

Otto-Wilhelm (‹Owi›) Ossianowski	bringt sich um, und dann erst andere.
Brockmüller Kuhring Zumpe die Lux	haben unterschiedlich viel Dreck am Stecken und werden durch den Wolf gedreht.
Volker Schloo	hat seine Gründe, wissentlich ein Dokument unzutreffenden Inhalts zu unterschreiben.
Annelie	erwartet ein Kind.
Oberkommissar Mannhardt	hat's schwer. Vor allem mit Oberkommissar Mannhardt.

Die Personen und Handlungen dieses Romans sind frei erfunden.
Auch die Euromag ist in keinem Handelsregister zu finden.

-ky

Es war und ist die Aufgabe des Krimis,
Märchen zu erzählen,
die doch die ganze Bitterkeit
und Problematik des Lebens
im 20. Jahrhundert in sich schließen.
Das macht sie so lesenswert.

Helmut Heißenbüttel

1

Heute wirst du sterben.

Der Gedanke war da, als die letzten Töne des Weckers unregelmäßig zerfielen, war da wie ein Funke, den der Organismus benötigte, um anzuspringen. Aus den Tiefen des Unbewußten hervorgeschleudert, ließ er Brockmüller hellwach werden. Diesmal hatten ihn keine Träume hochschrecken lassen, in denen er in brennenden Flugzeugen abgestürzt und von berstenden Bomben zerfetzt worden war, diesmal weckte ihn dieser Gedanke, diese Stimme, die sich in seinem Kopf verfangen hatte.

Heute wirst du sterben.

Brockmüller drehte den Kopf herum, um auf dem dunklen Zifferblatt zu erkennen, was kleiner und was großer Zeiger war. Zehn Minuten vor sechs ... Gestellt hatte er das Dings auf fünf nach sechs. Wieder ein Haufen Schlaf verschenkt. Was diese Apparate an Toleranzen hatten, war eine echte Schweinerei. Das frühe Aufstehen machte ihn fertig.

Es ist ja dein letzter Morgen.

Diese Todesahnungen! Seit Annelie schwanger war, wurde er von der Vorstellung gequält, daß er sterben mußte, bevor sein Kind geboren war. Egal ob Alexander oder Anna-Lena – er würde ihn beziehungsweise sie nie zu sehen bekommen. Er kam nicht mehr los davon, das war zwangshaft. Er war Betriebswirt, aber daß man so was Zwangsneurose nannte, wußte er. Doch wenn er sich damit zum Psychiater wagte und sein Personalchef erfuhr davon, erging's ihm noch wie Senator Eagleton: für Führungsaufgaben ungeeignet.

Heute wirst du sterben.

Zum Verrücktwerden war das! Ließ sich denn dieser verdammte Sender da im Kopf nicht abstellen!? Dr. Weiß hatte ihm Valium verschrieben, aber was half Valium gegen Todesahnungen? Es war ja auch kein Wunder, daß er langsam durchdrehte: Keine Nacht mehr als fünf Stunden Schlaf und dabei noch dreimal wach. Entweder er schnarchte und Annelie drehte ihn auf die Seite, oder Annelie mußte auf die Toilette, weil das Kind auf die Blase drückte, und er schreckte hoch, wenn sie aufstand. Mal zog er ins Wohnzimmer auf die Couch, mal sie, aber ohne den anderen neben sich konnten sie erst recht nicht schlafen, so daß zehn Minuten nach dem Umzug die Rückkehr folgte.

Er richtete sich auf. Annelie sah zauberhaft aus, so richtig Dornröschen. Sie konnte ausschlafen, sie hatte schon ihre Schutzfrist. Zehn nach sechs – raus! Sonst kam er wieder zu spät, und Kuhring machte seine dummen Bemerkungen über die Herren Doktoren, die es nicht nötig hätten. Dazu hatte er nun zehn Jahre lang studiert, gratuliere! Gähnend setzte er die Füße auf den Bettvorleger, beide zugleich.

Was nun ablief, hätte die Herren Taylor und Gilbreth, die Väter des *Scientific Management*, lebten sie noch, in Begeisterung versetzt. Brockmüller, der sich sowohl in seiner Diplom- als auch in seiner Doktorarbeit mit den optimalen Bedingungen für den Einsatz von Arbeitskraft befaßt hatte, war es nach achtmonatigen Versuchen gelungen, für all seine morgendlichen Verrichtungen den einzig richtigen, nämlich zeitsparendsten Weg zu finden. Seine Arbeitsoperationen waren, wenn auch nur im Kopf – klar in 35 Hauptpositionen gegliedert: 1. Schlafanzug ausziehen und aufs Bett werfen; 2. Schlafzimmer verlassen und Tür leise schließen, um Annelie nicht zu wecken; 3. in die Küche gehen, Vorhang aufziehen und Butter aus dem Kühlschrank nehmen, damit sie sich nachher mühelos aufs Brot streichen ließ; 4. ins Bad gehen, Tür schließen, um Annelie nicht durch rauschendes Wasser zu stören, und Vorhang zurückziehen; 5. den Transistorapparat einschalten und das RIAS-Frühprogramm hören; 6. Zähneputzen... und so weiter: Duschen – Rasieren – Ankleiden – Frühstücken – Aufbrechen; Position 35 hieß Auto aufschließen, einsteigen und losfahren.

Er schaffte es jeden Morgen in genau dreißig Minuten, Tag für Tag, vom Moment des Aufstehens an gerechnet, und ohne zu hetzen. Wenn er dennoch des öfteren zu spät kam, lag das lediglich daran, daß er manchmal nach dem Klingeln des Weckers wieder einschlief – keine Wissenschaft hat alle Variablen voll unter Kontrolle. Doch heute hatte er – ein Blick auf die Uhr und eine kurze Erinnerung an den Moment des Aufstehens – 32 Minuten und 55 Sekunden gebraucht. Das beunruhigte ihn. Ein böses Omen...?

Heute wirst du sterben.

Verdammt, er kam von diesem Gedanken nicht mehr los! *Wenn das nicht besser werden sollte, müssen wir Sie mal einem Nervenarzt vorstellen*, hatte Dr. Weiß gesagt. Und noch sechs Wochen, bis Alexander oder Anna-Lena geboren war. Endstation Wittenau...

Er konnte sich nur mühsam auf den Verkehr konzentrieren, als er die breite Königstraße entlangfuhr und links den Wannsee in der Morgensonne schimmern sah. Es sah aus wie zerknülltes Stanniolpapier.

Aber schon seit 1966, als er fürs Diplom gebüffelt hatte, litt er darunter, daß ihm mitunter tagelang dumme Sprüche oder Verse nicht mehr aus dem Kopf gingen. Das arbeitete und arbeitete, und sogar beim Koitieren war's im Gange. Nun ja, er hatte sich dran gewöhnt. Und genaugenommen war's ja auch nur eine Lappalie gegen das, was jetzt auf ihn zugekommen war. Von dem Tage an, da er wußte, daß Annelie – endlich! – schwanger war, redete er sich ein, er würde sein Kind nie erblicken. Und diese Angst wuchs mit jedem Morgen, mit dem Annelies Niederkunft näherrückte. An diesem Donnerstag schien sie ihren Höhepunkt erreicht zu haben.

Heute wirst du sterben.

Sein Herz klopfte unregelmäßig, ein Schwindelgefühl packte ihn, sekundenlang schien er zu schweben, ein-, zweimal mußte er nach Luft schnappen... Nach der starken Dosis gestern abend konnte er nicht schon wieder eine Tablette schlucken, Dr. Weiß hatte ihn gewarnt.

Es ging auch vorbei, als er in den Kronprinzessinnenweg einbog und auf dem Platz vor dem S-Bahnhof Wannsee nach Fräulein Lux Ausschau hielt. Sie war die Sekretärin ihrer Arbeitsgruppe und kam immer zu Fuß vom Nikolassteig herüber, unter der Bahn hindurch, und es war seine verdammte kollegiale Pflicht und Schuldigkeit, sie hier einzuladen und ins Büro zu transportieren. Ein Genuß war es nicht, und nicht mal Annelie, die von solchen Befürchtungen nicht frei war, konnte sich ausmalen, daß er bei seiner erzwungenen sexuellen Enthaltsamkeit irgendwie mit ihr... Im Gegenteil, sie lachte sich halb tot: *Durch die Spinnenweben würdest du gar nicht durchkommen!*

Da stand Gisela Lux, und sie kam nicht ex oriente, sondern aus Bremen. Das heißt, da war sie aufgewachsen; das Licht der Welt hatte sie noch weiter in Richtung Ostfriesland erblickt, im Dorfe Sülzbühren. Sie war robust, so richtig Bauernbühne, und sah in ihrem bräunlichen Kostüm in höchstem Maße unverheiratet aus. Und das mit Jahrgang 38.

Brockmüller hielt und stieß ihr die Tür auf. Kaum saß sie nach den üblichen Begrüßungsfloskeln neben ihm, roch es im Wagen nach ranziger Butter. Dagegen kam keine Seife und kein Spray an. Was nicht nur ihre Heiratsaussichten, sondern auch ihre Beförderungschancen minderte, denn als Sekretärin kam man gewöhnlich nur voran, wenn man irgendwo im Vorzimmer landete. Aber welcher Direktor mochte sie unter diesen Umständen schon dort landen lassen?

Sie fuhren die Avus hinunter, und Gisela de Luxe (sprich: de Lüx), wie sie sinnigerweise im Kollegenkreise hieß, jammerte über die zu erwartende Hitze.

«Bei uns wehte immer eine frische Brise vom Meer rüber», sagte sie. «Wir hatten da unser Haus und sind abends immer noch einmal um zu gegangen. Aber hier... Mir gefällt's ja hier, aber das Wetter in Berlin kann ich gah nich ab.»

Brockmüller verzog das Gesicht. Fünfzigmal am Tag konnte sie was nicht ab – es war zum Haareausreißen. «Gehen Sie doch nachher um drei und fahren Sie ins Strandbad zum Baden.»

«Ich muß erst noch nach Neckermann, mir 'n neuen Badeanzug holen.»

Zu! schrie es in Brockmüller. *Zu* Neckermann.

Er fuhr zwar über hundert, aber er kurbelte das Fenster noch weiter runter. Er war gegen alles mögliche allergisch, besonders aber gegen Gerüche. Gerade fiel ihm – das mußte er sich für Annelie merken – der alte Ostfriesenwitz wieder ein von der Hochzeit, wo man eine Karre mit Mist neben dem jungen Paar herschieben muß, damit die Fliegen nicht an die Braut gehen... Hätte er nicht bei der ganzen Scheißarbeit in der Sondergruppe wenigstens eine Sekretärin haben können, die desodorierbar war?

Der Funkturm tauchte auf, und sie wechselten auf die Stadtautobahn über.

Die de Luxe erzählte ihm, daß sie im nächsten Sommer ganz sicher nach Kenia wollte, während er sich – durch Reden kam nun mal 'ne Unterhaltung zustande – über die verschiedenen Aspekte der Baader-Meinhof-Prozesse ausließ.

«Wenn ich die schon sehe – also, da bin ich wie angefaßt!» sagte sie. «Ich bin ja auch links, aber da hört bei mir der Sßpaß auf.»

Brockmüller, seinerseits auch «wie angefaßt», empfand Brechreiz und wußte nicht recht, ob es am Deutsch oder am Duft lag. Jeden Morgen ging ihm die Person auf die Nerven. Aber heute lenkte sie ihn wenigstens minutenlang von seinen Todesahnungen ab.

Er verließ die Stadtautobahn am Hohenzollerndamm und hielt auf den Fehrbelliner Platz zu. Die *Sondergruppe für Systemplanung*, in die er als wissenschaftlicher Mitarbeiter beschäftigt war, residierte zwar nicht direkt im Hauptgebäude der EUROMAG, aber gleich in der

Nähe in der Mansfelder Straße in einer aus Raumnot angemieteten Villa. Die hatte man, abrißreif wie sie war, billig erworben, und sparte so – wenn man an die Anmietung repräsentativer Büroräume zwischen Zoo und Mehringplatz dachte – einen Haufen Geld.

Brockmüller haßte diesen alten Schuppen. Das war weiß Gott was anderes als die Chefetage eines Konzernhochhauses, von der er Zeit seines Studiums geträumt hatte. Jeden Tag derselbe Film, jeden Tag dasselbe Gähnen.

Heute wirst du... Wenn bloß dieser blöde Film mal reißen wollte!

Kuhring hatte, als sie hier vor knapp zwei Jahren eingezogen waren, einen Haufen alter Obstbäume fällen lassen, so daß sie nun die Fläche hinter dem Haus als Parkplatz benutzen konnten. Da solche Parkgelegenheiten in dieser Gegend hier verdammt rar waren, hatten sie sich vom firmeneigenen Schlosser eine Kette anbringen lassen und sich für 15 Mark ein Sicherheitsschloß gekauft. Insgesamt war Platz für sieben Wagen, bei ihnen waren aber nur drei Kollegen motorisiert, so daß Kuhring die restlichen vier Schlüssel an Personen vergeben konnte, die ihm in irgendeiner Hinsicht von Nutzen waren.

Heute war die Kette bereits heruntergelassen, was anzeigte, daß Zumpe schon oben im Büro saß. Wahrscheinlich hatte er wieder mal Krach mit seiner Frau gehabt. Das ließ einen gemütlichen Vormittag erwarten.

Brockmüller stellte seinen Opel zentimetergenau auf den Platz, den Kuhring ihm zugewiesen hatte. Jeder hatte seine festgelegte Parkzone, und ein Abstellen des Wagens an einem anderen Ort wurde fast so schwerwiegend bewertet wie ein Kameradendiebstahl.

Es war zwei Minuten nach halb acht.

«Ein bißchen sßpät heute», sagte Fräulein Lux.

«Kuhring ist ja auch noch nicht da», brummte Brockmüller.

Sie betraten ihre Büroräume durch die Herrentoilette. Das hatte sich nicht anders machen lassen, da man beim hastigen Umbau den früheren Zugang zum Garten als Damentoilette gebraucht hatte. Es stank nach dem orangefarbenen Desinfektionsmittel, das ihre Reinemachefrau am Abend reichlich verstreut hatte. Fräulein Lux hielt sich die Nase zu und vermied einen schnellen Blick auf die Stelle, wo sich die vier männlichen Kollegen tagtäglich mehrmals...

Brockmüller unterließ eine unpassende Bemerkung.

Obwohl ihr Domizil recht kärglich war, hing in der Eingangshalle, in die sie jetzt hinaufstiegen, eine schwarze Tafel, auf der fein säuberlich weiße Plastikbuchstaben steckten.

EUROMAG
EUROPÄISCHE MASCHINENBAU-AKTIENGESELLSCHAFT
Sondergruppe für Systemplanung

Kuhring, Dipl.-Kfm., Hauptabteilungsleiter	Zi. 1
Dr. Brockmüller, wiss. Mitarbeiter	Zi. 2
Zumpe, Oberingenieur	Zi. 3
Ossianowski, Kfm.	Zi. 3
Frl. Lux, Sekretariat	Zi. 5

Genau der hierarchischen Stufenleiter entsprechend. Raum 4 war das große Sitzungszimmer. Es lag ebenso wie das Schreibzimmer von Fräulein Lux im Parterre, während die drei anderen Arbeitsräume im ersten Stock zu finden waren. In den restlichen Räumen, die es noch gab, einschließlich Boden und Keller, lagerten Akten der EUROMAG-Zentrale. Aus diesem Grunde kamen auch öfter Kollegen vom Fehrbelliner Platz herüber, für die man extra eine Flasche Korn im Kühlschrank stehen hatte.

«Viel Spaß noch», sagte Brockmüller und stieg die Treppe zu seiner Zelle hinauf. Sie ging vom Flur ab, war aber mit dem Zimmer verbunden, in dem Ossianowski und Zumpe saßen.

Noch achteinhalb Stunden, dachte Brockmüller. Mein Gott, was hätte man in dieser Zeit alles anfangen können! Statt dessen hatte er nun hier zu hocken und kluge Sätze über die organisatorische Umgestaltung einiger Vertriebsbüros zu Papier zu bringen... Wenn das Kind erst da war, gab's überhaupt kein Entrinnen mehr. Arbeite, Brockmüller, oder stirb!

Es ist ja dein letzter Morgen.

Wieder diese Stimme – als hätte er Kopfhörer auf. Jetzt war es eher tröstlich als beängstigend.

Er stieß die Tür zum Nebenzimmer auf und begrüßte Zumpe. «Einen schönen guten Morgen, Herr Oberingenieur.»

Das war leicht ironisch. Sie duzten sich nicht.

«Morgen, Doktor.» Zumpe sah kaum von seiner Zeitung auf. Er war 40 Jahre alt und mit drei Worten zu charakterisieren: groß, hager, mürrisch. Fachlich hatte er 'ne Menge auf dem Kasten, und intelligent war er auch, aber meistens verprellte er die, von denen sein Sprung nach oben abhing, durch seine schroffe Art.

Brockmüller deutete auf Ossianowskis leeren Sessel. «Wo ist denn unser Liliputaner heute?»

«Weiß nicht.»

«Vielleicht ist er irgendwo steckengeblieben...»

Brockmüller zog sich in seine Kemenate zurück und widmete sich der Morgenzeitung. Die Reihenfolge war jeden Morgen die gleiche: Sport, Crime and Sex, Lokales, Wirtschaft, Feuilleton und Politik.

Die Sportseiten überschlug er heute. Seite 5: MIT TRÄNENGAS DAS GELD GESCHEFFELT... Schöne Überschrift! Die sogenannte Tränengas-Bande hatte zum achtenmal zugeschlagen, diesmal in Karlsruhe. Rein in die Bank, Gasmasken auf, Tränengasgranaten geworfen und das Geld eingesackt – Klasse! Fast hätte man die Jungs bewundern können, wenn sie nicht beim letzten Überfall in Ulm den Juwelier Puhvogel, Ulrich Puhvogel, erschossen hätten... Puhvogel! Namen gab's...

Auf der Wirtschaftsseite brachten sie heute etwas über die Arbeit der Sondergruppe, eine kleine Notiz, daß die Arbeitsplätze aller Mitarbeiter über 63 Jahre daraufhin überprüft werden sollten, ob man die Stellen nach ihrer ‹Berentung› nicht möglicherweise einsparen konnte.

«Na bitte!» rief Brockmüller nach drüben. «Haben Sie schon von unserer Aktion Heldenklau gelesen?»

«Ja.»

Zumpe war wenig ergiebig.

Dafür war Kuhring recht aufgekratzt, als er gegen acht mit gewaltigem Gepolter in sein Zimmer stürzte. Er riß die Schiebetür auf, die die Verbindung zu Ossianowski und Zumpe herstellte, und dröhnte sofort. «Tag, mein lieber Ulli! Nun nicht so zimperlich, gib deinem Herrn und Meister die Hand!»

«Tag, mein lieber Karl-Heinz!»

Brockmüller sah es nicht, wußte aber, daß sie sich jetzt die Hand gaben und mit Leibeskräften zudrückten, bis einer vor Schmerzen nicht mehr konnte. Sie kannten sich schon seit Jahrzehnten, sie hatten schon in der Buddelkiste ihres Blocks zusammen gespielt – Kameraden der Aktenberge.

Brockmüller wußte, daß es zu seiner Rolle gehörte, nun aufzustehen, hinüberzugehen und Kuhring zu begrüßen. Der war stets verstimmt, wenn er, der Chef, zum Händeschütteln durch die Räume gehen mußte, andererseits aber hocherfreut, wenn sich der Herr Doktor zu ihm bemühte.

«Guten Morgen, mein lieber Karl-Heinz!» Brockmüller war stolz, wie gut ihm seine Anpassung gelungen war. Seit dem letzten Betriebsfest hatte er sogar die Ehre, Kuhring duzen zu dürfen; etwas, worum ihn die Kollegen dutzendweise beneideten, denn Kuhring war der beste Freund von Donnersmarck, dem Allmächtigen der EUROMAG. Jedenfalls ließ er das häufig durchblicken. Brockmüller bezweifelte es manchmal im stillen, denn bei solchen Beziehungen hätte es doch möglich sein müssen, die Lux loszuwerden.

«Guten Morgen, mein lieber Bodo!» rief Kuhring. »Du siehst ja so müde aus – du warst doch nicht etwa im Bodorell?»

«Nee, aber 'n paarmal wach in der Nacht.»

«Was tut man nicht alles für Weib und Kind – da kann ich mich als junger Geselle nur mal schnell halb totlachen. Sagt mal, wo habt ihr denn unsern Owi gelassen? Mensch, Ulli, wie oft hab ich dir gesagt, du sollst ihn nicht in den Papierkorb...» Er nahm den Plastikbehälter hoch und guckte hinein: «Da ist er nicht – komisch.»

«Der kommt in der letzten Zeit öfter zu spät», sagte Brockmüller. «Auf seinem Bus fährt jetzt ein neuer Schaffner, und da gibt's immer Streit, weil der ihm keinen Kinderfahrschein geben will.»

«Vielleicht friert er auch immer», meinte Kuhring.

«Wieso?»

«Na, sie singen doch immer: Owi ist es kalt geworden.»

So ging es noch eine ganze Weile; Kuhring war in Topform heute. Er war zwei Jahre älter als Zumpe, 42 also, und Hauptabteilungsleiter. Er hatte nahezu die Größe eines Basketballspielers, das Gewicht eines Schwergewichtchampions und sah aus wie ein moderner Wikinger. So was wie ihn bekam man ansonsten nur auf den Reklameseiten der Illustrierten zu sehen – Sportwagen, Wodka, Zigaretten oder farbige Unterwäsche. Um intellektuell zu wirken, hatte er eine geringe Sehschwäche benutzt, um sich vom Arzt eine vernicktelte Professorenbrille verschreiben zu lassen. Kurzum, er machte ganz auf Jungunternehmer. Diejenigen, die er mochte, konnten sich keinen besseren Kameraden wünschen; wer aber aus irgendeinem Grunde auf seiner Abschußliste stand, mußte auf alles gefaßt sein.

Brockmüller war es bisher gelungen, zur ersten Kategorie zu gehören.

Kuhring erzählte noch zwei Witze, die er gestern abend während der Vorstandssitzung aufgeschnappt hatte, dann zog er sich in sein Zimmer zurück, um die Morgenblätter zu überfliegen. Teils war das Luxus, teils war's für diesen Job unerläßlich, sich mit Informationen vollzusaugen.

Brockmüller war mit seiner Zeitung am Ende, hatte aber wenig Lust, vor dem Frühstück an seinem Bericht über die Vertriebsbüros herumzubasteln. So schloß er die Augen und döste vor sich hin. Bald schwebte er zwischen Tag und Traum...

Heute wirst du sterben.

Er schreckte auf. Sein Herz schlug schnell und hart, sein Kopf schien sich ruckweise vom Körper zu entfernen. Er schnellte hoch, riß das Fenster auf... Vegetative Dystonie; sonst war er kerngesund... Nachdem er ein paarmal tief durchgeatmet hatte, ging es wieder.

Brockmüller war am Fenster stehengeblieben und sah, wie ein weinroter Mercedes die Einfahrt hinauffuhr. Der Fahrer, ein braungebrannter Protz in grauem Flanell, war offenbar glücklich, einen Parkplatz gefunden zu haben. Zufrieden zog er ab. Brockmüller, der die Kette für Kuhring unten gelassen hatte, feixte. Er wußte, was jetzt kam. Kuhring, der den Vorgang ebenfalls beobachtet hatte, lief nach unten, legte die Kette vor und sicherte sie mit dem Vorhängeschloß.

«Der wird Augen machen, wenn er nicht mehr rauskommt», lachte er. «Laßt ihn man ordentlich schmoren.»

Brockmüller setzte sich wieder und wußte nicht, was er anfangen sollte. Die Zeitung hatte er ausgelesen, ein weiteres Dahindösen war nur mit neuen Angstzuständen verbunden, und zur Formulierung seines Berichts fehlte ihm der rechte Impetus. So griff er zu einer Broschüre über Sinn und Zweck moderner Organisationskonzeptionen, die gestern auf seinem Schreibtisch gelandet war. *Das Konzept der Matrix-Organisation entstammt dem militärischen und astronautischen Bereich der USA, wo man nach dem Zweiten Weltkrieg das Projektmanagement eingeführt hat. So versteht man die Matrix-Organisation in der Literatur auch heute als eine Organisationsform des Projekt- bzw. Produktmanagements...* Mein Gott, so ging das Seite für Seite. Für ihn selbst war der erste und wichtigste Schritt der Neuorganisation der EUROMAG die Auflösung der Sondergruppe für Systemplanung. Aber tapfer las er weiter. *Entscheidend ist, inwieweit Projekt- und Produktmanager mit dem Problem der geteilten Autorität fertig werden...* Welche Erleuchtung! Er schmiß die Broschüre in die Ecke.

Trotz des Risikos, das damit verbunden war, zog er den Kriminalroman aus der Aktentasche, den Annelie ihm letztes Jahr zu Weihnachten geschenkt hatte. Das, was dieser -ky da geschrieben hatte, hätte er wie tausend andere auch sicherlich besser gemacht, aber da die Story teilweise an der FU spielte, wo auch er studiert hatte, wollte er den Scheiß wenigstens zu Ende lesen... Er schreckte erst hoch, als die Lux mit ihren Vorbereitungen fertig war und nach oben schrie:

«Es kann gefrühsßtückt werden!»

Mist! Er hatte, schlecht wie er sich fühlte, nicht den geringsten Hunger. Aber es war unmöglich, sich vom gemeinsamen Frühstück auszuschließen, wollte man sich nicht den Zorn der Kollegen zuziehen.

So begann ihr allmorgendlicher Abstieg ins Sitzungszimmer, wo Fräulein Lux alles hergerichtet hatte. Den Plastikbeutel mit den belegten Broten und dem Apfel in der Hand, begaben sie sich zu ihren preußischblau gepolsterten Stühlen. Seit ihrem Einzug in dieses Gebäude hatte jeder seinen Stammplatz. So saßen sie Tag für Tag wie folgt um den langen Konferenztisch herum: Brockmüller, Zumpe, Kuhring, Ossianowski und die Lux.

Brockmüller trank koffeinfreien Pulverkaffee, die Sekretärin Hagebuttentee; beides wurde schon in der kleinen Küche oben hergerichtet und – meist leicht übergeschwappt – hereingetragen. Für die drei alten Euromagger – Brockmüller und die Lux waren ja erst seit kurzem hier und damit ein wenig zweitklassig – war die große Teekanne bestimmt, die auf Kuhrings Tischsegment dampfte. Der Ritus war noch nie geändert worden: erst goß sich Kuhring den Tee ein, dann Zumpe, dann Ossianowski. Fräulein Lux hätte es liebend gern selber getan, durfte aber ihres Zitterns wegen nicht. Dafür tat sie den Herren jeweils zwei Stück Zucker in die Tasse. Als erster trank dann Kuhring und bewertete die Qualität des Tees, dann hoben die anderen ihre Tassen.

Nach dem ersten Bissen schluckte Kuhring seine tägliche Vitamin-Tablette. NEDO-Vit, eine bräunliche Kapsel, fast eine kleine Bombe, die gegen alles mögliche gut sein sollte. Kuhring, dessen Freund Nummer 4 im pharmazeutischen Großhandel beschäftigt war, bekam die 30er-Packungen mit 20 Prozent Rabatt, und so hatte er stets einen beträchtlichen Vorrat davon im Schreibtisch liegen.

Heute ging alles ein wenig schneller, weil Owi ja fehlte. Sie nahmen zwar alle an, daß er wieder einmal beim Arzt steckte und sich seinen verstauchten Knöchel behandeln ließ, suchten sich aber dennoch mit klugen Vermutungen über seinen Verbleib zu übertreffen.

«Der wird über Nacht um einen Zentimeter gewachsen sein, und das feiert er nun», sagte Zumpe.

«Nee», sagte Brockmüller, «das nicht. Daß er feiert, da haben Sie recht, aber aus einem anderen Grund: Die Verbandszeitung Deutscher Eierkohlenhändler hat ein Gedicht von ihm veröffentlicht: O Kohle, so schwarz so gut – bald verzehrst du dich, uns erwärmend, in roter Glut...»

Sie lachten. Vor anderthalb Jahren hatte der *Tagesspiegel* eine Kurzgeschichte von Owi veröffentlicht, die ein bißchen esoterisch-manieristisch geraten war.

«Ach was», sagte Kuhring. «Den haben sie endlich gefaßt – bei seinem dritten Kindesmord. Ich hab mich schon immer gewundert, warum der Kerl jeden Tag Hackepeter auf der Stulle hatte.»

Fräulein Lux schüttelte sich. «Er sßpinnt ja manchmal ein bißchen, aber so was – nein!» Sie meinte, die Jusos hätten ihn, obwohl er mit seinen 52 Jahren an sich schon etwas alt dafür sei, seiner roten Haare wegen zum Ehrenvorsitzenden gewählt.

Damit war das Thema Ossianowski vorerst erschöpft, und man wandte sich anderen Neuigkeiten zu. Kuhring kommentierte den letzten Fernsehabend und berichtete von Verkaufsdirektor Jungbluth, der seinen nagelneuen Wagen nach zwei Kilometern gleich in Klump gefahren habe. Zumpe erregte sich erneut über den Fall seines Schwagers. Der sollte beim Innensenator vom Inspektor zum Amtmann befördert werden, war aber zwei Stunden vor Überreichung der Urkunde, dem allein entscheidenden Akt, mit einem Herzinfarkt zusammengebrochen und anschließend im Krankenhaus verstorben, so daß die Witwe nun die wesentlich geringere Pension bekam. Fräulein Lux berichtete, daß neuerdings Ganoven durch die Zentrale zogen, an die Türen klopften und dann Geldbörsen und Scheckhefte klauten, wenn niemand am Schreibtisch saß.

Brockmüller hörte kaum noch hin. Die Tranquilizer, die er laufend schluckte, seit Annelie schwanger war, ließen ihn regelmäßig schläfrig werden, wenn er mit den anderen zusammensaß. Außerdem war er rettungslos übermüdet. Er wurde immer schläfriger, und es war herrlich, so herumzusitzen, ohne von den eigenen Gedanken gejagt zu werden. Er stellte sich vor, wie er mit Alexander oder mit Anna-Lena am Boden lag und spielte. Alles war friedlich, alles war gut. Vergessen war die Angst, es ließ sich leben in dieser besten aller möglichen Welten. Er schloß für einen Augenblick die Augen und dachte an die Adventsfeiern 1945 und 1946, wo sie auch an so langen Tischen gesessen hatten, eingesponnen in ihre Märchenwelt und glücklich über das, was auf ihrem Pappteller lag. Eine Büchse Kekse, von Amerikanern herübergeschickt, war ein unfaßbares Glück... Er öffnete die Augen wieder und träumte weiter, während die anderen durcheinanderredeten. Es war schön, hier zu sitzen und...

Die Fensterflügel flogen nach innen, knallten gegen die Wand. Scheiben zerklirrten. Die filigrane Gardine bauschte sich wie ein Fallschirm und riß. Eine Fontäne aus Dreck und Blech schoß in den Himmel. Kuhring kippte nach hinten wie eine hölzerne Puppe.

Brockmüller verstand es nicht.

Dann erst das Krachen, das schmerzte, das den Kopf zersprengte. Er wurde nach hinten katapultiert.

Heute...

Annelie. Das Kind.

Er stürzte noch immer und begriff zugleich, was hier geschah.

Er schrie und hörte Schreie.

2

Mannhardt wühlte in seinem Schreibtisch herum, warf abgebrochene Bleistifte, leere Kugelschreiberminen, vergammelte Plastikbeutel, zerknüllte Lottoscheine und noch andere Souvenirs dreier begeisternd schöner Dienstjahre von einer Schublade in die andere und fand dann endlich das rotweiße Blechröhrchen, das er suchte. NEDO-Med-Schmerztabletten. *Wenn's schlecht dir geht, nimm* NEDO-*Med.* Er schüttelte das Röhrchen – es waren tatsächlich noch ein paar drin. Na also! Haste Glück, machste dick, pflegte Koch zu sagen. NEDO-*Med ist seit Jahrzehnten bewährt bei Kopfschmerzen* – aha! –, *Zahnschmerzen, Monatsbeschwerden* – das konnte's bei ihm kaum sein –, *Rheumaschmerzen* – auch nicht –, *Grippe* – dagegen war er als pflichtbewußter Beamter geimpft –, *Nikotin- und Alkoholkater...* Ja, das war's! Er ließ eine der weißen Tabletten in ein schartiges Glas plumpsen und wartete, bis sich das Zeug auflöste. Um die Sache zu beschleunigen, nahm er das Glas hoch und schüttelte es. Dabei ruhte sein Blick auf einem Plakat, das ihm die Kollegen zum letzten Geburtstag geschenkt hatten: BEI MIR HERRSCHT ORDNUNG – EIN GRIFF, UND DIE SUCHEREI GEHT LOS. Gott, wie humorvoll sie alle waren!

Seine Kopfschmerzen waren so unerträglich, weil er zugleich fürchterlich überdreht und unsagbar müde war. Einnicken konnte er nicht, weil seine Gedanken quälend kreisten, und seine Gedanken kreisten quälend, weil er nicht einnicken konnte. Und es hätte ja auch jemand ins Zimmer kommen können. *Schlaf bei der Arbeit ist ein Grund zur fristlosen Kündigung. Das gilt besonders dann, wenn der entlassene Arbeitnehmer schon mehrfach wegen nachlässiger Arbeitsmoral ermahnt worden ist.* Bundesarbeitsgericht – 2 ASZ 386/71. Koch hatte es letzte Woche dem Kollegen Rannow heimlich auf den Schreibtisch gelegt – der Gute tobte heute noch.

Mannhardt stürzte die chininbittere Flüssigkeit hinunter. Wenn's ihm nicht half, dem Hersteller hatte's schon geholfen.

Wäre er doch bloß nicht zu diesem Scheißklassentreffen gegangen! Sechzehn Klare und acht Pils waren für einen wie ihn, der keine Übung hatte, geradezu tödlich. Aber Lilo, von seinem nächtlichen Radau erzürnt, hatte ihn trotz aller Proteste um sechs aus dem Bett gescheucht: *Strafe muß sein!*

Wir treffen uns am 8.8. um 8 Uhr (abends) in der ‹Achterbahn›... Lilo hatte es für nützlich gehalten, daß er sich mal wieder bei seinen alten Freunden sehen ließ. *Du kannst dich nicht immer ausschließen!* Von 21 Eingeladenen waren 16 gekommen, genau 76,2 Prozent. Manfred hatte das ausgerechnet, ihr letzter Klassensprecher, heute Mathematik-Professor an der FU. Enorm! Nicht daß er das ausgerechnet hatte, sondern die hohe Beteiligung. Von den fehlenden fünf war einer inzwischen verstorben, Autounfall, einer lag im Krankenhaus, nichts Ernstliches, und die anderen drei hatten es nicht für nötig gehalten, Manfred zu antworten. 16 Mann im Hinterzimmer der *Achterbahn.* Manche von weither gekommen – Jahresurlaub in Deutschland mit einem Abstecher nach Berlin. Was für ein Jahrgang – alle was geworden... Na, fast alle. Wenn er richtig rechnete, lag er auf Platz 14. Vor ihm der Professor, ein Facharzt (HNO), drei Studienräte, ein Rechtsanwalt, ein Jugendrichter, drei Ingenieure – ein Dr.-Ing. und zwei Dipl.-Ing. –, ein Apotheker, ein Generalvertreter (Weinbrand), ein Prokurist (Maschinenbau) und ein Oberregierungsrat (Senator für Inneres). Dann kam er als Beamter des gehobenen Dienstes. Hinter ihm lediglich Benno, der ewig Musik studierte und dessen Sinfonien keiner spielte, und Günther, der nach zwei gescheiterten Ehen völlig abgesackt war und nun bei Karstadt Teppiche verkaufte.

Platz 14. Eine traurige Bilanz. Wenn man Bundesligamaßstäbe anlegte: Abstiegsgefahr. Vielleicht waren die sieben, die Manfred in keinem Adreßbuch gefunden hatte, noch schlechter dran als er. Ein schwacher Trost...

Alle vor ihm. Er nicht mal Hauptkommissar, und an den Sprung in den höheren Dienst war gar nicht zu denken. 3000 Mark im Monat, sein Traumziel – das war für die anderen ein Klacks. Und dabei steckte er sie, was Intelligenz anbetraf, alle in die Tasche. Alle. Von Manfred mal abgesehen...

Mannhardt fühlte sich immer elender. Er stürzte zum Waschbekken, um sich zu übergeben, aber es kam nichts.

Er setzte sich wieder und starrte auf die Akten, die er studieren sollte. Ein Mord an einem Homosexuellen, an dem sie sich seit Wochen die Zähne ausbissen, also nicht an dem ‹Mann› selber, und die verweste Leiche aus dem Hermsdorfer Forst, eine gewisse Ilona Mönkemeyer, die keiner richtig gekannt hatte. *Zweckdienliche Hinweise nimmt die Kriminalpolizei und jede Polizeidienststelle entgegen...* Das Entgegengenommene wog schon mehrere Kilo, hatte sich aber bisher noch nicht als zweckdienlich erwiesen; die Täter erfreuten sich noch immer ihrer Freiheit, wie *Bild* gemeldet hatte.

Mannhardt hielt es für das Beste, auf den Z-und-Z-Effekt zu bauen (Zeit und Zufall). Und da er seine und Kochs Morgenzeitung schon gelesen hatte, aber um Gottes willen nicht einschlafen durfte, zog er den Band 11 seiner Fontane-Gesamtausgabe aus der Aktentasche. *Frau Jenny Treibel...* Bis Weihnachten wollte er mit Fontane durch sein, wenigstens mit den wichtigsten Romanen. Aber zu Hause kam er nicht zum Lesen; entweder er mußte den Rasen mähen und die Regenrinne reparieren oder mit Elke Federball und mit Michael Tischtennis spielen. Für den Rest der Zeit hatte Lilo ihn gepachtet.

Das Lesezeichen, ein Schnürsenkel, den er vor Wochen und an irgendeinem Tatort eingesteckt haben mußte, ließ ihn die Seite 50 aufschlagen. *Unter den letzten, die, den Vorgarten passierend, das kommerzienrätliche Haus verließen, waren Marcell und Corinna. Diese plauderte nach wie vor in übermütiger Laune...* Jetzt mit einem Mädchen wie Corinna durch den Tiergarten rudern, sie ihm gegenüber auf der hinteren Bank, im Mini...

Er hatte kaum drei Zeilen gelesen, da wurde die Tür seines Büros aufgerissen.

«Aufwachen!»

Mannhardt stöhnte. Seit man Koch vom Kriminalmeister zum Kriminalobermeister befördert hatte, war er nicht mehr zu halten. Er grinste, als er Mannhardts Schreibtisch erreicht hatte.

«Draußen im Gang liegt ein Toter!»

Mannhardt wandte sich ab und schloß die Augen. Kochs Blödeleien gingen ihm langsam auf die Nerven. Zum Teufel mit allen Kollegen. Teamarbeit? Scheiße! Einmal im Leben was alleine machen können, mit keinem vorher und während und nachher rumquatschen müssen... Koch war ja ein netter Kerl, aber seine Munterkeit machte einen krank.

Ein verkorkster Tag heute.

Das Telefon schnarrte. Sicherlich Lilo. *Liebling, weißt du vielleicht, wo ich meine Sonnenbrille hingelegt habe?* Er hatte ihr hundertmal gesagt, sie möchte ihn nicht andauernd im Dienst anrufen. Er riß den Hörer hoch und brummte:

«Ja – Mannhardt...»

Doch es war nicht Lilos überdrehter Sopran mit einer Suchmeldung, sondern ein leicht krächzender Bariton:

«Du wirst es nie zu Tücht'gem bringen bei deines Grames Träumerein, die Tränen lassen nichts gelingen, wer schaffen will, muß fröhlich sein.»

Dr. Weber, seines Zeichens Kriminaloberrat, sein Vorgesetzter. Mannhardt war verblüfft. Was sollte das?

«Steht auf meinem Abreißkalender heute», sagte Dr. Weber. «Wissen Sie, von wem das ist?»

«Nein.»

«Sollten Sie aber!»

«Ich?» Mannhardt schwitzte; sie alle fürchteten Webers Einleitungen. «Wieso?»

«Na, ich bitte Sie! Was dem Maigret die Pfeife, ist dem Mannhardt der Fontane.»

Mannhardt wurde rot. Mein Gott, das hatte sich nun auch schon rumgesprochen, daß er im Dienst... «Ich... ich...» Absolute Leere; keine geistreiche Erwiderung. Die fiel ihm totsicher heute abend ein.

«Nun», lachte Dr. Weber, «besser den Fontane geöffnet als die Fontanelle! Sagen Sie, wo war Fontane bei seinen Wanderungen durch die Mark überall?»

Mannhardt überlegte. «Rheinsberg, Chorin... die Klöster... Königswusterhausen...»

«In Kladow draußen nicht?»

«Nein, nicht daß ich wüßte.»

«Schade – sonst könnten Sie mal dienstlich auf seinen Spuren wandeln. Gößweinsteiner Gang heißt die Straße. Da hat man einen Mann in seiner Blutlache gefunden...»

Koch, der mithörte, grinste und murmelte: «Sage ich doch: draußen im Gang liegt ein Toter.»

Mannhardt sah ihn drohend an und wandte sich zum Fenster. «Soll ich sofort rausfahren, Herr Doktor?»

«Das wäre zu überlegen. Sie können auch 1984 fahren, aber da hat's vielleicht nicht mehr viel Sinn...»

Es kamen noch ein paar Informationen, die Mannhardt kaum noch wahrnahm; dann knackte es, und Dr. Weber hatte aufgelegt.

Mannhardt starrte aus dem Fenster. Sein Leben war ein einziger Alptraum. Obwohl er sich schon tausendmal vorgenommen hatte, zu kontern und Weber seinen Sarkasmus mit gleicher Münze heimzuzahlen: jedesmal drehte er von neuem durch, jedesmal war irgendwas in seinem Großhirn blockiert.

Dasselbe wie vor zwanzig Jahren beim Abitur, als er während der Englischprüfung, den bissigen Schulrat zwei Meter und die Fünf drohend vor sich, den Satz *Honesty is the best policy* in seiner Not und Verzweiflung statt mit *Ehrlich währt am längsten* mit *Die Polizei kommt mit Ehrlichkeit am weitesten* übersetzt hatte. Das schallende Gelächter der Pädagogen hatte er noch heute in den Ohren... Das System hatte ihn zur Sau gemacht. Und noch 26 Jahre bis zur Pensionierung und vielleicht 30 oder 40, bis ihn der kühle Rasen deckte. Der in Kladow, der hatte's schon hinter sich.

«Wir sollten los, sonst ist der Gute verwest, ehe wir da sind», sagte Koch.

«Ja...» Mannhardt stand auf wie ein alter Mann. Opa Mannhardt. Statt der Kopfschmerztablette hätte er eine gegen Depressionen schlucken sollen. *Mach es wie die Sonnenuhr, zähl die heiteren Stunden nur.* Bei Lichte besehen, ging's mindest 'ner Milliarde Menschen schlechter als ihm, wenn nicht noch mehr. Reiß dich am Riemen, Mannhardt! Er zog sein Jackett über und trat auf den Flur hinaus. Koch folgte ihm.

Koch war dafür, daß sie in seinem VW fuhren. «Das erspart uns erstens den Kampf um den Dienstwagen, und zweitens kann ich bei der Abrechnung noch ein paar Pfennige rausschlagen.»

«Meinetwegen», knurrte Mannhardt. Ihm war, als liefe er über ein

Trampolin; er mußte sich einen Augenblick am Treppengeländer festhalten. Ausgerechnet heute! Er hätte sich so schön hinterm Schreibtisch erholen können – und nun das. Und auch noch in Kladow draußen!

Koch fuhr zum Großen Stern hinauf und dann die Ost-West-Achse entlang – Straße des 17. Juni, Bismarckstraße, Kaiserdamm und Heerstraße. Er hatte gestern abend beim Baden im Halensee Marie-Louise kennengelernt, 22, MTA im Virchow-Krankenhaus und unheimlich scharf. Die Weichen waren gestellt, heute nacht konnte's losgehen. Um 20 Uhr waren sie am Wittenbergplatz verabredet. Obwohl die Vorfreude in diesem Falle sicherlich nicht das Schönste war, genoß er sie und pfiff sein ganzes Schlagerrepertoire vor sich hin; von den Hamburger Nächten, die so lang waren, und vor allem und immer wieder: In der Nacht ist der Mensch nicht gern alleine...

«Bei dir ist auch gleich Nacht», knurrte Mannhardt. «Dann hab ich nämlich meinen ersten Mord begangen.»

«Mensch – hast du eine Laune heute!»

Koch war ein bißchen eingeschnappt, erzählte aber nichtsdestoweniger, was Mary-Lou für 'ne Figur hatte, wie braun sie war und daß sie verdammt gut Federball spielen konnte. Für ihn was ungeheuer Wichtiges.

Mannhardt muffelte vor sich hin: «Man sollte dich kastrieren.»

Sie überquerten die Havel; tief unten auf dem gleißenden Quecksilber des Stößensees, nur mit zusammengekniffenen Augen erkennbar, vier, fünf Segelboote. Die hatten's gut! Von seinen paar Mark konnte er sich kein Segelboot leisten. Und wenn er eines gehabt hätte, dann bestimmt keine Bootsfahrt mitten in der Woche. Auf ihn wartete keine braungebrannte Schönheit mit einer Schildkrötensuppe, unten in der Kombüse gekocht; auf ihn wartete ein Mann mit einer Kugel im Kopf und x Litern Blut um sich herum, geronnen.

Hinter Pichelsdorf bogen sie links in die Gatower Straße ein und fuhren mehrere Kilometer nach Süden, mal dichter an der Havel entlang, mal weiter landeinwärts. Hin und wieder gaben Bäume und Häuser den Blick frei auf die Hügel am anderen Ufer, auf die Kiefern, auf den backsteinroten Grunewaldturm. Pichelswerder hatten sie passiert, bis Sakrow war's nicht mehr weit, aber schon DDR. Das wär 'n Tag für Fontane gewesen! *Ich hielt es früher mit Wieland und Herder, jetzt bin ich für Sakrow und Pichelswerder*... Aber dies war keine Landpartie im Kremser, sondern eine Dienstfahrt im klapprigen VW, und am Ende wartete kein fröhliches Picknick, sondern eine langsam erstarrende Leiche.

Dann erreichten sie Kladow, und Koch hatte einige Schwierigkeiten, den Gößweinsteiner Gang zu finden, was er damit entschuldigte, in dieser Gegend noch keine Freundin gehabt zu haben.

«Ich weiß auch nur, daß Balthasar Neumann in Gößweinstein 'ne berühmte Kirche gebaut hat, mehr weiß ich auch nicht.»

«Ich weiß nicht mal, wer Balthasar Neumann war.»

Da Koch seinen Stadtplan im Büro vergessen hatte, fragten sie einen freundlichen älteren Herrn, der gerade seinen Dobermann spazierenführte. Es stellte sich heraus, daß das ihr behördlicher Büromöbellieferant war. So 'n Zufall! Aber so wurden sie wenigstens eingehend informiert.

«Gößweinsteiner Gang...? Da ist gerade jemand ermordet worden, da kommen Sie zu spät, Herr Kommissar.»

«Wo ist es denn nun?»

«Da wo die ganzen Leute rumstehen – dritte Querstraße links, dann fast bis zum Wasser runter...»

«Danke.»

Eine schöne Gegend. Ein leichter Hang, Blick aufs schimmernde Wasser, auf einige Inseln, Kälber-Werder, Schwanenwerder, die Pfaueninsel. Am Großen Tiefehorn vorbei konnte man weit drüben einen hellen Sandstreifen erkennen – das Strandbad Wannsee.

Die Nr. 185 war ein weißgekalktes, zweistöckiges Spielzeughäuschen, eingerahmt von Birken, Kiefern und Trauerweiden. Mit Grundstück gut und gerne seine 300000 Mark wert. Das mußte der Mann geerbt haben, so was bekam man mit keinem Bausparvertrag zusammen. Jedenfalls war er tot. Reichtum schützte vorm Sterben nicht – welch schöner Trost.

Etwa zwanzig Leute standen vor dem länglichen Grundstück, dazu ein Haufen Kinder. Mal ein Tatort richtig *live* und ein Toter, den man kannte. Nur gut, daß es einen selber nicht erwischt hatte. Na ja, schließlich führte man ja auch ein anständiges Leben und hatte noch alle Tassen im Schrank.

Der Kollege Streifenbeamte, der sich vor dem Tor aufgebaut hatte, hielt sie für Pressefritzen und machte Sperenzien. Koch hielt ihm seine Marke unter die Nase, und der Mann machte plötzlich auf devot; konnte ja sein, daß sie einen Draht zu seinem Vorgesetzten hatten. «Die Herren von der Spurensicherung sind schon da...»

«Danke.» Mannhardt kam sich plötzlich wichtig vor und lächelte sogar. Na und? Was sprach dagegen, daß er diesen Auftritt genoß?

Sie kamen in den Windfang; zwei Kollegen begrüßten Mannhardt gleichzeitig. Vorn im Wohnzimmer blitzte es, in der Diele schrillte das Telefon, auf der Terrasse klapperten die Männer mit dem Blechsarg, einer von der Spurensicherung betupfte die Türklinke mit weißlichem Pulver, irgendwo unten auf der Havel tutete ein Dampfer, in der Küche knallte ein Fenster zu, im Garten bellte ein Hund; Koch drückte auf einen Schalter, und in der Diele flammte eine 100-Watt-Birne auf, die in einem Totenschädel montiert war... Ein Dutzend Reize auf einmal, aber Mannhardt genoß es. Das putschte auf, das pustete seine düsteren Gedanken hinweg. Für Augenblicke wenigstens.

Es roch muffig hier, nach faulenden Kartoffeln und nach Altersheim. Überall Trödel. Neben der Toilettentür eine Schaufensterpuppe im eleganten Cocktailkleid. In ihrem ausgehöhlten rechten Auge steckte der Kellerschlüssel.

War er immer noch betrunken?

«Plemmi-plemmi, was?» fragte Koch.

«Wer?»

«Na, der hier.»

Mannhardts Kopf war eine Buschtrommel, und irgendwer schlug darauf seine Nachricht: Alles nur Einbildung, alles nur Einbildung! Geisterbahn. Mausoleum. Krematorium. Irrenanstalt. Panoptikum. Alles zerfloß, sein Hirn löste sich auf wie ein Tropfen Tinte in einem Wasserglas.

«Was ist denn?» Koch stützte ihn.

«Nichts!» Mannhardt stieß ihn zur Seite. «Ich bin hier auf diesem Scheißteppich ausgerutscht.»

Es ging wieder. Es mußte gehen... Nie wieder Alkohol! Vor zwanzig Jahren hätte er nach solcher Nacht noch Bäume ausreißen können, aber jetzt... Und dann so was Blödes hier!

Koch bahnte ihm den Weg durch die Diele, und endlich konnte er einen Blick in das Zimmer werfen, in dem der Tote lag.

Ein verrücktes Bühnenbild.

Kreideweiße Wände, und alles voller Blumen. Sträuße über Sträuße; Hunderte von Nelken wohl, Rosen, Gladiolen und wie das Zeug noch hieß. Jetzt schlug ihnen süßlich-tropischer Duft entgegen.

Auf dem gewachsten Parkett ein rothaariges Männchen in einem viel zu knappen Smoking. Ein Clown mit einem Loch im Kopf.

Um ihn herum ein See aus Blut und Cognac.

Ein umgestürzter Stuhl, eine ausgelaufene Flasche und ein hoher, sehr stabiler Tisch.

An dem Tisch war ein Schraubstock befestigt, und in den Schraubstock war eine 9 mm-Parabellum eingespannt, eine Walther P 38, den Lauf nach oben geneigt. Ihr Abzug war durchbohrt, und in der Öffnung steckte das eine Ende eines dünnen Bindfadens. Das andere Ende hielt der Tote noch in der rechten Hand.

Absurd!

Er hatte alles hergerichtet und dann an der Strippe gezogen. Ein häßlicher Gnom, bucklig wohl, ein besserer Liliputaner.

Mannhardt regte sich nicht. In seinem Kopf tönte es blödsinnigerweise von einem Endlosband: *Ich hab ja vieles schon erlebt, aber so etwas noch nicht, aber so etwas noch nicht*... Wenn er diesen Gnom noch länger anstarrte, dann war er bald genauso verrückt.

«Plemmi-plemmi», wiederholte Koch.

Mein Gott, auch noch dieser schwachsinnige Koch mit seinem Hinterhofslang!

«Was war denn der?» fragte Mannhardt nach hinten zu seinen Kollegen. «Blumenbinder, Primgeiger, Varietékünstler – oder was?»

«Keine Ahnung...»

Die Smokingjacke klaffte auf und Mannhardt entdeckte eine Brieftasche. Er bückte sich und zog sie heraus. Zwei Fünfzig-Mark-Scheine, ein bißchen Kleingeld, ein paar Karpfenschuppen und ein Firmenausweis.

EUROMAG – EUROPÄISCHE MASCHINENBAU-AKTIENGESELLSCHAFT – *Dienstausweis Nr. C 422 für Ossianowski, Otto-Wilhelm, geb. 25.10.1920, beschäftigt bei: Sondergruppe für Systemplanung.*

«Ich werd verrückt»! sagte Koch.

Alle Mitglieder der EUROPÄISCHEN MASCHINENBAU-AKTIENGESELLSCHAFT *im In- und Ausland werden gebeten, den Inhaber dieses Ausweises bei der Erledigung seiner Aufgaben zu unterstützen und ihm notfalls Schutz und Hilfe zu gewähren.*

Wie schön, dachte Mannhardt, die große EUROMAG-Familie.

Ausgestellt im Juni 1970. Zwei wuchtige Stempel. Beglaubigt durch einen Generalbevollmächtigten. Ein Paßbild, Photomaton.

«Mensch, ist der häßlich», sagte Koch. «So kann doch keiner aussehen, der muß doch 'ne Maske aufhaben.»

Mannhardt trat einen Schritt zur Seite und sah dem Toten ins Gesicht. Ein bißchen Seehund, ein bißchen Gorilla – das alles aber nicht schwärzlich-blau, sondern rosig. Dazu die rötlichen Haare. Die weiten Nasenlöcher mußten, wenn er am Tisch saß, gerade nach vorn gerichtet sein. Und Blumenkohlohren, wie bei einem altgedienten Catcher.

Aber stolzer Mitarbeiter der EUROMAG.

Gewesen.

«Auf welche Art und Weise man nicht alles Selbstmord begehen kann», sagte Koch.

Mannhardt zuckte die Achseln. «Exzentrisch war er sicher – was bleibt so einem Wechselbalg schon übrig. Aber es könnte ihn ebensogut jemand auf den Stuhl gesetzt haben und dann...»

Koch nickte, und Mannhardt sah ihm an, was er dachte: Industriespionage, Bestechung, Erpressung... Warum nicht? Auszuschließen war nur, daß ihn ein Nebenbuhler aus Eifersucht erschossen hatte; sonst war alles drin.

«Vielleicht hatte er 'ne leichte Macke, und der Mörder hat das ausgenutzt, um uns reinzulegen», sagte Koch.

«Zu neunundneunzig Prozent ist es ein Selbstmord», sagte Mannhardt mit plötzlicher Bestimmtheit.

«Siehst du 'n Abschiedsbrief oder so was?»

«Nein... Aber der dürfte keinen gehabt haben, von dem er sich verabschieden mußte.»

Wirklich? Hatte nicht diese extreme Häßlichkeit etwas Faszinierendes?

Ossianowski – der Name paßte wie die Faust aufs Auge. Wenn der Mann zum Film gegangen wäre, hätte er's zu Weltruhm bringen können. Aber als kaufmännischer Angestellter...

Mord oder Selbstmord?

Wenn man diesen Gnom hier sah und sein verrücktes Haus, kam nur Selbstmord in Frage: Ekel vor sich selbst und der Welt, die ihn nicht mochte, weil er sie mit seinem Anblick störte. Aber eben weil das so offensichtlich war, konnte es jeder halbwegs vernünftige Mensch für seine Zwecke ausgenutzt haben.

Doch was gab es schon für Gründe, diesen mißglückten Homunculus hier zu ermorden?

Man mußte sehen.

Koch meldete: Bis jetzt keine Spuren eines gewaltsamen Eindringens in das Haus, keine fremden Fingerabdrücke.

Hm... Mannhardt hatte sich noch immer nicht von der Stelle gerührt. Ein Ritualmord? Eine bislang in Berlin unbekannte Sekte? Es sprach einiges dafür – auf dem Tisch stand ein siebenarmiger Leuchter mit heruntergebrannten Kerzen... Oder eine homosexuelle Beziehung? Verheiratet war er offenbar nicht. Und Geld für Strichjungen hatte er vermutlich. Ein nekrophiler Freund? Das war zu prüfen. Oder doch was Rationales: Er war bestochen worden, er hatte Interessenten Tips gegeben, er hatte Geheimnisse an Illustrierten verraten... Schließlich war er Mitarbeiter einer Stabsstelle, mit Sicherheit gut informiert...

Es gab eine Menge zu tun.

«Sonst sehen die Räume im Erdgeschoß und oben ganz normal aus», berichtete Koch. «Zwar wie ein Museum, aber...»

Mannhardt hatte gar nicht bemerkt, daß er fortgewesen war.

«In der Küche sitzt die Frau, die ihn gefunden hat», fuhr Koch fort. «Sie macht hier jede Woche einmal sauber.»

«Das ist kein Motiv.»

«Sie heißt Elfriede Kriegshammer.»

«Das auch nicht.»

Ein Quatsch, was er da zusammenredete. Total überdreht. Ja, das war er. Konnte auch nur ihm passieren – 'ne Leiche an so 'nem Morgen. Dem Erik Ode passierte so was nie... Scheißberuf. Fernsehkommissar müßte man sein.

Sie fanden Elfriede Kriegshammer auf einem Küchenstuhl. Sie war etwa fünfzig Jahre alt und recht adrett, aber ein wenig einsilbig.

Ja, sie habe Herrn Ossianowski gefunden, als sie im Zimmer saubermachen wollte.

Nein, letzte Woche habe sie nichts Auffälliges an ihm bemerkt.

Ja, sie mache schon seit fünf Jahren hier sauber.

Nein, verheiratet sei Herr Ossianowski nie gewesen.

Nein, Männerbekanntschaften habe er wohl keine gehabt, aber... Ja, etwas schrullig sei er schon gewesen.

Nein, einer Sekte habe er ihres Wissens nicht angehört; er sei wohl überhaupt nicht religiös gewesen.

Ja, das Zimmer, in dem er jetzt liege, habe seit Jahren leergestanden.

Nein, in ärztlicher Behandlung sei Herr Ossianowski nie gewesen, auch beim Psychiater nicht.

Nein, die Pistole habe er ihr nie gezeigt. Und da gebe es auch zwei Kellerräume, die sie nie habe betreten dürfen.

Also, das verbitte sie sich aber! Wie käme sie als verheiratete Frau dazu, intime Beziehungen zu Herrn Ossianowski...

Nein; sie wohne zwar gleich nebenan, habe aber gestern abend nichts bemerkt, was...

Nein, von einem Testament wisse sie ebensowenig wie von einem Abschiedsbrief.

Nein, Herr Ossianowski habe weder Geschwister noch Eltern oder sonstige Verwandte.

Ja, er habe ganz und gar zurückgezogen gelebt. Sie könne es noch immer nicht fassen.

Koch reichte ihr ein Tempotaschentuch, damit sie sich die Tränen trocknen konnte. Dann ließ er sich – fürchterlich korrekt – ihren Ausweis zeigen und notierte sich alle notwendigen Daten. Man konnte nie wissen.

«Hatten Sie jemals den Eindruck, Frau... Frau Kriegshammer, daß er Selbstmord begehen könnte?» Dämlicher Name.

«Nein!» kam es mit Bestimmtheit. «Mein Mann – der kannte ihn auch –, der sagte immer: Der Owi, der ist so froh wie der Mops im Paletot.»

«Owi...?»

«So nannten ihn doch alle – Otto-Wilhelm...»

«Ah, ja.»

Frau Kriegshammer war vorerst ausgepreßt, sie konnte gehen.

«Sie müssen den Mörder finden, der das gemacht hat!» schluchzte sie.

«Wenn Ihnen noch was einfällt...» Koch drückte ihr einen vorbereiteten Zettel mit seiner Telefonnummer in die Hand.

Als sie abgegangen war und die Herren vom Erkennungsdienst noch immer nichts Wesentliches zu vermelden hatten, erinnerte Koch an die verschlossenen Kellerräume, von denen die Kriegshammer gesprochen hatte.

«Du bist ein Genie», sagte Mannhardt und fügte pathetisch hinzu: «Was wird dieser Keller wohl für 'n Geheimnis bergen?»

«Vielleicht Martin Bormanns Leiche», vermutete Koch, der regelmäßig seine Illustrierte las.

Mannhardt schickte zwei Mann in den Keller mit dem Auftrag, die Türen irgendwie aufzukriegen.

Der erste Raum enthielt überraschenderweise eine der schönsten Modelleisenbahnen, die Mannhardt je gesehen hatte. Und er verstand was davon. Da gab es absolut vorbildgetreue Weichenstraßen, Bahnhöfe, Eselsrücken, Viadukte, Drehscheiben und Lokomotivschuppen. Vom Lichtsignal bis zum Oberleitungsmast – alles astrein. Für diese Anlage hätte Ossianowski bei jedem Wettbewerb den ersten Preis gewonnen. Mannhardt hätte sich am liebsten an eines der vielen Fahrpulte gesetzt und wäre losgefahren. Eine Unmenge von Lokomotiven und Triebfahrzeugen. Eine P 3, eine P 6, eine E 91, eine SBB-Be 6/8 III, hinten eine...

Mein Gott!

Jetzt erst sah Mannhardt, was mit der Anlage los war. Auf den Bahnhof der Ortschaft ‹Glücksheim› war eine vierstrahlige Düsenmaschine gestürzt – überall verkohlte Trümmer, Tote, Verletzte, Ärzte, Krankenwagen, Feuerwehrautos. Alles maßstabgetreu und beklemmend realistisch. Und kurz vor der Tunneleinfahrt war ein TEE in einen Personenzug gerast. Zerfetzte, aufgeschlitzte Wagen, umgestürzte Lokomotiven, Rettungsfahrzeuge – ein Chaos. Schrecklich. Hinten am Fluß schleifte ein Triebwagen einen vollbesetzten Pkw über die Schienen; die Schranken waren nicht geschlossen. Auf dem Güterbahnhof wurde ein Eisenbahner zwischen den Puffern zweier Kesselwagen zerquetscht.

«Fehlt nur noch das Tonband mit den Schreien der Sterbenden», murmelte Koch.

Mannhardt war wie vor den Kopf geschlagen. Sadismus? Menschenhaß? Irrsinn? War dieser Ossianowski ein verhinderter Nero gewesen? Er wandte sich ab. Der Anblick dieses sauber gebastelten Modells einer Massenschlachtung war unerträglich.

Rechts vom vergitterten Fenster hing ein Wandregal mit etwa zwei Dutzend Fächern, wie man es in den Poststellen von Behörden und Industriebetrieben findet. Wahrscheinlich hatte es Ossianowski bei irgendeiner Entrümpelungsaktion abgestaubt. Am obersten Querbrett war ein längliches Pappschild befestigt, auf dem in flammender Schrift zu lesen stand:

DIE GRÖSSTEN KATASTROPHEN DER MENSCHHEIT.

Die einzelnen Fächer waren säuberlich beschriftet: *Flugzeugabstürze – Schiffsuntergänge – Eisenbahnunfälle – Seuchen – Erdbeben – Überschwemmungen – Kriege – Bergwerksunglücke – Taifune/Hurrikane – Lawinen – Bergrutsche – Vulkanausbrüche – Hungersnöte – Großbrände.*

Mannhardt griff in das Fach *Erdbeben* und zog ein dickes Bündel mit Zeitungsausschnitten und Illustriertenfotos heraus. Da fehlte nichts, was in dieser Hinsicht jemals an Schrecklichem aufgezeichnet war, weder Quito (1797) mit 40000 Toten noch Kansu (1920) mit 180000 Toten oder Agadir (1960) mit 12000 Opfern.

Unter dieser Registratur des Grauens stand ein kleiner Schreibtisch mit einer verrosteten Lampe und einem Hohlstein, in dem Bleistifte und Kugelschreiber steckten. Rechts oben lagen, schön säuberlich aufeinander geschichtet, Zeitungsausschnitte, die Ossianowski noch nicht einsortiert hatte. *156 Tote bei Flugzeugabsturz – Düsenmaschine vom Typ Iljuschin 62 mit DDR-Urlaubern nahe Königswusterhausen zerschellt.* Der nächste: *Todestunnel bei Soissons ist eine Stätte des Grauens – Mehr als 100 Menschen starben / Herabstürzendes Gestein verursachte Zugkatastrophe.*

Mannhardt fuhr sich mit der Hand über die Augen. Wie oft in solchen Augenblicken der Erschütterung und der Ratlosigkeit dachte er in Stereotypen, die aus dem Schlager- und Chansonbereich stammten: *Das ist meine Welt – und sonst gar nichts.* Ein armer Kerl, dieser Otto-Wilhelm Ossianowski.

«Sieh mal!» Koch hatte inzwischen einen Leitz-Ordner voller eng betippter Schreibmaschinenseiten entdeckt. «Genau 942... Mit Register.» Er blätterte zurück, um nach dem Deckblatt zu sehen.

Da stand es:

DIE GRÖSSTEN KATASTROPHEN DER MENSCHHEIT
VON O.-W. OSSIANOWSKI

«Er hat ein Buch drüber geschrieben...»

«Nie was von gehört», sagte Mannhardt, der recht viel las und sich zumindest an Hand von Prospekten über neue Autoren und Titel informierte.

Nach wenigen Sekunden hatte sich seine Vermutung bestätigt: niemand hatte das Manuskript haben wollen. In einem Aktendeckel lagen etwa zwanzig Schreiben, alle von mehr oder minder renommierten Verlagen, alle graphisch hervorragend aufgemacht und alle mit den gleichen Floskeln: *... sehen im Augenblick leider keinen Platz in unserem Verlagsprogramm... Wir freuen uns, daß Sie uns einen Einblick in Ihre Arbeit gegeben haben, aber... Wir haben Ihre Dokumentation mit großem Interesse gelesen, müssen Ihnen aber leider mitteilen...*

Sein Lebenswerk.

Und niemand hatte Interesse daran gehabt.

Mannhardt, dem erst neulich ein kleiner Beitrag zurückgeschickt worden war, den er für die Fachzeitschrift *Kriminalistik* geschrieben hatte, konnte verstehen, was in Ossianowski vorgegangen war. Jahrelange Arbeit, jahrelanges Hoffen – alles umsonst. Kein Schriftstellerruhm – noch nicht einmal ein Achtungserfolg. Der verzweifelte Versuch, seiner elenden Existenz zu entfliehen war gescheitert. Aus und vorbei. Hatte er jetzt die Konsequenzen gezogen?

Mannhardt horchte nach draußen. «Ich glaube, sie haben die andere Tür aufbekommen...»

Der zweite Kellerraum war wesentlich größer als der erste. Er enthielt auf der linken Seite ein wohlbestücktes Laboratorium mit Reagenzgläsern, Glaskolben, Bunsenbrennern und vielfarbigen Chemikalien, aber auch einige elektrische Geräte – Batterien, Voltmeter, Transformatoren und ähnliches. Mannhardt fühlte sich unbehaglich, fühlte sich an den Physik- und den Chemiraum seiner alten Schule erinnert. Die Fünfen, die er dort unter den hämischen Bemerkungen der Studienräte eingesteckt hatte, schmerzten ihn heute noch. Da war er schon wieder bei diesem verfluchten Klassentreffen!

«Mensch, guck dir das mal an!» Koch riß ihn geradezu herum.

Mannhardt erkannte an der anderen Wand eine weitere Modellanlage, aber ganz offensichtlich keine Eisenbahn, sondern... Er stutzte. Über dem Ganzen hing ein Transparent mit der Aufschrift Owis Selbstmord-Center. Ihn fröstelte, er spürte einen Anfall von Klausteophobie. Atemnot. Nur der eine Gedanke: Raus hier!

Aber er biß die Zähne zusammen, schluckte mehrmals und atmete tief durch. Dann folgte er Koch, der schon an das Modell herangetreten war. Was er sah, war wahrhaft einmalig.

Die längliche Spanplatte, die vielleicht drei mal zwei Meter umfassen mochte, war, was die handwerkliche Fertigkeit betraf, ein kleines Kunstwerk. Figuren, Häuser, Bäume, Autos, Züge – auch hier alles maßstabgerecht. Auch hier stimmte alles bis ins letzte Detail. Ossianowski mußte jahrelang daran gebaut haben. Er hatte für denjenigen, der freiwillig aus dem Leben scheiden wollte, keine Möglichkeit außer acht gelassen.

Rings um den Rand der Platte zog sich eine Autobahn, die rechts unten in einer Landstraße auslief. Da gab es genügend Bäume, Mauern und Brückenpfeiler, gegen die man seinen Wagen lenken konnte. Einige von Owis Figuren hatten es bereits getan. Andere standen auf einer Brücke, um sich vor die heranbrausenden Lastzüge zu stürzen. Innerhalb der Autobahn verlief das Oval einer zweigleisigen Bahnstrecke, die potentiellen Selbstmördern sowohl die Gelegenheit bot, sich vor einen der Züge zu werfen als auch aus einem der Abteile zu springen. Durch die Luft wirbelnde Körper – geschickt an fast unsichtbaren Fäden befestigt – und verschiedentlich neben ödem Gleiskörper liegende, gräßlich verstümmelte Männer und Frauen zeigten an, daß man von diesem Angebot reichlich Gebrauch machte. Arbeiter in blau-weiß gestreiften KZ-Uniformen karrten menschliche Kadaver zum Krematorium, das links unten lustig qualmte. Winzige Urnen standen zum Abholen bereit. Daneben zog sich ein langgestreckter See hin, der in einen Fluß mit einigen Stromschnellen auslief. Es gab Brücken und Stege genug, von denen aus ein Sprung ins Wasser möglich war. Im Schilf treibende Wasserleichen bewiesen, daß auch hier richtig kalkuliert worden war. Nebenan auf einem kleinen Sprengplatz jagte sich gerade ein nackter Jüngling in die Luft. Weiter rechts ein kleiner Wald; an den starken Ästen hochstämmiger Bäume hing eine Handvoll Personen beiderlei Geschlechts. Die Kolonne, die die Toten zu bergen hatte, kam überhaupt nicht nach. Hier hatte Owi als Systemplaner versagt. Allerdings war sein Selbstmord-Center auch ziemlich überlaufen; fast so wie der Berliner Zoo an einem schönen Frühlingstag.

Krönung des Ganzen aber war das zwölfstöckige Hochhaus am linken oberen Rand der Anlage, dessen Vorderfront Owi weggelassen hatte, so daß man ins Innere der einzelnen Stockwerke sehen konnte. Das flache Dach war nur mit einer niedrigen Brüstung versehen und bot sich geradezu an, um von hier in die Tiefe zu springen. Tatsächlich setzte gerade ein Mann zum Sprung an, und unten waren zwei zerschmetterte Frauenkörper zu erkennen. In sämtlichen Räumen waren Menschen (maßstabgetreu!) emsig und zielstrebig damit beschäftigt, sich vom Leben zum Tod zu bringen oder doch ihren Selbstmord vorzubereiten, und zwar mit beachtlichem Erfindungsreichtum: Neben Schußwaffen, Giftstoffen (gasförmig und flüssig), Hochspannungsleitungen und altmodischen Rasiermessern gab es eine Selbstverbrennungsanlage und eine automatische Guillotine.

Die Empfangshalle unten hätte jedem internationalen Konzern Ehre gemacht. Eine mit goldenen Buchstaben verzierte Tafel verkündete Sinn und Zweck dieses Hauses:

Befreie die übervölkerte Erde von der Last Deiner Existenz.
Befreie Dich selbst von der Last Deines Lebens.
Morde Dich selbst und bleibe rein, ehe die Menschen Dich
zum Mörder anderer machen.

«Ein schöpferischer Mensch», grinste Koch.

«Ein krankes Hirn», sagte Mannhardt heiser.

In diesem Augenblick entdeckte er Owis Abschiedsbrief.

Ein schmaler Umschlag lag auf dem Dach des Hochhauses; sie hatten ihn zuerst in dem abstrusen Durcheinander nicht registriert: Ein Kuvert mit der Aufschrift ABSCHIEDSBRIEF sollte in einem Selbstmord-Center nichts Ungewöhnliches sein.

Ossianowski hatte sich zwar kurz gefaßt, aber deswegen nicht weniger deutlich:

Viele Menschen haben mich zu dem gemacht, was ich bin, zum Fußabtreter, aber nur wenige haben es so vollkommen getan, wie meine vier Kollegen in der Sondergruppe für Systemplanung. Ich bin in den Tod gegangen, weil ich dieses Leben nicht mehr ertragen konnte. Mein Körper ist starr und kalt. Aber ich werde mich an den vieren rächen, die mir das alles angetan haben. Noch in dieser Woche werden sie mir folgen, Sprengkörper werden sie zerreißen, wo immer sie sich aufhalten. Die ganze Welt kann ich nicht vernichten, aber die lieben Kollegen Kuhring, Zumpe, Brockmüller und Lux. Mein Einfallsreichtum ist grenzenlos.

Amen!

Mannhardt stand wie erstarrt; selbst Koch war das Grinsen vergangen. Sie glaubten Ossianowskis Anwesenheit im Raum zu spüren. Dieses Haus hatte sie für Augenblicke zu verschreckten Kindern werden lassen.

Mannhardt faßte sich als erster und rannte die Treppe hinauf zum Telefon.

3

Sehr verehrter Herr Kommissar!

Verzeihen Sie, daß ich diese floskelhafte Anrede gebrauche und weder Ihren Namen noch Ihre genaue Dienstbezeichnung kenne, und üben Sie insbesondere deswegen Nachsicht, weil es mir infolge früherer privater Verbindungen an sich ein leichtes gewesen wäre, vom Landeskriminalamt zu erfahren, wer aller Wahrscheinlichkeit nach zur Bearbeitung meines Falles herangezogen werden wird. Aber zu diesem Zweck hätte ich dem dortigen Beamten wohl oder übel bestimmte Informationen liefern müssen, was bei einem gewissen Scharfsinn seinerseits mit der Gefahr einer frühzeitigen Blockierung meiner Pläne verbunden gewesen wäre.

Sie dagegen kennen mich schon, wenngleich auch nur meine sterbliche Hülle, und Sie werden Stunden und Tage damit zubringen müssen, die Psyche des Otto-Wilhelm Ossianowski zu erforschen, weil Sie überzeugt sind, daß nur deren Kenntnis Ihnen eine Chance eröffnet, das wertvolle Leben vierer ehrenwerter Menschen zu retten. Eines Tages wird dieses Manuskript auf höchst sonderbare Weise in Ihre Hände gelangen, und Sie werden es mit fieberhaftem Eifer lesen. Es spricht, wenn ich – den Normalfall voraussetzend – an Ihre Herkunft und Ihre Ausbildung, an Ihren Hochmut gegenüber den Gescheiterten und Ihre stille Verteufelung aller Ausgeflippten denke, alles dagegen, daß Sie für mich und mein Verhalten auch nur ein Jota Verständnis, geschweige denn Mitgefühl aufbringen, und dennoch zwingt mich meine Not, diese Gelegenheit zu nutzen, mich mitzuteilen. Nun, ein Fanal kann ich nicht setzen, aber ich kann sicher sein, daß meine Tat Tausende von Menschen aufhorchen läßt und vielleicht den einen oder anderen zur heimlichen Frage bewegt, wo und wie oft *er* sich schuldig gemacht hat.

Gleichviel, ob Sie nun wollen oder nicht, Sie sind gezwungen, meinen Ausführungen ein ungewöhnlich hohes Maß an Aufmerksamkeit zu schenken. So komme ich postum auch noch zu diesem Vergnügen, wie im übrigen auch noch zu manchem anderen, wie Sie ja meinem kleinen Schreiben entnehmen konnten, das ich auf dem Gelände meines Selbstmord-Centers für Sie hinterlegt habe. Ob Sie, wenn ich Ihnen vor Ihrem geistigen Auge erscheine, den Herrn Ossianowski, den Owi oder den Astowitz als Bezeichnung für mich wählen, muß ich natürlich Ihnen überlassen; die erste Möglichkeit fände ich allerdings wesentlich liebenswürdiger.

Darf ich mich, bevor ich recht eigentlich beginne, auf Camus berufen und einen Satz von ihm zitieren: «In Tat und Wahrheit – Sie wissen es selber genau – träumt jeder intelligente Mensch davon, ein Gangster zu sein und mit roher Gewalt über die Gesellschaft zu herrschen.» Nun, so etwas wie ein Gangster bin ich jetzt, wennschon als Einzelgänger, als ‹Einzelgangster›, wenn Sie so wollen, und viele lange Stunden und Tage herrsche ich, wenn auch nicht über den Kosmos, so doch über den Mikrokosmos meiner Arbeitsstelle, der Sondergruppe für Systemplanung, wobei mich mein jetziger Zustand glücklicherweise sowohl jeder Verfolgung als auch jeglicher Bestrafung entzieht.

Ich fühle mich in keiner Weise verpflichtet, von einer Schuld zu sprechen, die ich mir aufgeladen habe, und um *Ent*schuldigung zu bitten, denn meine Rache ist für mich nichts anderes als Gerechtigkeit. Ich will lediglich die Gründe darlegen, die mich bewogen haben, mir selbst das Leben zu nehmen und diesen Freitod mit allem Geschick als Mittel zur Vernichtung meiner Kollegen einzusetzen.

Lassen Sie mich mit den Umständen beginnen, unter denen ich aufgewachsen bin. 1920 in Berlin geboren, hatte ich nicht das Glück, behütet von einem Vater aufzuwachsen, der mir auch hätte Vorbild sein können, denn mein Erzeuger starb 1923 in Küstrin, als man den Putsch der Schwarzen Reichswehr niederschlug. Meine Mutter, von einem Kind, das lediglich durch seine außergewöhnliche Häßlichkeit auffiel, ebenso behindert wie abgestoßen, entzog sich aller Verantwortung, indem sie mich unter dem Vorwand einer kurzen Reise nach Rostock bei einer säuerlichen Tante abgab und sich dann an der Seite eines Möbeltischlers nach Kanada einschiffte. Da war ich drei Jahre alt und schon entwickelt genug, um die Hartherzigkeit dieser Tante voll zu empfinden. So verbrachte ich, nach einer trostlosen Kindheit auf Berliner Hinterhöfen, meine ebenso unerfreuliche Jugend in einem ostpreußischen Dorf; hier wie dort von den anderen körperlich gequält und seelisch mißhandelt. Am Ende einer langen Flucht fand ich mich erneut in Berlin. Meine Tante war bei einem Bombenangriff Ende 1944 ums Leben gekommen; ich stand allein in der Welt. Ich fand eine Stellung als Lagerarbeiter bei einer amerikanischen Einheit, der ich jedoch auf die Dauer körperlich nicht gewachsen war. Isoliert von den Menschen und von den Mädchen gemieden, überwand ich im autodidaktischen Studium die Mängel meiner Vorbildung und stieg dann nach und nach, inzwischen zur EUROMAG gewechselt, vom Büroboten und Pförtner zum Gruppenleiter auf, wobei mir zweifellos zugute kam, daß meine Vorgesetzten und Kollegen nie der Versuchung widerstehen konnten, mich zum Mittelpunkt ihrer Scherze zu machen, um dann bei der Beurteilung meines Verhaltens von ihrem schlechten Gewissen zu günstigen Aussagen getrieben zu werden.

Ich vergaß wohl zu erwähnen, daß ich das Haus in Kladow, in dem Sie mich tot aufgefunden haben, von der oben erwähnten Tante geerbt habe. Das Haus und, wie sich leider – die Gründe tun nichts zur Sache – erst nach Jahren herausstellte, ein kleines Wertpapierdepot.

Nun gestatten Sie mir bitte, daß ich näher auf die Umstände eingehe, die mir das Leben in der Sondergruppe für Systemplanung zur Hölle machen beziehungsweise gemacht haben. Sie sehen mich schwanken, ob ich für diesen Brief an Sie die Gegenwarts- oder die Vergangenheitsform wählen soll, was insofern schwierig zu entscheiden ist, weil ich im Augenblick der Niederschrift möglicherweise noch Monate meines Martyriums vor mir habe, Sie aber alles erst nach meinem Abgang von der Bühne des Lebens erfahren. Doch dies nur nebenbei.

Gleichviel, generell läßt sich sagen, daß ich für meine Kollegen ständig eine ärgerliche Zumutung und eine als bedrohlich empfundene Herausforderung darstelle, weil ich rettungsloser Außenseiter bin und das verachte und verdamme, was sie schätzen. Als gefeierter Schriftsteller O.-W. Ossianowski wäre ich ein Original und könnte mich kaum vor denen retten, die Kontakte zu mir suchten. So aber lachen sie über das, was ich sage, und spotten über das, was ich denke, und strafen mich für meine Andersartigkeit. Ich lege keinen Wert auf fleckenlose Kleidung und benutze nichts, was mich am Schwitzen hindert; ich besitze weder Führerschein noch Wagen; sehe weder farbig fern noch mag ich Stereomusik; ich habe keine Frau und keine Kinder und mache mir aus beiden nichts; ich ekle mich vor kollegialer Fröhlichkeit, wie sie bei unseren Feiern regelmäßig ausbricht, und noch mehr vor Alkohol; mir ist es ganz und gar egal, wieviel PS die Autos haben und was sie kosten, wer was in welcher Fernsehrolle spielt, wer den Ball in wessen Tor getreten hat; mein Herz schlägt für all die Ausgeflippten, all die Unterdrückten. Ich streite gegen Kuhrings Law-and-order-Sinn und gegen Zumpes Kommunistenhaß; vor allem aber entsetzt es und empört es mich, wie Dr. Brockmüller aus schierem Opportunismus alles verrät, woran er vor Jahren noch felsenfest geglaubt hat. Ich träume von einer Welt, die

Schwache leben läßt, und bin naturgemäß für die, die Gewachsenes zerbrechen wollen, um Neuem eine Chance zu geben (obwohl auch die auf meine Hilfe pfeifen).

So habe ich oft im Kollegenkreise agitiert, und sie haben mich, um meine Argumente zu zerschlagen, kurzerhand zum Clown gemacht. Ich habe die Sockel, auf die sich all die braven Bürger da geschwungen haben, heftig wackeln lassen – und sie fürchteten zu Recht um ihren Glauben an sich selbst und ihre Größe. Da war jemand, der ihnen ihre Jämmerlichkeit bewies – den mußten sie vernichten, und zwar in netter Form. Mit Worten und mit Witzen läßt sich trefflich morden. Die Lux fing an, und Brockmüller übertraf die Lux, Zumpe den Brockmüller und Kuhring den Zumpe. Was für 'n Heidenspaß tagtäglich; kein Betriebsrat und kein Chef hätte meine Klagen ernst genommen; im Gegenteil, wir sind als lustige Truppe bekannt.

Nun, Sie könnten jetzt einwenden, eine Versetzung an einen anderen Arbeitsplatz hätte mich von allen Sorgen befreit – o nein. Seien Sie versichert, anderswo hätte sich alles nur gering variiert wiederholt.

Sie können mich auch mit dem Vorwurf konfrontieren, ich hätte das alles mit äußerem Gleichmut hingenommen und so getan, als spielte ich nur allzu gerne mit, hätte gar noch meinen Spaß an dieser Narrenrolle... Ich kann Ihnen nur antworten: Ja. Ich habe die Auflehnung all die Jahre gefürchtet, weil sie wie keine andere Reaktion den anderen angezeigt hätte, wie sehr sie mich getroffen hatten. Ein Ausbruch meines Zornes hätte sie so recht erkennen lassen, wie sehr ihnen meine Demütigung gelungen war. So tanzte ich mit, wenn sie pfiffen, und hoffte auf ihre Freundschaft. Vergebens.

Sie töteten mich mit ihren Scherzen, mit ihren Streichen, die sie brauchen wie ein Rauschgift, weil ihnen die Arbeit selbst so wenig Genüsse verschafft. Erst die Gewißheit, auch an diesem Tage wieder Spaß durch mich zu haben, Spaß durch meine Narrenrolle, ließ sie jeden Morgen ihre Unlust überwinden, ins Büro zu kommen, wo es so wenig gab, was nach Erfolg aussah und sie befriedigte.

Ausführlich zu berichten, was mir alles widerfuhr, würde Bände füllen. Lassen Sie mich kurz erwähnen, was mir gerade ins Gedächtnis kommt. Daß die vier mich Owi nennen, ist keinem zu verargen, der Astowitz aber muß mich tief verletzen. Tagtäglich war und bin ich das Opfer ihrer sogenannten Späße; ein Opfer, das noch lacht, obwohl es am liebsten weinen möchte, weil so die Pein am schnellsten endet. Weint man tatsächlich mal, so ist es gut, aber als Dauereinrichtung ist es tödlich – tödlich zumindest für einen rothaarigen, zwergwüchsigen und leicht verwachsenen Mann wie mich, einem unsagbar empfindlichen Menschen. Süßes ist mir widerlich; sie schütten mir Zucker in den Nescafé und freuen sich an meinem Brechreiz; sie verstecken meine Kugelschreiber und freuen sich, wenn ich suche wie ein Kind beim Osterfest; sie schrauben mir das Mikrofon aus dem Telefonhörer und freuen sich, wenn ich verzweifelt meinen Partner rufe; sie verstellen meinen Sessel und freuen sich, wenn ich beim Niedersetzen nach unten gleite und beinah mit dem Kinn die Tischkante berühre; sie setzen Ratten und Spinnen aus Plastik in meinen Schreibtisch und freuen sich, wenn ich vor Entsetzen schreie; sie sorgen dafür, daß bei jeder Wahl zum Betriebsrat eine einzige Stimme auf meinen Namen entfällt und freuen sich, weil alle denken, ich hätte mich selber gewählt; sie haben mir vor einem Vortrag ein Blatt aus meinem Manuskript genommen, es durch einen anderen Text ersetzt und sich über meine Verzweiflung gefreut; sie drehen meinen Schreibtisch mit den Schüben zur Wand und freuen sich, wenn ich nichts öffnen kann.

Ich sehe Sie schmunzeln, Herr Kommissar: Was für harmlose Scherze, werden Sie sagen; war wohl ein bißchen überempfindlich, der Gute... Aber bedenken Sie bitte, daß fünf Gläser Alkohol für einen Mann wie Sie vermutlich ein Genuß sind, daß sie einen Säugling aber töten. Meine Sehnsucht nach Anerkennung und nach ernster Achtung, nach Erfolg und äußerer Würde ist so grenzenlos, wie keiner es ermessen kann. Doch das einzige, wozu ich meine Mitmenschen bewegen kann, ist die Aktivierung ihrer Phantasie, wie sie mich zum Mittelpunkt und Mittel ihrer rohen Scherze machen können. Sie krümmen sich vor Lachen, wenn ich erschrocken bin oder verdutzt, wenn ich rot anlaufe vor Schreck oder mich mit unvergleichlichem Ungeschick aus einer heiklen Lage zu befreien suche. Sie amüsieren sich wie die Soldaten, die in den Boden schießen und ihr armes Opfer um sein Leben tanzen lassen.

Dies alles ist nur allgemein gesagt und reichte wohl allein nicht aus, doch jedem der vier sei noch eine spezielle Rechnung aufgemacht.

Sie kennen inzwischen alle Kollegen, auch Fräulein Lux, und Sie wissen, wie wenig begehrenswert sie einem normalen Manne erscheinen muß. Dennoch, ich fand sie begehrenswert, als ich beim Betriebsfest im letzten Mai mit ihr tanzte. Berauscht von der Musik, glaubte ich, nachdem ich bis dahin für einen Liebesakt stets bezahlen mußte, endlich eine Frau gefunden zu haben, die etwas mehr für mich empfand, zumal ganz sicher war, daß sich an diesem Tage wie auch an allen folgenden kein anderer Mann für sie interessieren würde. Die Natur schien uns beide bestraft, aber wenigstens füreinander geschaffen zu haben. Ich flirtete und war verliebt und voller Hoffnung; die Nacht war lau, und zitternd vor Verlangen führte ich sie in den Wald hinaus. Sie gab sich locker und gelöst im Liebesspiel und schien alles unsagbar zu genießen, genau wie ich. Dann aber, als wir der Vereinigung und dem Höhepunkt zustrebten, fragte sie: «Ich nehm doch keine Pille – hast du was mit?» – «Nein», antwortete ich, worauf sie mich zur Seite stieß und sagte: «Du bist wohl verrückt – ich soll wohl ein Kind von dir bekommen!? Ich will doch keine Mißgeburt!» Ich hätte sie in dieser Sekunde erwürgen sollen, ich weiß, aber wie gelähmt lag ich im feuchten Gras, während sie mit schnell geordneter Kleidung ins Lokal zurückeilte.

Die Gründe, weswegen ich mich an Zumpe zu rächen habe, liegen auf einer ganz anderen Ebene. Als wir gemeinsam in der Haus- und Grundstücksverwaltung arbeiteten, beschwerten sich die Schwimmmeister eines an unser Werk I angrenzenden Freibades, unsere nahe am Beckenrand stehenden Linden bewirkten mit ihren herabfallenden Blättern eine unaufhörliche Verunreinigung des Wassers, so daß ihre Abholzung dringend zu empfehlen sei. Zumpe als mein damaliger Vorgesetzter traf seine Entscheidung im Einvernehmen mit dem Abteilungsleiter auch tatsächlich dahingehend, ließ mich aber, da er vorher verreisen mußte, das Schriftstück unterschreiben, das die Holzfällerkolonne in Marsch setzte. Die vier Linden wurden der Anordnung entsprechend gefällt, was binnen weniger Stunden zu geharnischten Protesten der Bevölkerung führte und die Presse zu bissigen Kommentaren bewog. Da schob Zumpe alle Schuld auf mich und behauptete, ich hätte eigenmächtig und gegen seinen Willen so gehandelt, was mir den Beinamen ‹Der Lindenkiller von Lichterfelde› eintrug. Die Leute kannten mich, Schmähbriefe wurden verfaßt, und ich war mannigfaltigen Beschimpfungen ausgesetzt: der Ossianowski kann eben nur Rotbuchen leiden und keine Linden.

Kuhring habe ich nichts geringeres vorzuwerfen, als daß er mich im vorigen Jahr, als ich im Januar von K 4 nach K 5 befördert wurde, in einmaliger Weise bloßgestellt und blamiert hat. Zu meiner Beförderungsfeier hatte ich ein Dutzend Kollegen und Kolleginnen einladen müssen – der Brauch verlangte es so, und ein Vergehen dagegen hätte nur zu einer noch stärkeren Ächtung geführt. In meiner Abneigung gegen allen Alkohol und das Betrunkensein verdünnte ich die

Schnäpse, die ich notgedrungen trinken mußte, indem ich reichlich Selterswasser zu mir nahm. Kuhring gelang es nun, im Verlaufe des Abends diesem Mineralwasser unbemerkt von mir mehr und mehr Wodka und Gin zuzusetzen, so daß ich bald völlig betrunken war und jede Kontrolle über mich verlor. Wie ich später erfahren habe, bin ich irgendwann auf den Tisch gesprungen, habe einen herumstehenden Sektkübel wie einen Pokal geschwungen und gebrüllt: *I am the Greatest!* Dabei – jemand wird nachgeholfen haben – rutschten mir Hose und Unterhose auf die Knie hinunter, und dieser Anblick ließ die Anwesenden in einen frenetischen Jubel ausbrechen. Wochenlang quälten sie mich mit ‹witzigen› Kommentaren über meine Anatomie im allgemeinen und meine Geschlechtsteile im besonderen. Ich war endgültig zum Narren geworden.

Am meisten aber habe ich Dr. Brockmüller zu verdammen, denn oftmals glaubte ich seinen freundlichen Worten Mitgefühl und Verständnis entnehmen zu können, wurde aber um so bitterer enttäuscht, wenn sich das alles als Heuchelei herausstellte und er der intellektuelle Urheber eines neuen Scherzes war, den ich erdulden mußte. Worauf Kuhring und Zumpe nie gekommen wären, ihm fiel es ein; und waren sie ausnahmsweise mal friedlich, er stachelte sie an. Davon abgesehen hat er mich auch in einzigartiger Weise lächerlich gemacht, als er unter Mißbrauch seines zeichnerischen Talents eine Skizze anfertigte, auf der ich mit meinem unproportionierten Körper zu sehen war, wie ich, rot angelaufen und schwitzend, mit einem gewaltigen Glasfiberstab die Höhe von 1,10 Meter meistere und die Zuschauer ringsum mit der Sprechblase «Weltrekord!» im Munde die Arme hochrissen. Diese meisterliche Kohlezeichnung wurde in einem Schnellhefter gelegt und lief – bis fast hinauf zum Generaldirektor – durch die ganze EUROMAG, von allen abgezeichnet. Ich war noch mehr gebrandmarkt.

Soweit die Gründe, die meiner Rache ihre Berechtigung geben. Was immer die vier auch unternehmen, mein Wille wird geschehen.

4

Fräulein Lux fegte mit hektischen Bewegungen die Glasscherben zusammen, entfernte auch den kleinsten Splitter vom Linoleumboden, indem sie mit dem feuchten Zeigefinger mal hierhin und mal dorthin tippte; ab und zu verlor sie die Hälfte des Aufgefegten von der Schaufel, weil sie zitterte, und begann von Neuem. Ihre Bluse war schon durchgeschwitzt. Das Beruhigungsmittel, das sie bekommen hatte, begann nur allmählich zu wirken. Ansonsten war sie, da sie im Augenblick der Explosion hinter dem kleinen Mauervorsprung gesessen hatte, der beim Umbau als Rest einer Zwischenwand zurückgeblieben war, als einzige unverletzt geblieben.

Kuhring stand am Fenster und sah auf den Parkplatz hinaus, wo inzwischen ein volles Dutzend Polizeibeamter aktiv geworden war. Er hatte sich beim Sturz vom Stuhl die linke Hand verstaucht und war vom Arzt mit einem elastischen Verband versorgt worden. Er war noch immer kreidebleich, und die Jodflecken auf seinem Gesicht wirkten wie Rost auf dem weißen Emaille einer Badewanne. Er hatte am meisten von den herumfliegenden Glassplittern abgekriegt. Jetzt fischte er nun schon die sechste Zigarette seit der Detonation aus der zerknautschten Packung.

Zumpe kam stöhnend von der Toilette herauf, die rechte Hand flach auf den Magen gepreßt. Seine Hose war nicht richtig zugeknöpft, und Spritzer auf dem hellgrauen Jackett ließen darauf schließen, daß er sich erbrochen hatte. Ohnehin anfällig nach den täglichen Auseinandersetzungen mit seiner Frau und bei den Mahlzeiten auf Tabletten angewiesen, hatte der Schock sofort zu einem Gallenanfall geführt. In seinem Ekel vor allem Eßbaren warf er Kuhrings Frühstücksbrote, die auf der Erde herumlagen, in den Papierkorb und deckte eine alte Zeitung darüber. Er war vom Explosionsdruck zu Boden geschleudert worden, hatte sich aber lediglich einige Prellungen zugezogen, die im Augenblick so wenig schmerzten, daß er sie über dem heißen Puckern seiner Galle fast vergaß. Schon begann sich die Bauchspeicheldrüse zu regen. Heftiger auch wurde sein Sodbrennen, und als sich seine Magenwände so zusammenkrampften, daß er laut aufstöhnte, wußte er, daß die Heilung seiner Gastritis und seines Magengeschwürs um Monate zurückgeworfen worden war.

Brockmüller saß zurückgelehnt in einem Sessel, der ansonsten den Herren Vorstandsmitgliedern vorbehalten war, wenn sie hier zusammenkamen, um neue Projekte zu erörtern. Er war noch immer benommen und nahm das Geschehen um sich herum nicht anders wahr, als wäre er gerade aus einer langen Narkose erwacht. Mit einem Eisbeutel, den einer der inzwischen abgerückten Sanitäter herbeigezaubert hatte, versuchte er, die zur Größe eines Hühnereies anschwellende Beule am Hinterkopf zu bekämpfen. Ihm schien, als sei er vorhin wie ein Torpedo auf die Kante des Aktenschrankes zugeschossen. Trotz allem war ihm irgendwie behaglich zumute, fast so euphorisch wie im Moment eines großen Erfolges. *Ich habe überlegt,* hämmerte es in seinem Hirn, *ich habe überlebt!* Seine Todesahnungen waren richtig und falsch zugleich gewesen. Jetzt war alles überstanden; jetzt würde er sein Kind zu sehen bekommen.

Ihnen allen fiel es schwer zu begreifen, was geschehen war. Kuhrings Wagen war in die Luft geflogen, urplötzlich, ohne jeden sichtbaren Anlaß. Morgens um 9 Uhr 11. Fest stand auch, der metertiefe Krater bewies es, daß der Sprengkörper unter der Rasendecke gelegen hatte. Jetzt suchte ein Spezialist mit einer blitzenden Sonde, die irgendwie an eine ihrer Bohnermaschinen erinnerte, nach weiteren Blindgängern – denn niemand bezweifelte, daß hier ein Überbleibsel aus dem letzten Weltkrieg seine späte Wirkung gezeitigt hatte. Nach bald dreißig Jahren mußte aus irgendwelchen unerfindlichen Gründen der Zünder plötzlich aktiviert worden sein.

In der ersten Panik waren sie auf die Straße gestürzt, auch Brockmüller, und dann in einem nahen Restaurant vom Notarzt und einigen Sanitätern versorgt worden; etwa nach einer Stunde war ihnen aber vom Einsatzleiter erlaubt worden, in das Gebäude zurückzukehren, da keine unmittelbare Gefahr mehr bestehe.

Während draußen die Reporter fotografierten, aber noch keine Erlaubnis zum Betreten des Hauses erhielten, warteten sie in ihrem demolierten Konferenzzimmer, ohne eigentlich eine Vorstellung von dem zu haben, was nun kommen sollte. Konnte man so einfach weiterarbeiten? Würde die Haus- und Grundstücksverwaltung einen Glaser schicken? Rückte eine Kolonne an, um den Schrott von Kuhrings Wagen einzusammeln? Ließ sich jemand von der Versicherung sehen, um zu prüfen, ob sich das Reparieren von Zumpes und Brockmüllers Auto noch lohnte? Kam möglicherweise der Generaldirektor selber zur Mansfelder Straße, um zu sehen, wie es bei ihnen aussah? Eine Vorschrift, die das Verhalten nach einer Explosion regelte, gab es überraschenderweise nicht.

«Ich trink erst mal einen», sagte Kuhring. «Wer will denn noch 'n Cognac?»

Brockmüller und die Lux wollten, Zumpe schüttelte sich.

Sie stürzten jeder zwei bis an den Rand gefüllte Gläser hinunter wie Wasser.

Kuhring erregte sich. «Owi, dieser Blödmann, hat natürlich wieder den richtigen Riecher gehabt! Jeden Morgen hockt er hier – heute sitzt er beim Zahnarzt, oder weiß der Teufel wo.»

«Wie gut, daß du dir vor zwei Monaten einen neuen Wagen gekauft hast», sagte Brockmüller.

«Wie im Krieg», stöhnte die Lux. «Wie im Krieg!»

«Hört doch endlich auf!» schrie Kuhring. «Muß denn jeder seinen Senf dazugeben?»

Zumpe blickte auf. «Ich hab doch gar nichts gesagt.»

Kuhring war nahe daran, sich auf ihn zu stürzen, da klingelte das Telefon. Er riß den Hörer hoch.

«Kuhring. Ja...!?» Sein Gesicht, eben noch wutverzerrt, erstarrte. Es war, als hätte ihn ein plötzlicher Kälteschock getroffen und für alle Ewigkeiten in dieser Pose fixiert.

Brockmüller, der dicht neben dem niedrigen Telefontischchen saß, konnte alles verstehen, was der Mann am anderen Ende der Leitung verlauten ließ. Kein Wunder, denn er schrie, und seine Stimme überschlug sich.

«Hier Mannhardt – Mordkommission. Ihr Kollege Ossianowski hat Selbstmord begangen und angekündigt, Sie alle in die Luft zu jagen...»

«Hier ist schon eine...» würgte Kuhring hervor.

«Dann los, raus auf die Straße!»

«Ja!»

Kuhring warf den Hörer auf den Tisch und stürzte zur Tür. Brockmüller stieß auf dem Flur mit Zumpe zusammen, die Lux verfing sich mit dem Blusenärmel; die Klinke ratschte ihn auf. Sie prallten gegen die Mauer, die draußen am Zaun von Neugierigen, Reportern und Polizeibeamten gebildet wurde.

«Weg hier!» schrie Kuhring. «Das Haus kann jeden Augenblick in die Luft fliegen.»

Alle ergriffen die Flucht; wie eine Herde wälzten sie sich hundert, hundertfünfzig Meter die Mansfelder Straße entlang, kamen erst allmählich an der Ecke Konstanzer Straße zum Stehen, als den vordersten die Luft ausging. Da standen sie dann und starrten auf die alte Villa zurück, die friedlich, wenn auch leicht beschädigt, in der Morgensonne lag. Ein paar Polizisten hatten die Nerven behalten und begannen, die Straße für den Durchgangsverkehr zu sperren und die Bewohner der umliegenden Häuser zu bitten, ihre Wohnungen vorübergehend zu räumen. Zwei Funkstreifenwagen mit Blaulicht rasten heran, von einem Mannschaftswagen sprangen Bereitschaftspolizisten.

Brockmüller verfolgte alles aufmerksam und glaubte dennoch nicht, daß es tatsächlich geschah. Das konnte nicht sein, das gab's doch nicht. Ein Fiebertraum vielleicht, ja. In der Realität war so etwas logischerweise ebenso unmöglich wie das plötzliche Auftauchen eines zweiten Erdenmondes. Sein Kopf schmerzte noch immer, und von neuem rotierte ein Vers in den Schaltkreisen seines Gehirns: *... weil, so schloß er messerscharf, nicht sein kann, was nicht sein darf.* Und es hallte nach, daß es ihn fast verrückt machte: *... sein darf ... sein darf ... sein darf.*

Er fummelte eine grünliche Tablette aus einer kleinen Schachtel, schluckte sie hinunter und ersetzte das nicht vorhandene Wasser, mit dem sie eingenommen werden sollte, durch reichlich Speichel. Kaum war sie im Magen unten, fühlte er sich besser, obwohl sie unmöglich schon wirken konnte.

Die Villa stand immer noch. Aber er sah förmlich, wie sie mit Donnergetöse auseinanderflog und eine riesige Staubwolke zum Himmel stieg. Er zitterte geradezu in der Erwartung, daß es nun endlich passierte. Es quälte ihn, daß alles ruhig blieb. Heftig schwitzend erwartete er auf die Erlösung der Detonation.

Sekunden vergingen, Minuten, und alles blieb ruhig. Allmählich bekam er sich wieder unter Kontrolle. Als er sich umwandte, sah er, daß Kuhring, Zumpe und die Lux inzwischen mit dem Generaldirektor sprachen, der an seinem schwarzen Mercedes lehnte. Offensichtlich hatte ihm Kuhring schon auseinandergesetzt, was geschehen war. Brockmüller ging auf die Gruppe zu und durchbrach den Kordon der Umstehenden.

«Alles überstanden?» Donnersmarck nickte ihm zu.

«Ja, danke...» Sie hatten sich ein paarmal bei Besprechungen gesehen, und der Generaldirektor kannte nicht mal seinen Namen.

«Ich versteh das alles nicht!» sagte Kuhring. «Sie können uns glauben, daß wir ein Betriebsklima hatten, das gar nicht besser sein konnte!» Obwohl er Donnersmarck von der Wiege an zu kennen behauptete, und als dessen bester Freund und Kumpel galt, duzte er ihn niemals, wenn andere dabei waren. Damit wollte er nachdrücklich unterstreichen, daß er nicht das war, wofür ihn alle hielten: der Protegé dieses Mannes. «Ossianowski hat sich bei uns wohl gefühlt; er hat nie zu erkennen gegeben, daß ihm was nicht paßte.»

Brockmüller grinste und warf einen verstohlenen Blick zu Zumpe hinüber. Natürlich mußte Kuhring so argumentieren, wenn er vermeiden wollte, daß man seine Führungsqualitäten in Zweifel zog.

Die Lux, offensichtlich bemüht, Donnersmarck zu gefallen und dadurch eines fernen Tages die Chance zu erhalten, in sein Vorzimmer überzusiedeln, gab Kuhring recht. «Für mich ist es ebenso unverßständlich, warum sich Herr Ossianowski an uns rächen will: wir sind doch bestens miteinander ausgekommen, Herr Direktor. Er hat sich bei uns wohl gefühlt, das Büro war sein eigentliches Zuhause – in Kladow draußen hatte er ja niemanden.»

Nun vergaß auch Zumpe seine Gallenschmerzen. «Das stimmt, Herr Donnersmarck; wir alle hier haben uns nichts vorzuwerfen. Owi... äh, Ossianowski war voll integriert bei uns. Sicher, er hatte seine kleinen Eigenheiten, seine Schrullen – aber die haben wir doch schließlich alle, nicht wahr? Besser als bei uns hätte er's doch nirgends haben können. Gerade in so einer kleinen Gruppe – da konnte man Rücksicht auf ihn nehmen. Im Februar haben wir ihn sogar als unseren Sprecher zur Tagung nach Bad Harzburg geschickt, Akademie für Führungskräfte... Ich versteh das alles nicht.»

Brockmüller blieb nichts weiter übrig, als nun auch etwas mehr oder minder Sinnvolles zum Thema zu sagen, denn Schweigen wurde in dieser Managerwelt zumindest als Dummheit ausgelegt, wenn es einem nicht gar den Verdacht der Obstruktion einbrachte. «Ich habe ja nur so nebenbei ein paar Semester Psychologie gehört, aber Herr Ossianowski war nicht nur ein ausgeprägter Misanthrop – er war schon ein ausgewachsener Psychopath! Sein Menschenhaß, verbunden mit seinen anarchistischen Gedanken – das ist brisant. Wir kriegen es nun zu spüren.»

Donnersmarck nickte und versprach, alles in seinen Kräften Stehende für ihre persönliche Sicherheit zu tun. Dann ließ er sich zur Vorstandssitzung zurückfahren, die er eben in aller Eile verlassen hatte.

Die Begegnung mit einem Aufsichtsrats- oder einem Vorstandsmitglied eines Konzerns ist für einen Untergebenen normalerweise ein ebenso elementares Ereignis wie für den ABC-Schützen das Hereinplatzen des Rektors in den Unterricht. Sogar in einer solchen Ausnahmesituation war dieser Effekt zu bemerken, und Brockmüller, Zumpe und die Lux – nicht ganz so Kuhring – standen beeindruckt und verwirrt herum, bis der schwarze Mercedes endgültig verschwunden war. Auch fehlten ihnen die passenden Worte, um den Auftritt ihres obersten Kriegsherrn angemessen zu kommentieren. Schnoddrigkeit war fehl am Platze, zunächst jedenfalls.

Schließlich meinte Kuhring: «Da kann man sagen, was man will: Ich find's großartig, daß er sich gleich an Ort und Stelle informiert hat.»

«Ist schon ein bombiger Kerl», sagte Zumpe.

Kuhring funkelte ihn an. «Wie meinst du denn das?»

«Du glaubst doch nicht im Ernst, daß ich dir gegenüber noch sage, was ich meine!»

«Kannst du auch gar nicht – du hast ja noch nie 'ne eigene Meinung gehabt.»

«Über dich schon.»

«Paß bloß auf!»

Brockmüller konnte dem erregten Dialog nicht länger folgen, denn zu seinem Entsetzen erkannte er am Rande der Menge Annelie. Mein Gott, und das im achten Monat! Wenn sie erfuhr, was... Eine Fehlgeburt!

Du wirst deinen Sohn nie zu sehen kriegen.

Diese verdammte Stimme wieder!

Dann war die Ahnung richtig, dann starb nicht er, sondern... Er stürzte zu ihr, wühlte sich durch die Menge.

Sie war in ihrem Zweitwagen gekommen, einem alten 500er Fiat, der nur noch von Rost zusammengehalten wurde. Sie parkte ihn immer, wenn sie kam, hinter der Villa, um dann mit Bus oder Taxi zum Zoo zu fahren und dort einzukaufen. Wie oft hatte er ihr in den letzten Tagen gesagt: Laß das, es ist zu gefährlich! Aber sie hörte ja nicht.

Wenn sie nun erfuhr, daß sein Leben bedroht war, und wohl ihres und das des Kindes auch... Der Schock, der Abort, der Tod des Kleinen! Ihm wurde schwarz vor Augen. Um alles in der Welt – sie durfte nichts erfahren!

Doch als er sie erreichte, da wußte sie's schon. Einige der Passanten hatten inzwischen alles mitgekriegt.

«Mensch!» rief sie. «Endlich macht euch mal einer Feuer unterm Arsch!»

Brockmüller, der sie eben noch tröstend in die Arme nehmen wollte, prallte zurück. Einmal war er wütend, daß sie seine Angst so abtat, zum anderen haßte er den Slang. Neuköllner Hinterhof!

«Ich find's nicht so lächerlich!» fuhr er sie an.

«Du lebst ja noch.»

«Mensch, das ist hier blutiger Ernst und kein Happening!» Er hatte einen Tränenstrom erwartet und daß sie hilflos schluchzend an seinem Halse hing.

«Meinst du, ich bin so verrückt und reg mich auf?»

«Wär dir wohl egal gewesen, wenn ich draufgegangen wäre?»

«Du spielst das alles auch noch hoch, du Idiot!» Sie wandte sich ab.

Brockmüller stand verdattert da.

«Ja, ja», sagte ein alter Mann neben ihm. «Schwangere Frauen!»

Sicherlich, irgendein Instinkt bewahrte sie davor, sich übermäßig zu erschrecken und das Ganze hochzuspielen, aber... Also, eine Frau, die ihren Mann liebt, die verhält sich nicht so! Ein wenig Mitgefühl, ein wenig Trost, ein paar Worte, daß man Angst gehabt hat, den anderen zu verlieren... Schön und gut: sie war schnoddrig und unterkühlt; sie haßte Phrasen, sie war links und emanzipiert und hart im Nehmen, aber dennoch...

Brockmüllers Lippen schmeckten nach Grünspan.

Er hätte sterben können. Er schwebte noch immer in Lebensgefahr. Und sie tat so, als hätte er sich bloß mal eben beim Rasieren geschnitten... Sie kam ihm nicht nur fremd vor – er fühlte plötzlich sogar eine heftige Abneigung gegen diese Frau, die seinen Namen trug und ein Kind von ihm erwartete.

Seine Stimmung erreichte ihren Tiefpunkt und seine Augen wurden feucht, als er sie mit Kuhring scherzen sah. Und Kuhring, der eben noch nahe daran gewesen war, Zumpe an die Gurgel zu springen – Kuhring lachte plötzlich.

Eifersucht schoß in ihm auf und ein ganz bestimmter Gedanke... Kuhring und Annelie kannten sich schon von der Werksschule her, wo Kuhring in nebenamtlicher Tätigkeit Buchführung und Warenkunde unterrichtet hatte. Später waren sie im Apparatewerk jahrelang im selben Büro beschäftigt gewesen – und er hatte sie bald zu seiner Gruppenleiterin gemacht. Und schließlich hatte er, Brockmüller, durch eben diesen Kontakt seine Stelle bei der Sondergruppe bekommen.

Die beiden unterhielten sich angeregt, und Annelie schien das Ganze für 'ne riesige Cocktailparty im Freien zu halten. Mein Gott, war ihr denn nicht klar, was hier geschehen war? Eine Bombe war explodiert, in der Villa tickten womöglich weitere Zünder, Owi war tot, und er hatte allen Kollegen den Tod versprochen!

«Hallo, Doktor!»

Zumpe und die Lux kamen auf ihn zu; zwischen ihnen ging ein untersetzter Mann. Halbschwergewicht, der recht bärbeißig dreinblickte. Scharfgeschnittenes, nicht unsympathisches Gesicht, lässig gekleidet, ein bißchen verstört.

«Das ist Oberkommissar Mannhardt!» rief die Lux. «Er will uns sprechen.»

Auch das noch! Brockmüller wollte weg, sich irgendwo verstecken, seine Ruhe haben. Sollten die doch ihren Scheiß alleine machen!

Als er Mannhardt die Hand hinstreckte, wurde er von hinten angerempelt und gegen die Schulter des Kriminalbeamten geworfen. Er fuhr herum: ihr Briefträger. Ein junger Spund, rücksichtslos.

«Ich muß hier durch!»

«Das geht jetzt nicht», sagte Mannhardt. «Hier kann jede Sekunde was explodieren. Die Straße ist gesperrt.»

«Schön, geh ick eben ins Amt zurück.»

«Moment mal...» Mannhardt überlegte eine Sekunde. «Sagen Sie mal, haben Sie was für die Sondergruppe dabei?»

«Sondergruppe für Systemplanung», fügte die Lux hinzu.

«Ja, ick jloobe schon.» Der junge Mann nahm ein Briefbund aus seiner Karre und überflog die Anschriften. «Nee, hier nich... Aber da war doch wat...» Er suchte in einer anderen Tasche und förderte ein Päckchen zutage. «Hier...»

Mannhardt nahm das Päckchen in die Hand, und man sah ihm an, daß es schwerer war, als er vermutet hatte. Er drehte es herum und las laut: «Absender: Otto-Wilhelm Ossianowski...»

«Ein Sprengstoffpaket!» schrie Brockmüller.

5

Die große Halle im Krematorium Wilmersdorf war bis auf den letzten Platz gefüllt, einige der zu spät gekommenen Kollegen standen sogar hinten im Gang. Um den schlichten braunen Sarg häuften sich Berge von Kränzen und Sträußen, und auf den goldgefaßten Schleifen dominierte das Wörtchen *unvergessen*. In der ersten Reihe saßen, schwarzgekleidet und verweint, die engsten Angehörigen, während sich die ehemals hohen und höchsten Vorgesetzten des teuren Verblichenen bescheiden unter die gewöhnlichen Trauergäste gemischt hatten. Die mächtigen Kerzen auf den monströsen Kandelabern und Leuchtern flackerten wild, und auch der Redner vorn am Pult wußte nicht, woher es zog. Er hatte seine einleitenden Worte verhalten-gefaßt vom Blatt gelesen und ging nun daran, die Vergänglichkeit alles Irdischen in Erinnerung zu rufen, wobei er damit rechnen konnte, daß seine Worte auf fruchtbaren Boden fielen, denn die getragene Eingangsmusik hatte die Anwesenden in die richtige Stimmung versetzt. Ergriffen lauschten sie nun.

«... und wir wissen nicht, durch welche Macht er in so tragischer Weise mitten aus dem Leben gerissen wurde. Ein Mann, in der Blüte seiner Jahre, der zu so vielen schönen Hoffnungen berechtigte, der von seinen Kollegen und Vorgesetzten geschätzt und geachtet war und der sein Leben dem Dienst an der Allgemeinheit gewidmet hatte. Fassungslos sind wir an seinem Sarge versammelt. Wie konnte es geschehen, warum konnte es geschehen? Die feige Tat eines verabscheuungswürdigen Menschen hat ihm das Leben genommen; zwei Kinder haben ihren Vater verloren – wir alle wissen es, wir alle fragen uns: Warum gerade er? Nun, wir alle leben Tag für Tag mit dem Bewußtsein unserer Vergänglichkeit...»

Mannhardt schaltete ab und dachte: Geschwätz! Er hatte Steinert nie gemocht. Die Stühle waren hart, und der Allerwerteste tat ihm weh. Daß auch noch diese Trauerfeier dazwischenkommen mußte – er hatte weiß Gott genug zu tun!

«... er, der nicht nur Dutzende von Verbrechen aufgeklärt, sondern auch unzählige verhindert hat, ist nun selber Opfer eines Verbrechens und eines Verbrechers geworden – er starb in treuer Pflichterfüllung, als er einen vielfach vorbestraften und in aller Welt gesuchten Gangster in Haft nehmen wollte. Unerschrocken und...»

... dußlig, dachte Mannhardt. Es war Steinerts eigene Schuld, daß es so gekommen war. Läßt den Mann aus den Augen, bevor er ihn nach Waffen abgetastet hat! Nun hatten sie einen Kriminalobermeister weniger und eine Beförderungsstelle mehr.

«... aber das Leben geht weiter, und...»

Mannhardt dachte nun doch das, was er die ganze Zeit über krampfhaft unterdrückt hatte: Eines Tages liegst du auch da vorn, und die Kollegen sitzen hier rum und hören nicht zu und dösen... Mannhardt verdrängte den Gedanken und rutschte unruhig hin und her. Der Armleuchter da vorn seichte und seichte, und er mußte dringend nach Kladow. Dieser Ossianowski. Zu dessen Beisetzung mußte er auch noch, um mal zu sehen, wer sich da alles ein Stelldichein gab.

Wenn wirklich Sprengstoff in dem Päckchen gewesen wäre... Er hatte es unter ein Auto geschoben, und dann waren sie alle auseinandergespritzt, um in sicherer Deckung auf die Explosion zu warten... Nichts. Spezialisten vom Landeskriminalamt hatten das Päckchen dann mit langen Stangen unter dem Wagen hervorgeangelt und unter Beachtung aller Sicherheitsmaßnahmen geöffnet.

Inhalt: ein Stück Eisen und ein kleines Schreiben.

Liebe Kollegen! Ich grüße Euch sehr herzlich aus dem Jenseits. Es gefällt mir hier ausnehmend gut, und ich bedaure zutiefst, daß Ihr noch nicht hier seid. Aber das kann sich ja von Stunde zu Stunde ändern. Bald sind wir alle hier vereint, und ich rufe Euch schon jetzt ein freudiges Willkommen zu. Bis dann. Auf Wiedersehen! Euer Owi.

Der Redner war am Ende, die Musik setzte wieder ein, und unter dem Aufschluchzen von Witwe und Schwester glitt der Sarg in die Tiefe.

Jetzt schluckte auch Mannhardt, denn er stellte sich vor, wie der Sarg nun in den Verbrennungsofen geschoben wurde und... Steinert hatte so strahlend blaue Augen gehabt... Ekel und Schwindel packten Mannhardt, er konnte nur mit Mühe den Brechreiz unterdrücken. Ohne es recht wahrzunehmen, kondolierte er Frau Steinert und vier, fünf nahen Anverwandten, trug sich in die bereitliegende Liste ein, stieß mit Dr. Weber zusammen und stand plötzlich wieder auf dem sonnenüberfluteten Platz vor dem Krematorium.

Euphorie brach wie eine Sturzflut über ihn herein. Er lebte noch, er konnte die Sonne sehen, die Häuser, die Bäume, den Himmel! In diesem Augenblick liebte er alles: Lilo, die Kinder, seinen Beruf, die Stadt.

Aber bald war der Rausch verflogen. Als er mit Koch nach Kladow hinausfuhr, um nun wirklich jede Schublade in Ossianowskis Haus zu durchstöbern, da war der Alltag, da war die Gewöhnlichkeit schon wieder übermächtig.

Sie hatten am Vormittag kurz mit Kuhring, Zumpe, Dr. Brockmüller und der Lux gesprochen, das mußte nun aufgearbeitet werden.

«Sie machen ja alle auf eitel Sonnenschein», sagte Koch. «Immer gut verstanden, nette Stunden miteinander verbracht, nie Krach gehabt – ich möchte direkt den Beruf wechseln.»

«Tja, eine große Familie...» Mannhardt schaute zum Funkturm

hinauf. «Fragt sich bloß, warum der Ossianowski dann so zuschlägt.»

«Ich habe mit Kuhring darüber gesprochen und mit Zumpe auch. Die behaupten, der Mann hätte's gar nicht besser haben können; prima Betriebsklima und so... Und sie schimpfen gewaltig über seine Undankbarkeit.»

«Dieser Doktor Dings – na... Brockmüller hat sicher recht: Da muß irgendein psychischer Defekt vorgelegen haben», meinte Mannhardt.

«Trotzdem – auch wenn er 'ne Macke hatte...» Koch hatte Mühe, den Theodor-Heuss-Platz zu umrunden und rechts in die Heerstraße einzubiegen. «Da ist doch was faul an der Sache: Warum bringt er sie um, wenn er sich in ihrer Mitte so sauwohl gefühlt hat, wie sie's behaupten?»

«Eben!» Mannhardt starrte hinter einem verlockenden Minirock her. Ein Fall im Mädchenwohnheim oder im Nuttenmilieu wäre ihm lieber gewesen. Statt dessen ein toter Euromagger und vier auf der Warteliste...

«Man müßte mal hinter die Kulissen sehen», sagte Koch.

«Ich hoffe ja, daß wir bei Ossianowski was finden – ein Tagebuch oder so. Etwas, wo was über das Geschehen in der Sondergruppe drinsteht. Irgendwo muß er doch seinen Seelenmüll abgeladen haben.»

Koch nickte. «Ich glaub auch, dieser Brockmüller könnte uns was erzählen, wenn er nur wollte...»

Mannhardt spielte mit seinem Taschenkamm. Koch war gar nicht so dumm, wie er aussah. Sicherlich war Brockmüller der einzige, der über ein gewisses Reflexionsvermögen verfügte; die anderen beiden Männer waren hochbezahlte Fachidioten, die sich durch ihre Loyalität zur EUROMAG und Beziehungen zur Clique Donnersmarck & Co. hochgearbeitet hatten – in diesem Punkt hatte sich Zumpe ungewollt ein wenig verplappert... Kanalarbeiter aller Organisationen, vereinigt euch! Sondergruppe für Systemplanung – hochtrabender ging's ja kaum noch. Die hätten sich man selber wegplanen sollen. Aber das wollte ja nun der Kollege Otto-Wilhelm Ossianowski auf recht unkonventionelle Art und Weise besorgen... Wenn das der alte Max Weber noch erlebt hätte, der größte Analytiker jedweder Bürokratie!

«Du schmunzelst ja so», sagte Koch. «Steinerts Tod ist dir wohl schnurzpiepegal...»

«Hm... Wir müssen sehen, daß der Brockmüller den Mund aufmacht. Die anderen begreifen wahrscheinlich gar nicht, was da geschehen ist.» Er holte das tragbare Tonbandgerät vom Rücksitz und spielte sich noch einmal die wichtigsten Passagen aus den Gesprächen mit Kuhring, Zumpe, Dr. Brockmüller und der Lux ab.

«... er hat nie Streit mit einem von uns gehabt.»

«... es gab viel Spaß bei uns – und Owi hat immer mitgemacht; der war kein Kind von Traurigkeiten.»

«... ich versteh das nicht! Er muß plötzlich einen Schub gekriegt haben, eine krankhafte Veränderung im Gehirn – ein Tumor vielleicht? Also, wenn's nicht so was ist, dann ist er ein Schwein! Ein Lump... Dieser Idiot, dieser verdammt – uns alle ins Unglück stürzen...»

Jetzt kam Brockmüller: «Er war unser Clown, ja, zugegeben; aber er war's freiwillig. Nicht daß wir ihn zu unserem Fußabtreter gemacht hätten: er hat sich freiwillig angeboten, bei uns den Hofnarren zu spielen. Als Bote hat er angefangen, ganz unten, und jetzt war er nach K 5 besoldet – ein unheimlicher Sprung nach oben. Und warum? Doch nicht etwa, weil er ein Genie gewesen wäre oder ungeheuren Fleiß an den Tag gelegt hätte – nee, gewiß nicht! Der hat das genau durchschaut und begriffen, daß man wunderschön aufsteigen kann, wenn man sich zum Narren der Erfolgreichen macht. Dumm war er nicht, im Gegenteil: hoher Intelligenzquotient und ein ganz schönes Maß an Bauernschläue. Der hat sich gesagt: Tanze ruhig, wenn Kuhring pfeift und Zumpe in die Hände klatscht, da bist du in fünf Jahren totsicher AT – außertariflicher Angestellter. Der Spitzname Owi, ein bißchen Frozzelei – das war der Preis, den er gern gezahlt hat. Wenn er sich jetzt deswegen an uns rächen will, dann ist das einfach absurd!»

Mannhardt drückte die AUS-Taste. Das klang überzeugend, was Brockmüller da sagte, das hatte er vorhin im Trubel auf der Straße gar nicht so recht mitbekommen. Ein guter Mann, dieser Brockmüller; wie der wohl zu diesem Sauhaufen gestoßen war? Mannhardt hatte sich von Zumpe und der Lux einiges von der Tätigkeit der Sondergruppe erzählen lassen und ahnte, daß sie ein totgeborenes Kind war. Er verstand nicht viel von diesen Dingen, aber von Menschen verstand er eine ganze Menge.

Es ging schon auf 16 Uhr, als sie zum zweitenmal vor dem anheimelnden Haus im Gößweinsteiner Gang hielten, nur wurden sie diesmal von einem Beamten der Schutzpolizei begrüßt.

«Guten Tag, Herr Kommissar; ich warte schon auf Sie. Die Kollegen vom Landeskriminalamt sind eben gegangen; ich soll Ihnen ausrichten, daß Sie mit der Durchsuchung der Räume beginnen können: Sprengstoff gibt's hier keinen mehr.»

Mannhardt bedankte sich. «Sie bleiben aber noch hier...?»

«Ja, man kann ja nie wissen.»

«Komm!» sagte Mannhardt zu Koch.

Sie stießen die beiden Türen auf und traten in die Diele. Beiden war ein wenig mulmig zumute, vielleicht sogar mehr als nur mulmig. Die Sprengstoffexperten im Landeskriminalamt waren gute Leute, und sie hatten das Haus hier sicherlich mit aller Akribie durchsucht; aber dieser Ossianowski war verdammt einfallsreich und in seiner Art – entgegen Brockmüllers Ansicht – eben doch ein kleines Genie. Es sprach schon einiges dafür, daß er etwas unternommen hatte, um sein Haus in die Luft zu sprengen. Bei seiner Philosophie lag das durchaus im Bereich des Möglichen: Wenn ich sterbe, sollen meine Kollegen ebenfalls sterben; wenn ich in meinem Haus nicht mehr wohnen kann, soll auch kein anderer drin wohnen können...

Koch mußte ähnliches gedacht haben. Er spottete zwar: «Ich wünsch uns noch einen schönen Nachmittag auf dem Pulverfaß!» – suchte aber dann verdächtig schnell nach der Toilettentür.

Mannhardt sah, daß man zwar den Revolver zur waffentechnischen Untersuchung mitgenommen hatte und den Schraubstock ebenfalls, die Blumen, in deren Mitte Ossianowski gestorben war, aber noch immer in ihren Vasen und Eimern steckten, nur leicht verwelkt. Er wandte sich ab und ging ins Schlafzimmer hinüber, in dem auch ein Schreibtisch stand.

Der Raum, eng und schmal, glich mit seiner schwarzgrünen Tapete einer moosbewachsenen Grotte. Über dem Bett hing ein Ölgemälde, von dem, so schien es Mannhardt, jeden Augenblick das Blut auf das weiße Laken tropfen mußte, denn es zeigte in schönstem Realismus, wie ein zappelnder Indianer einem alten Inkagott geopfert wurde. Es erinnerte ihn an seine längst vergangenen Schulferien auf Onkel Heinrichs Bauernhof: so stach man dort die Schweine ab. Der Name des Künstlers war nicht zu entziffern – möglicherweise aber ließ sich aus den einzelnen Krakeln *Ossianowski* herauslesen.

Mannhardt wandte sich dem Schreibtisch zu, den seine Kollegen in einiger Unordnung zurückgelassen hatten. Aber nicht das war verwunderlich, sondern die Tatsache, daß Ossianowski auch hier sein modellbauerisches Talent bewiesen hatte. Von der Schreibtischkante aus, wo eine naturgetreue Talstation aufgebaut war, führte eine Seilbahn zum Kleiderschrank hinauf, der die Bergstation trug. Oben und unten wartete je eine blau-weiße Gondel, die man mit einer kleinen Kurbel an der Seitenwand der Talstation in Bewegung setzen konnte.

Mannhardt drehte vorsichtig an der Kurbel. Ein kurzer Widerstand, dann kam die Gondel I von oben herab, während die Gondel II im selben Tempo aufwärts fuhr. Ganz entzückend!

Doch als die beiden Gondeln in der Mitte der Strecke aneinander vorbeifuhren, passierte es: in beiden Kabinen klappte der Boden nach unten, und die Insassen stürzten in die Tiefe.

Mannhardt zuckte zusammen, sein Magen rebellierte. Vor knapp drei Wochen erst war er von der Zugspitze zum Eibsee hinuntergefahren. Wenn da...

Also doch ein krankes Hirn? Brockmüller glaubte es, und der hatte Ossianowski schließlich gut gekannt. Aber Mannhardt war sich da nicht sicher. Im letzten Winter hatte er an einem Fortbildungslehrgang für Beamte des gehobenen Dienstes teilgenommen – ‹Kriminalität und Gesellschaftsstruktur› – und da einiges gehört. Aggressionsstau und so – es war ziemlich kompliziert; Mannhardt hatte eigentlich nur begriffen, wie fließend die Grenzen zwischen Noch-Normal und Schon-Krankhaft sein können.

Er versuchte, sich in Owis Lage zu versetzen. Da war nichts, was seine Aggressionsmenge binden, neutralisieren konnte: kein Mensch, von dem er geliebt wurde. Statt dessen eine Umwelt, mit der er nicht fertig wurde und die ihn nicht verstand, nicht verstehen wollte... Mannhardt ertappte sich bei dem Gedanken: Ja, du hast ja recht – gib's ihnen! Zeig dieser verfluchten Gesellschaft, die so stolz ist auf ihr Christentum und ihre Humanität – zeig der Bande, wie grausam und unmenschlich sie in Wirklichkeit ist!

Soviel zur Abgrenzung zwischen normal und krankhaft, dachte Mannhardt. Wahrscheinlich bin ich auch bekloppt... Seine Gedanken wanderten weiter:

Wenn Owi diese Gesellschaft haßte, dann mußte er die Polizisten doppelt hassen, die dieses System so wirksam stützten. Da wär's nur logisch, daß sich seine Aggressionen auch gegen die Kriminalbeamten richteten, die zudem noch alles daransetzten, seine Pläne zu durchkreuzen... Mannhardt war plötzlich sicher, daß hier in diesem Haus noch irgendwo Sprengstoff verborgen war.

Koch kam von der Toilette zurück. Im gleichen Augenblick schrillte das Telefon.

«Ich nehm's schon...» Koch riß den Hörer hoch. «Koch... Ja – *Koch*! Mensch, wie der Erfinder des gleichnamigen Topfes... Was gibt's denn?» Er lauschte. «So... Na fein. Und vielen Dank auch.» Er legte auf und drehte sich zu Mannhardt um. «Einer vom Landeskriminalamt, Bödewig oder so: Auch im Gebäude der Sonderkommission ist kein Sprengstoff mehr gefunden worden.»

Mannhardt schüttelte den Kopf. «Da möcht ich mal wissen, wie der seine Drohungen wahr machen will...»

«Ich auch.»

«Sehen wir mal, ob hier was zu finden ist.»

Sie machten sich daran, Owis Schreibtisch Schublade für Schublade auszuräumen und jedes Stück Papier mit aller Sorgfalt unter die Lupe zu nehmen. Da gab es eine Unmenge Rechnungen, Quittungen, Postscheckabschnitte, Bankauszüge, alte Fahrkarten, wenige Briefe ausschließlich geschäftlichen Inhalts, Zeitungsausschnitte, Organisationspläne und Rundschreiben der EUROMAG, Versicherungspolicen, Einschreibzettel, Steuertabellen und Gleispläne aller möglichen Modellbahnhersteller – aber nirgendwo ein Tagebuch oder irgendwelche Aufzeichnungen, aus denen hervorging, warum Ossianowski so gehandelt hatte und, vor allem, wo etwaige weitere Sprengkörper von ihm versteckt worden waren.

«Wär auch zu schön gewesen, um wahr zu sein», knurrte Mannhardt.

«Ich glaube, der blufft nur», meinte Koch. «Der hat überhaupt nichts weiter getan, um die vier Kollegen ins Jenseits zu befördern; der will ihnen nur Angst einjagen.»

«Möglich, daß er sie nur psychisch fertigmachen will, ja...»

«Sonst müßte doch irgend etwas zu finden sein!»

«Mit den Chemikalien da unten im Keller hätte er ein Dutzend Bomben basteln können...» Mannhardt dachte nur laut.

«Das ist es ja!»

«Ob er nicht doch irgendwo...»

Das Telefon.

Mannhardt zuckte zusammen. Ein kurzer Blick auf die Uhr: Gleich halb sieben... «Wer ruft denn jetzt noch an – da ist doch überall Feierabend?» Er nahm den Hörer ab und meldete sich.

Dr. Weber höchstpersönlich. «Haben Sie was gefunden, Herr Kriminalobermeister Mannhardt?»

Mannhardt schwitzte. «Nein, Herr Doktor, aber...»

«Suchen Sie trotzdem weiter, ich sag nämlich immer: Gelobt sei, was Mannhardt macht! Ach, übrigens: vor etwa zwanzig Minuten ist Zumpes schönes Motorboot, die *Snark*... Wissen Sie übrigens, woher der Name kommt?»

«Das war doch Jack Londons Schiff...»

«Bravo! Ich werde Sie höherenorts lobend zu erwähnen wissen – das heißt, beim Oberhaupt –, wenn's um die Frage geht: Ober- oder Haupt-...»

Mannhardt glühte, als er der versteckten Andeutung entnahm, daß der Hauptkommissar nun doch bald fällig war. Und das, obwohl er sich haßte, weil er genauso wie die anderen nach dieser lumpigen Beförderung gierte.

«... zurück zur *Snark*, zu Zumpes Flaggschiff. Sie ist vor zwanzig Minuten an einem Steg in Pichelswerder in die Luft geflogen.»

Also doch! «Und Zumpe? Ist er... tot?»

«Nein. Das war auch schlecht möglich, weil er gerade zu Hause auf dem Sofa gelegen hat. Ich wollt's Ihnen auch nur sagen, damit Sie auf dem laufenden bleiben... Bleiben Sie auch ein heiler Mensch!»

Aufgelegt.

Mannhardt ließ den schwarzen Hörer von Ossianowskis altertümlichem Apparat langsam auf die Gabel gleiten. Er brauchte ein paar Sekunden, um sich zu sammeln und Koch zu informieren.

«Mein Gott!» rief der. «Wer weiß, wo dieser Blödmann noch was versteckt hat. Offensichtlich arbeitete er ja mit Säurezündern, und die brauchen ihre Zeit...»

Mannhardt wischte sich den Schweiß von der Stirn. Er sah Koch an.

Der erriet seine Gedanken. «Sollen wir nicht lieber abhauen, ehe hier...»

Mannhardt kämpfte mit sich. «Noch ein paar Minuten, dann haben wir wenigstens den Schreibtisch durch. Das andere kommt morgen dran.»

«Okay!»

Fieberhaft durchwühlten sie den letzten Berg, der auf dem Schreibtisch lag.

Sie waren fast fertig, da stieß Mannhardt auf Owis Sparbuch und zwei, drei schlecht lesbare Auszahlbelege seiner Bank.

«Mensch, sieh dir das mal an!»

Koch sah die Sachen durch.

Nach zehn Minuten waren sie um einiges klüger. Mannhardt rief Owis Filiale an und erwischte noch die Reinemachefrau, die ihm die

Privatnummer des Leiters heraussuchte. Nachdem der informiert war, versprach er, mit seinem Kassierer und dem zuständigen Sachbearbeiter zu telefonieren und dann zurückzurufen.

Schweigend warteten sie. Mannhardt rauchte, was er sonst nie tat, drei Zigaretten hintereinander.

Gegen 19 Uhr kam der Anruf des Bankmenschen, und alles war klar: Owi hatte nicht nur – unter Zinsverlust – seine Sparbücher aufgelöst, sondern auch sein Wertpapierdepot.

«Das müssen an die 60000 Mark gewesen sein», sagte Koch nach einer kurzen Addition.

Mannhardt nickte, wofür hätte Owi auch Geld ausgeben sollen? «Sehen wir mal, ob wir das Geld irgendwo finden.»

Sie suchten vier Stunden lang in Haus und Garten – vergeblich. Und da ein Dutzend Telefongespräche nicht den geringsten Anhaltspunkt dafür ergaben, daß Ossianowski das Geld irgendeiner Privatperson oder Organisation, dem Roten Kreuz etwa, geschenkt hatte, blieb nur Mannhardts dunkle Ahnung:

«Er wird sich einen gekauft haben, der Kuhring, Zumpe, Brockmüller und die Lux unter Druck setzt...»

«Für 60000 Mark kriegt man schon einen guten Killer», murmelte Koch.

«Aber der spurt doch nicht, wenn er sein Geld hat und der Auftraggeber ist tot!»

«Kaum. Aber weiß er's? Morgen steht's in der Zeitung, ja. Aber vielleicht hat er ihn nie gesehen. Kennt den Namen Ossianowski nicht...»

Sie starrten sich an.

6

Brockmüller krallte die Finger in das Laken und schrie: «Mein Bein, mein Bein!»

Er war eben über die granitgrauen Platten gegangen, die – in den Rasen gebettet – von der Straße zum Haus hinaufführten und dabei auf etwas getreten, das wie ein Teebeutel aussah: eine winzige Mine. Sie hatte ihm das rechte Bein weggerissen.

Ohne auf Annelie zu achten, die sich steil aufgerichtet hatte, fuhr seine Hand von den Schenkeln an nach unten, bis die Finger die Zehen

Die Sparbücher aufgelöst . . .

ertasten konnten. Dann erst begriff er, daß auch dies nur ein Traum gewesen war, und bemerkte, daß ihm Annelie über die Stirn strich.

«Diese Gravels!» stieß er hervor. «Immer wieder.»

Annelie hatte ihm gestern abend – war es nur gedankenlos oder war es Absicht? – eine Illustrierte lesen lassen, in der von diesen Kleinstminen die Rede war, die beim amerikanischen Militär unter der Bezeichnung XM-41 E liefen und in Vietnam verwendet wurden. Sie sollten etwa zwanzig Quadratzentimeter groß und durch ihre Tarnfarben kaum am Boden auszumachen sein. Behalten hatte er auch ihr vermutliches Aussehen: wie ein Teebeutel.

Das war der Stoff, aus dem die Träume waren, wenn man als Todeskandidat zu gelten hatte.

Jemand hämmerte gegen die Schlafzimmertür. «Ist was?»

Erneute Schrecksekunde, ehe er begriff, daß dies kein gefährlicher Eindringling war, sondern Kriminalmeister Olscha, der auf Mannhardts Geheiß gestern abend zu ihnen gekommen war und drüben im Wohnzimmer seine Zeit abgesessen hatte.

«Nur ein blöder Traum!» rief Brockmüller.

«Okay.»

«Ist sowieso gleich Zeit zum Aufstehen», sagte Annelie.

Brockmüller dachte an die anderen drei, die wie er bedroht waren. Owi war durchaus in der Lage, wie Olscha gestern angedeutet hatte, Sprengstoff nach Art der Gravels zuzubereiten. Er hatte viel experimentiert und wohl, so Mannhardt, in den fünfziger Jahren auch mal erwogen, über den zweiten Bildungsweg das Abitur zu machen und Chemie zu studieren. Aber dann war da ja jetzt auch noch die neue Möglichkeit, daß er einen Killer geheuert haben könnte. Daher die Leibwache. Die anderen drei hatten auch eine... Was für ein Aufwand!

Eigentlich...

Eigentlich war das ziemlich unvorstellbar: ein geheuerter Killer. Das gab's doch nicht. Das gab's doch nur im Krimi. Im Chicago der dreißiger Jahre, schön. Aber hier? Na ja – in politischen Emigrantenkreisen vielleicht, oder bei Waffenhändlern, im Einzelfall.

Aber die ganze Geschichte war im Grunde unvorstellbar...

Wie mochten die anderen drei die Nacht überstanden haben?

Ob Kuhring, der Mann mit der Potenz eines preisgekrönten Zuchtbullen, auch gestern abend mit einem seiner Riesenweiber ins Bett gestiegen war? Ging so was unter den Augen der Kripo? Oder hatte er sich wieder sinnlos besoffen, um den ganzen Scheiß zu vergessen?

Komisch, auch Annelie schien an Ähnliches zu denken. Die Hände unter dem Kopf verschränkt, mit ihrem dicken Bauch komisch anzusehen, sagte sie: «Hoffentlich ist Karl-Heinz besser über die Runden gekommen als wir.»

Karl-Heinz! Dieses Arschloch! Wenn Owi den ins Jenseits beförderte, war's wahrlich kein großer Verlust für die Menschheit.

Brockmüller dachte an Zumpe. Wie's dem wohl ging mit seiner Gallenkolik und seinem Magengeschwür und einer Frau, mit der es nichts anderes mehr gab als täglich Krieg... Er liebte sie und das Kind, sie aber ekelte sich vor ihm und wollte die Kleine für sich allein. Acht Jahre alt war Sigrid und überaus niedlich; ein Jahrzehnt lang waren sie verheiratet. Und nun das noch!

Und die Lux? Die wirkte nur so dickfellig; tatsächlich war sie ziemlich sensibel. Sie lebte ganz allein und hatte niemanden, der sie trösten konnte.

Aber ging's ihm denn besser? Annelie regte das Ganze viel weniger auf als etwa 'ne Mieterhöhung um 15 Prozent. Sie war so ruhig und gefaßt, daß er jedesmal vor Wut kochte, wenn er sie ansah. Mein Gott, hatte sie denn überhaupt keine Angst, daß er bei dieser Geschichte hier draufging? Owi war schließlich ein intelligenter Irrer, der nichts mehr zu verlieren hatte, weil er schon alles verloren hatte.

«Ist dir eigentlich scheißegal, was mit mir passiert?» Brockmüllers Stimme klang gepreßt, ein bißchen weinerlich.

«Begreif doch endlich, daß ich so tun muß, als sei nichts passiert. Ich hab 'ne furchtbare Angst vor 'ner Frühgeburt. Du weißt doch selber, daß sie Carsten nicht durchgekriegt haben – und da waren's auch bloß fünf Wochen.»

Carsten war der Sohn ihrer Schwester. Ja, aber das war eine Verkettung von unglücklichen Umständen, das wiederholte sich nicht.

«Ich bin dafür, daß wir die Geburt einleiten lassen», sagte Brockmüller. «Die Angst jetzt ist doch viel schlimmer, das gibt womöglich bleibende Schäden, und...»

«Ich hab keine Angst. Das ist doch alles Theater – da steckt doch nichts dahinter! Ihr laßt euch doch alle von diesem Blödmann ins Bockshorn jagen. Der Owi – daß ich nicht lache!»

Brockmüller schwieg und starrte an die Decke. Seit das Kind unterwegs war, kümmerte sich Annelie herzlich wenig um ihn. Nur noch das Kind! Er hatte seine Schuldigkeit getan, er konnte gehen. Andere Frauen kamen um vor Angst, daß ihnen der Vater ihres Kindes starb, aber sie... Na ja, vielleicht hatte sie recht. Wenn sie wirklich so 'ne neurotische Angst vor 'ner Frühgeburt hatte... Bei schwangeren Frauen wußte man nie.

Es klopfte. Olscha:

«Ich darf mir doch mal 'ne Tasse Kaffee kochen?»

«Sie können mit uns zusammen frühstücken.»

«Okay.»

An diesem Morgen geriet seine altbewährte Ordnung völlig durcheinander. Erst blockierte Olscha die Toilette, dann Annelie. Das Brot lag im Kühlschrank und die Butter noch im Einkaufsnetz, seine Aktentasche stand umgekippt auf dem Korridor und seine Schuhe fand er in der Besenkammer; der Heißwasserbereiter platzte fast vor Dampf und abgewaschene Tassen gab es auch keine.

Das hältst du nicht mehr lange aus!

Brockmüller, seit Jahren auf Bewegungsrationalisierung und optimale Organisierung menschlichen Handelns ausgerichtet, litt unter diesem Tohuwabohu, als würde man ihn foltern.

Endlich saßen sie am Frühstückstisch, alle drei übernächtigt, Annelie noch im Morgenmantel. Das Radio dröhnte. Es stank, weil Olschas Weißbrotscheibe im Toaster verbrannt war. Wenn er im Ernstfall genauso schnell reagierte, dann gute Nacht, Marie!

Olscha konnte sich noch immer nicht darüber beruhigen, daß sie nicht Mannhardts Vorschlag gefolgt und allesamt mit Kind und Kegel für ein paar Tage oder Wochen möglichst weit weggefahren waren.

«Ich kann mir nicht vorstellen, daß Ossianowski in Garmisch auch 'ne Bombe versteckt hat.»

«Aber wenn er sich wirklich 'n Killer gemietet hat, der kommt auch nach Garmisch.»

Doch das war nicht der eigentliche Grund, warum sie in Berlin geblieben waren, auch nicht Kuhrings Argument, man dürfe sich von Owi nicht einschüchtern und zum Narren machen lassen. *Wir gehen morgen früh an unsere Arbeit und tun so, als wäre nichts geschehen. Morgen früh um halb acht sitzen wir alle in der Mansfelder Straße und arbeiten.* Das stand sicher heute in der Morgenzeitung, schön markig.

In Wahrheit entsprang ihr Mut der Angst, eine Menge zu verlieren, wenn sie die Flucht ergriffen. Kuhring hatte Feinde in der EUROMAG und fürchtete – wohl nicht zu Unrecht –, daß man Owis Racheakte als willkommenen Anlaß benutzen könnte, seine ebenso überflüssige wie gefährliche Sondergruppe kurzerhand aufzulösen. Sicher, noch deckte sein Generaldirektor ihn, aber wie lange noch? – Auch Zumpe hatte vermutlich nicht das geringste Interesse daran, Berlin zu verlassen, denn das hätte den Anfang vom Ende seiner Ehe bedeuten können. Und Brockmüller selber? Er konnte doch Annelie in ihrem Zustand nicht allein lassen...

Olscha quatschte was von seiner Zeit in Hiltrup, wo man ihm auf irgendeiner Schule das Schießen und ähnliches beigebracht hatte. Annelie hatte nichts anderes im Kopf als die Frage, ob wohl die dicke maisgelbe Wolle vom Versandhaus heute kommen würde oder nicht, damit sie die Decke für Anna-Lenas Wagen noch häkeln konnte.

«... nach drei Jahren Streife hab ich mich bei der Kripo gemeldet und bin auch gleich genommen worden – alle Tests glänzend bestanden...»

«... es ist mein erstes Kind, und ich bin schon bald zehn Jahre älter als Ihre Frau, Herr Olscha, da ist es gefährlicher...»

«... Mannhardt meint, wenn ich mich weiter so entwickle, dann bin ich bald im gehobenen Dienst. Da gibt es nämlich Aufstiegslehrgänge, und ich...»

«... ich will ihr auch noch was häkeln, ein paar Jäckchen hab ich ja schon, aber die schicken mir die Wolle nicht...»

Wenn die doch bloß alle beide die Schnauze hielten!

Brockmüller hatte das Gefühl, in einem Restaurant als ungebetener Gast bei einem fremden Ehepaar am Tisch zu sitzen. Mal hörte er hin, was die beiden sagten, wenn auch nur mit halbem Ohr, mal war er mit seinen Gedanken ganz woanders.

Heute wirst du sterben.

Da war's wieder. Wie von einem Endlosband, einer Schlaufe, die ohne Unterlaß um beide Spulen lief. Und es gab nichts, was diese Stimme löschen konnte, weder der Schlaf noch der eigene Wille, noch Librium...

«Dann wollen wir mal, was?» Olscha erhob sich.

Brockmüller folgte ihm wie in Trance. Er küßte Annelie, ohne es Sekunden später zu wissen, er setzte sich in ihren 500er Fiat, ohne sich anschließend daran zu erinnern, wie er dort eigentlich hineingekommen war.

«Der Wagen ist die ganze Nacht über in der Garage bewacht worden», sagte Olscha. «Sie brauchen nichts zu befürchten. Ich fahr mit dem Opel da immer ein paar Meter hinter Ihnen her. Bis dann!»

Brockmüller fuhr los, und er kam sich vor wie ein bewegliches Ziel, das an einer Strippe an den wartenden Schützen vorbeigezogen wird. Der Killer... Gab's so was überhaupt? Wie findet man eigentlich einen, der so was macht?

Mensch, sie hatten doch alle schon 'ne Macke!

Er fuhr die breite Königsstraße hinunter; Olscha blieb hinter ihm. Alles in Brockmüller war angespannt, alles in ihm wartete auf einen Knall, der das Ende war. Das Warten auf den Urknall, dachte er, aber Ironie lag ihm heute offenbar nicht. Doch nichts geschah.

Natürlich geschah nichts.

Im vorigen Jahr zu dieser Zeit hatte er auf Ibiza am Strand gelegen, nichts geahnt von dem, was jetzt, 365 Tage später, hier in Berlin los war. Wenn man doch bloß alles wieder zurückdrehen könnte! Fast hätte er gebetet: HERR, laß mich wieder an der Cala San Clemente in der Sonne liegen.

Was wird in einer Stunde sein?

Was wird morgen sein?

Ob er noch einmal drüben im Wannsee baden konnte?

Du bist ja verrückt!

Allerdings.

Zum erstenmal, seit er sie morgens mitnahm, freute er sich, als nun am Bahnhof Wannsee die Lux in seinen Wagen stieg.

«Mensch, ist das ein kleines Ding», schimpfte sie, «richtiges Schlaglochsuchgerät!»

«Der Rolls-Royce wird erst morgen geliefert.»

«Läßt sich denn an Ihrem anderen Wagen noch was machen?»

«Mal sehen.»

Damit waren sie schon beim Thema.

«Mir hat Mannhardt eine Beamtin von der weiblichen Kriminalpolizei geschickt», sagte die Lux. «Aus moralischen Gründen wohl. Eine Frau Sßpecht. Wir haben die halbe Nacht Sßcrabble gesßpielt.» Sie hatte dicke Ringe unter den Augen und sah auch sonst ziemlich mitgenommen aus.

Sie kamen, was wohl unvermeidlich war, auf Owi zu sprechen.

«Wie kann man nur auf solche Ideen kommen!» sagte die Lux.

«Man kann schon...» brummte Brockmüller.

«Also, wenn Sie meine Meinung wissen wollen...» Sie holte tief Luft, und der aufgestaute Haß brach aus ihr heraus: «Den hätten schon die Nazis umbringen sollen, dann hätten sie wenigstens *ein* gutes Werk getan.»

Brockmüller war allergisch gegen faschistische Sprüche, wußte jedoch aus Erfahrung, daß es keinen Sinn hatte, der Lux derlei abgewöhnen zu wollen: *Diese ganzen Anarchisten sollte man ins Meer werfen... Jedes Kind muß erst mal Gehorsam lernen... Frauen haben nichts in der Politik zu suchen...*

Er zwang sich mühsam, ruhig zu bleiben. In dieser Situation durften sie sich nicht auch noch untereinander zerstreiten.

So sagte er nur vorsichtig: «So darf man's nicht sehen – jeder Mensch hat das gleiche Recht zu leben, und Owi ist nur so geworden, weil die Menschen, weil *wir* ihn dazu gemacht haben.»

«Sie sind auch so 'n linker Sßpinner, was!? Sie nehmen den Kerl auch noch in Schutz! Ich würd ja lachen, wenn Sie der erste sind, den's erwischt.»

Brockmüller reagierte bewußt gelassen. «Aber, Fräulein Lux! Wir sitzen doch alle im selben Boot.»

«Na ja...» Sie beruhigte sich nur langsam.

Als sie einen Teil der Avus schon hinter sich hatten und gerade die Ausfahrt Hüttenweg passierten, begann es in Strömen zu regnen. Das war nun gar nicht schön, weil Brockmüller mit dem kleinen Wagen noch immer nicht so recht klar kam. Man mußte viel schalten, und das Getriebe war nicht synchronisiert. Fortwährend überholten ihn schnellere Wagen und schleuderten ihren Dreck gegen seine Windschutzscheibe. Da die Scheibenwischer uralte Blätter hatten, sah er nicht mehr viel. Verdammte Scheiße! Viel lieber hätte er in der S-Bahn gesessen, die ein paar Meter rechts von ihm Richtung Westkreuz fuhr. Aber das Tempo drosseln wollte er auch nicht – wenn da wirklich irgendwo ein Killer lauerte... Ein bewegliches Ziel ist um so leichter zu treffen, je langsamer es sich bewegt.

Quatsch. Es gibt keinen Killer.

Dann kam alles ganz anders.

Ein weinroter Peugeot war neben ihm auf der Überholspur und machte plötzlich einen Satz nach rechts.

Der Killer!

Brockmüller riß den kleinen Wagen zur Seite, um dem anderen nicht in die Flanke zu fahren. Dabei verlor er – war es nun der Schreck oder Regen, waren es seine zerrütteten Nerven oder war es der ungewohnte Wagen – die Gewalt über das Fahrzeug.

Er registrierte nur noch, wie die weiße Leitplanke herangeflogen kam.

7

Nichts liegt mir ferner, sehr verehrter Herr Kommissar, als Ihre bekanntermaßen wertvolle Zeit über Gebühr in Anspruch zu nehmen, obschon sie ja für eben diese Inanspruchnahme nicht gerade gering besoldet werden. Ihnen wird unschwer verborgen bleiben, daß ich diese und die nachfolgenden Sätze um einiges später zu Papier gebracht habe als diejenigen, welche Ihnen bereits vor Augen gekommen sind, denn meine Handschrift wirkt nun um vieles kräftiger als ehedem.

Möglicherweise werden Sie inzwischen auch die Bekanntschaft der Herren Kuhring, Zumpe und Brockmüller gemacht und auch das Fräulein Lux persönlich kennengelernt haben. Ohne Sie mit diesem meinem Urteil der Naivität oder gar der Komplicenschaft zeihen zu wollen, darf ich annehmen, daß Sie von meinen vier Kollegen ein durchweg positives Bild gewonnen haben, erscheinen sie doch dem unbefangenen Beobachter allezeit höflich und taktvoll.

Ich allerdings behaupte: man hätte sie alle ohne Widerstand ihrerseits in Auschwitz gebrauchen können, die Gaskammern zu beschikken. Aus diesem Holz sind sie geschnitzt.

Wohl, und darin befinden wir uns sicher im Konsens, wäre diese Seite ihres Wesens nie zum Vorschein gekommen oder jedenfalls verblaßt, wenn nicht ausgerechnet ich, Otto-Wilhelm Ossianowski, ihnen als Gefährte zugeordnet worden wäre. Lassen Sie mich aus dem *Spiegel* vom 26. Juni 1972 einen Satz des Gerichtsreporters Gerhard Mauz zitieren, um zu verdeutlichen, was ich Ihnen sagen will: «Es schaudert einen, wenn man – immer wieder – Menschen begegnet, die, ein jeder für sich, schuldlos geblieben oder nur läßlich schuldig geworden wären; die jedoch einander begegnen und dadurch einen Ablauf auslösen, der die Unaufhaltsamkeit eines physikalischen Prozesses hat.»

Wir sind uns nun, welch Spiel der Kräfte, in dieser billig erworbenen Villa in der Mansfelder Straße begegnet – und nichts ist in der Lage, den Prozeß, der vor Ihren Augen abläuft, noch aufzuhalten.

Überfliege ich meine erst gemachten Notizen, so vermisse ich die zweckdienlichen Hinweise darauf, warum wohl meine vier Kollegen heutigen Tages derart verbittert sind, daß sie ihr seelisches Gleichgewicht nur wiedergewinnen konnten, indem sie mich zu Tode neckten.

Beginnen darf ich, Ihre gütige Erlaubnis vorausgesetzt, mit dem

Kollegen Karl-Heinz Kuhring, dessen Name in seinem ersten Teil schon das Programm seines Wesens verrät: das Viehische. Nur vordergründig ist er Schönling, ist er Playboy. Ist diese Maske fortgerissen, erscheint der wahre Kuhring: grobschlächtig und dröhnend, saufend und hurend. Sehen Sie doch, wie seine Züge den Landsknecht offenbaren, den ewigen Landsknecht, der auf der Bühne des Jahres 1972 mit Schlips und Kragen als Führungskraft erscheint und doch derselbe ist, der dreihundert Jahre früher in Wallensteins Lager die Szenerie beherrschte. Als Beute nicht mehr die Schätze geplünderter Häuser, sondern den Rang des Hauptabteilungsleiters. Jedem Feinen, jedem Intellektuellen zutiefst abhold, besitzt er neben einem hohen Intelligenzquotienten die beneidenswerte Gabe, Kumpane zu finden, was ihn indessen nicht davor bewahrt, stets von Feinden umzingelt zu sein, da andere Landsknechte mit ihm wetteifern, die wiederum ihre Kumpane haben, aber auch ehrenwerte Männer, die ihn voller Abscheu treffen. So hat er in einem unserer jetzigen Aufsichtsratsmitglieder einen sehr intimen Feind, der seinem und meinem Chef nahegelegt hat, Kuhrings unaufhaltsamen Aufstieg vorerst zu stoppen, und Donnersmarck trotz aller Verbundenheit nicht anders konnte, als ihn aufs Abstellgleis zu schieben. So wurde die Sondergruppe für Systemplanung gegründet, um Kuhring, wie man sich bei uns allgemein auszudrücken pflegt, «aus dem Verkehr zu ziehen». Weder ein Sitz im Vorstand noch der begehrte Posten in New York, weder ein Platz im Aufsichtsrat einer unserer vielen Töchter noch eine Kandidatur für den Bonner Bundestag sind ihm zuteil geworden, sondern man hat ihm lediglich die Leitung einer Arbeitsgruppe übertragen, die, wie alle wissen, lediglich für den Papierkorb produziert. Mit ihr allerdings mußte er abgefunden werden, weil im anderen Falle ein Amoklauf seinerseits zu befürchten gewesen wäre, woran seinen Freunden bei der Fülle ihrer Skandale wenig gelegen sein konnte. So ist Kuhring, mag er noch so sehr als Mensch erscheinen, der vor Fröhlichkeit schier birst, mag er bei den Frauen noch so viele Erfolge feiern, zutiefst verbittert. Nimmt man seine hochgesteckten Ziele als Maßstab, so ist er gescheitert. Weshalb und warum man an der Spitze seiner Clique wohl beschlossen hat, Kuhring von den industriellen wie von den parlamentarischen Fleischtöpfen fernzuhalten, ist mir als Außenstehendem natürlich weithin verborgen geblieben; es gibt Gerüchte, denen zufolge er unserem jetzigen Aufsichtsrat ehemals bei der langangelegten Aufnahme von Kontakten zum Osten politisch in den Rücken gefallen ist – sieht er doch in jedem, der auch nur mit Sozialisten spricht, den ärgsten Staatsfeind. Ich vermute jedoch eher, daß man im Spitzenclan Kuhring als Führungskraft nicht akzeptieren will, da sein erstarrtes Denken dort ebenso bekannt sein dürfte wie seine Anfälligkeit für Bestechungen. Jedenfalls ist Kuhring in seiner Clique – wie man in Berlin heute sagt – völlig unten durch. Unübertroffener Meister des betrieblichen Dschungelkampfes ist er wohl, nur – man hat ihn höherenorts langfristig an die Kette gelegt.

Anders dagegen erklären sich die Frustrationen des Kollegen Ulrich Zumpe, die nur zum Teil, wie man heute zu sagen pflegt, strukturbedingt sind, zum anderen aber im persönlichen wurzeln. Mit Sicherheit werden Sie, sehr verehrter Herr Kommissar, inzwischen auch schon in Erfahrung gebracht haben, daß Zumpe als einziger von uns wirklich Beachtliches für die EUROMAG geleistet hat. So ist das Entstehen unseres Werkes in Santander, Spanien, einzig und allein seiner Tatkraft zuzuschreiben, ebenso wie die Tatsache, daß man heute in Dublin unter unserem Firmennamen Druckmaschinen baut. Doch besondere Vorteile sind ihm aus seiner großartigen Leistung bislang nicht erwachsen, und es schmerzt ihn sehr, nur graduierter Ingenieur zu sein, ohne Abiturium und Universitätsbesuch, ohne Protektion und Sinn für Eigenwerbung. So beruht seine psychosomatische Erkrankung nicht zuletzt darauf, daß er ständig Kollegen mit geringerem Leistungsstandard an sich vorbeiziehen sieht und von ihnen auch noch mit spöttischen Bemerkungen bedacht wird, weil es allenthalben zu Verärgerungen kommt, wenn er seinen größeren Praxisbezug und seine Erfahrungen in den Vordergrund stellt und den anderen gegenüber so auftritt, als sei er der Magister und sie die Schüler, die sich seiner Durchlaucht voller Demut zu nähern hätten.

Doch dies allein hätte ihn niemals so gallig werden lassen, wie Sie ihn derzeit finden. Ewig unzufrieden und schimpfend, ewig mit Gott und der Welt zerfallen, scheint seiner Frau seit geraumer Zeit das Leben mit ihm unerträglich zu werden, und sie trägt sich zumindest seit Anfang des Jahres mit dem Gedanken, ihn mitsamt beider Tochter eines anderen Mannes willen zu verlassen. Obwohl eigentlich sie den entscheidenden Schritt vollziehen wird, so zweifelt doch niemand, daß sie das Kind behalten darf; und für Zumpe ist es schier unerträglich, an den Verlust des Mädchens zu denken, hängt er doch an der Kleinen mit aller Liebe, deren er fähig scheint. Kurzum, so wie die Dinge derzeit stehen, läßt sich vom Inhalt seines Lebens nichts anderes sagen als das: unwiderbringlich dahin. Was Wunder, daß er sich da auf einen stürzt, der noch ärmer dran ist als er: auf mich, für den es nicht einmal die leuchtenden Tage gegeben hat, über deren Verlust sich später weinen ließe.

In Erstaunen wird Sie allerdings versetzen, daß man auch vom Kollegen Brockmüller in der gemeinten Hinsicht nichts anderes berichten kann, obwohl er doch in seinem Namen den Titel des Dr. rer. pol. zu führen berechtigt ist und auch ansonsten einen ganz reputierlichen Eindruck macht. Nun, ich verrate kein Geheimnis, wenn ich ihn ebenfalls zu denen zähle, deren erträumtes Ziel so weit vom erreichten Heute und Hier entfernt ist, daß man ihn getrost zu denen rechnen kann, die gescheitert sind – nicht gescheitert in den Augen ihrer Umwelt, aber doch gescheitert vor sich selber. Wie Sie wissen beziehungsweise wissen sollten, ist er Diplom-Kaufmann, also Betriebswirt, und spezialisiert auf die betriebswirtschaftliche Organisationslehre, braucht also zur Karriere die deutsche Industrie als Feld. Dummerweise aber ist er in einer streng sozialistisch denkenden Familie aufgewachsen, so daß seine Schriften – Diplomarbeit, Dissertation und einige Veröffentlichungen – allesamt mit antikapitalistischen Bissigkeiten aufgeladen sind, etwa wenn er in seinem Aufsatz *Konzentradion als Totengräber der sozialen Marktwirtschaft* gegen die deutschen Konzerne vom Leder zieht. Müßig zu sagen, daß ihm seine Arbeitgeber nach solchen Attacken wenig Sympathie entgegenbringen und lieber konservativer eingestellte Spezialisten in die Führungspositionen hieven. Blieb für Brockmüller die Hoffnung einer Universitätskarriere, die sich nach seinen langen Assistentenjahren in Mannheim und Hamburg auch anzubieten schien. Zu seinem Unglück aber halten alle Berufungskommissionen, denen er seine Bewerbung um einen freien Lehrstuhl in regelmäßigen Abständen vorlegt, sein Hauptwerk, das dickleibige Buch ‹*Organisation ohne Führung?*›, für unsystematisch und utopisch. Da er sich zu allem Überfluß auch noch wegen seines Vorwurfes, sie täten nichts weiter als zur Stabilisierung des spätkapitalistischen Systems beizutragen, mit den Leitern gewerkschaftlicher Bildungs- und Forschungsinstitutionen zerstritten hat, blieb ihm, wollte er nicht auf der Straße liegen, zu guter Letzt nichts weiter, als die jämmerliche Stelle bei dieser sogenannten Sondergruppe für Systemplanung, die ihm seine Frau durch ihren Kontakt zu Kuhring zuschanzen konnte. Das ist er, der Dr. Bodo Brockmüller – ein Stern, der niemals strahlen konnte.

Von der Kollegin Gisela Lux ist nur zu berichten, daß sie zu gerne

Kinderärztin geworden wäre, wegen der begrenzten finanziellen Mittel ihrer Eltern aber nur die Handelsschule besuchen und neben nie Gebrauchtem das Schreibmaschineschreiben lernen konnte. Anstatt, von allen geachtet, Menschen zu helfen, ist sie nun Tippse und überträgt allzuviel Handschriftliches in die Maschine, von dem sie weiß, daß es sinnlos, daß es nutzlos ist. Und von ihrer nicht vorhandenen Schönheit und Anmut werden Sie sich schon durch eigenes Augenmerk überzeugt haben, Herr Kommissar, ohne allerdings zu wissen, wie sehr sie sich nach einem Ehemann und zwei, drei Kindern sehnt. Doch ihr Pech ist, daß sie keinen Mann bekommt, der ihren zu hochgeschraubten Ansprüchen genügt, und alle die verachtet, Arbeiter und Unscheinbare, die sie akzeptierten und, möglicherweise, auch in Grenzen lieben würden. Es ist ein Teufelskreis; in ihrer Verzweiflung über ihre Mißerfolge läßt sie sich immer stärker gehen und legt immer weniger Wert auf ihr Äußeres – und geht damit der letzten Chance verlustig, zum Mann ihrer Sehnsucht zu kommen. Mit einiger Wahrscheinlichkeit wird sie schon zu trinken angefangen haben und, intelligent wie sie ist, ahnen, wie es weiter bergab gehen wird.

Doch lassen Sie mich nun, Herr Kommissar, zu gleichsam Konkreterem kommen, nämlich zur Rache des Otto-Wilhelm Ossianowski. Sie werden es nicht für möglich halten, was ich Ihnen nun mitzuteilen habe, aber es ist, ich schwöre es Ihnen, an dem: Ich habe nirgendwo weiteren Sprengstoff versteckt. Sie würden mich zutiefst beleidigen, wenn Sie mir zutrauten, meine Feinde auf keine andere als auf diese so überaus plumpe Art und Weise zur Strecke bringen zu wollen, zumal der Tod ja alles andere ist als eine Strafe. Nein, Tote leiden nicht – ich aber will sie leiden sehen, will sie an ihrer Angst erkranken und verrecken sehen, bis auf einen. Dieser eine allerdings wird sterben, weil ich ihm nicht einmal diese winzigen Sekunden gönne, die man auch als Kranker oder gar Gefangener glücklich und zufrieden sich fühlen kann.

Aber nun – denn die Zeit verrinnt – will ich mein Geplantes spezifizieren, und sie werden mir in dem einen Falle eine gewisse Genialität zugestehen müssen.

In den Fällen Zumpe und Lux spekuliere ich darauf, daß die von mir erzeugte Angst in ihnen wirkt wie ein injiziertes Gift. Bei Zumpe wird das größte seiner Geschwüre durch die Magenwände brechen, und durch das so entstandene Loch wird sich dessen Inhalt in die freie Bauchhöhle ergießen: unter stärksten Schmerzen und allen Anzeichen eines Schocks bricht er zusammen. Sollte ihm eine schnelle Operation das Leben retten, was durchaus geschehen könnte, wird ihm ein längerer Krankenhausaufenthalt Zeit zur Besinnung geben. Die wird er doppelt nötig haben, da seine Frau vermutlich die Gunst der Stunde nutzen und endgültig zu dem Mann ziehen wird, an dem sie hängt. So wird Zumpe, sollte er tatsächlich genesen, in eine leere Wohnung kommen und seine Tochter höchstens mal am Monatsende sehen. Was ihm bleibt, das ist der Alkohol, das ist ein Ende, an das ich ganz genüßlich denke.

Das Fräulein Lux hingegen wird, wenn meine Prognose stimmt, nichts weiter davontragen als einen Nervenschock und erhebliche vegetative Störungen. An mehr will ich nicht denken, denn schließlich mag ich sie – trotz allem. Allerdings sollten Sie ihr, sehr verehrter Herr Kommissar, deutlich zu verstehen geben, daß es meine Rache nie gegeben hätte, wenn aus ihrem stolzen Nein ein Ja geworden wäre – und sei es nur aus Mitleid. Letztlich ist sie in erheblichem Maße an allem schuld, und sie wird schwer daran zu tragen haben. Vor allem auch an Kuhrings Tod.

Ja, der Herr Hauptabteilungsleiter Karl-Heinz Kuhring wird sterben, wenn auch nicht durch meine, sondern durch Brockmüllers Hand.

Ihr Erstaunen amüsiert mich, Herr Kommissar, erscheint mir aber verständlich, da Sie nicht wissen können, daß der Doktor seinen Chef aufs höchste haßt und schon lang beschlossen hat, ihn auf raffinierte Art zu töten. Nun wird er von mir mit der Chance des perfekten Mordes sozusagen reich beschenkt – oder kurz gesagt: so gerissen, wie er ist, wird *er* Kuhring töten, weil unter den Umständen, die hier obwalten, jeder tote Kollege automatisch auf mein Konto kommt, auf das Konto des pathologischen Industriekaufmanns Otto-Wilhelm Ossianowski. Die Frage nach Brockmüllers Motiv, die sicher zuvörderst Ihr Interesse finden dürfte, kann ebenfalls mit einem schlichten Satz erschöpfend beantwortet werden: das Kind, das Annelie – wie Sie wissen, Brockmüllers Frau – unterm Herzen trägt, das stammt von Karl-Heinz Kuhring! Und das ist etwas, das Brockmüller – seine Worte klingen mir noch heut im Ohr – um nichts auf der Welt ertragen kann. So wird er handeln, wie es ihm sein Naturell befiehlt: vom Gefühl getragen und doch berechnend. Nur die Art und Weise, wie er es vollbringen wird, vermag ich jetzt noch nicht zu ahnen, doch gelingen wird es ihm.

Indem ich Ihnen viel Freude beim Beschauen dessen wünsche, was man Kuhrings sterbliche Hülle nennt, und mich abschließend vielmals für Ihre Mühe und Geduld bedanke,

verbleibe ich für heute bis in alle Ewigkeit
als Ihr Ihnen sehr ergebener
Otto-Wilhelm Ossianowski
(genannt Owi)

8

Wenn er aus dem Fenster schaute, sah er auf der Mansfelder Straße einen Streifenpolizisten patrouillieren. Und unten im Konferenzzimmer wachte Olscha.

Brockmüller versuchte sich zu konzentrieren. Vor ihm lag ein Bogen Schmierpapier mit der Aufschrift TRENDANALYSE. Ihr Generaldirektor brauchte so schnell wie möglich eine Zusammenstellung aller Prognosen, die Betriebswirte und Techniker, Soziologen und Futurologen, Systemtheoretiker und Managementberater über die Entwicklung der industriellen Verwaltung in Deutschland irgendwann einmal abgegeben hatten.

Aber er hatte Kopfschmerzen, und seine Gedanken gerieten immer wieder außer Kontrolle.

Zweimal bist du davongekommen. Aber beim drittenmal?

Sicher, die Calciumspritzen und die Tranquilizer taten ihr Teil, aber auch ohne sie wäre seine Angst nicht ins Unermeßliche gewachsen. Seit dem Zwischenfall auf der Avus wußte er, wie leicht das Sterben war. Sekunden nur. Besser so, als später jahrelang an Krebs dahinzusiechen oder an Multipler Sklerose. Und den einzigen Zweck seines Lebens hatte er erfüllt: ein Kind gezeugt. Wobei die Spezies Mensch auch ohne diesen Akt nicht vom Erdball verschwunden wäre. Und wenn Anna-Lena oder Alexander ohne Vater aufwuchsen, was tat's schon: sie hatten ihre Mutter. Eine Mutter, die binnen eines Jahres einen neuen Mann als Vater gefunden hatte, einen, der hart war und erfolgreich, einen, dessen Bankkonto wenigstens sechsstellig war. Sie war hübsch, sie war charmant, und das Kind war sicherlich kein Hindernis.

Aber für ihn hatte sie kaum einen tröstenden Kuß übrig. *Wir müssen es verdrängen, Bodo, das Kind kommt sonst als Kretin auf die Welt.* Was *er* durchzumachen hatte, war für sie nichts weiter als eine

Bagatelle, kaum mehr als ein gezogener Zahn. Dabei mußte sie doch klug genug sein, um zu sehen, daß Owi nicht spaßte. Kuhrings Wagen in die Luft geflogen und Zumpes Motorboot, und er von Owis Killer gegen die Leitplanke gedrückt. Der kleine Fiat war ein einziger Schrotthaufen, und die Lux lag im Krankenhaus: Gesichtsverletzungen, Nasenbeinbruch, Gehirnerschütterung und ein schwerer Schock. Überall konnte weiterer Sprengstoff verborgen sein, überall konnte Owis Killer auf der Lauer liegen, aber Annelie lachte nur darüber und meinte, Owi habe nur noch eine einzige Waffe: die Angst.

Brockmüller wühlte in einem Ordner mit fotokopierten Zeitschriftenartikeln herum und fand die erste Überschrift: *Weitere Enthierarchisierung der Industrieverwaltung.* Nun mußte er sich nur noch ein paar kluge Sätze einfallen lassen und mit ein paar Zitaten mixen.

Wo mochte der Mann in dem weinroten Peugeot stecken, der ihn um ein Haar... Immerhin hatte Olscha die Nummer erkennen können.

Er griff sich an die Brust, massierte die Herzseite. Wieder diese Atemnot. Es war nur noch eine Frage der Zeit, bis er zusammenbrach. Aber wenn er zu Hause auf dem Sofa lag, wurde es nur noch schlimmer. Und Annelies Gleichgültigkeit gab ihm den Rest. Und dabei liebte er sie, das war ja das Verrückte. Je distanzierter sie sich gab, desto verrückter war er nach ihr. Aber... Na ja. Das Leben geht weiter.

Und das Sterben auch.

Immer wieder diese Stimme. Wie bei einem Schizophrenen.

Es klopfte.

Er erschrak, er mußte sich am Schreibtisch festhalten.

«Ja... Bitte...»

An seinen Schreibtisch schwebte – mehr Fata morgana als Wirklichkeit – ein Mädchen, dessen Bild er ebenso oft verdrängte, wie er es herbeizauberte: die höhere Schreibkraft Gabriele Gross, von der Hauptverwaltung zur zeitweiligen Vertretung der Lux herübergeschickt. Sie sah so aus, wie man aussieht, wenn man zwanzig ist und nur Boutiquen und Boys im Kopfe hat. Kupferfarben das lange Haar, viel Kupfer klimpernd an den Handgelenken. Braungebrannte Schenkel, deren Anblick ihm die Gewißheit gaben, daß seine Drüsen trotz aller nervlichen Belastung noch funktionierten.

Sie warf eine abgenutzte Umlaufmappe auf den Tisch. «Das Protokoll von der letzten Vorstandssitzung. Lesen Sie's schnell noch mal durch und unterschreiben Sie's, Herr Brockmüller.»

Es schmerzte ihn, daß sie ihn nicht duzte. Nach dem, was gewesen war. Aber offenbar zählte so etwas für sie nicht mehr als eine Fahrt mit der U-Bahn von Möckernbrücke bis Gleisdreieck.

Er war völlig außerstande, den Text zu kapieren, den er vor sich liegen hatte. Da stand sie nun neben ihm, zum Greifen nahe. Aber wenn er's tat, dann kreischte sie wahrscheinlich prüde wie 'ne alte Jungfer. Und wenn Annelie jemals erfuhr, daß er...

«Nun machen Sie doch schon – ich muß zurück!»

Dieses Aas!

Er unterschrieb blindlings. «Wir sehen uns ja nachher beim Betriebsfest...» Schildhorn, das Wasser, der Wald, der Wein...

Sie grinste. «Ich glaube kaum.» Und draußen war sie.

Brockmüller starrte aus dem Fenster. Mit Anfang Dreißig war man also aus dem Rennen... Sein grauer Apparat summte. Er nahm den Hörer hoch, müde, apathisch. Kuhring.

«Komm schnell mal runter!»

«Ja.» Armleuchter.

Kuhring saß mit Zumpe und Olscha im Sitzungszimmer, Gaby war inzwischen gegangen.

«Setz dich.»

Er setzte sich. Gottergeben. *Soll er doch kommandieren, wenn's ihm Spaß macht.*

«Der Wagen, der Sie gegen die Leitplanke gedrückt hat, ist gefunden worden», sagte Olscha. «Gestohlen. Gehört einem Internisten, Dr. Wendt. Keine Fingerabdrücke, nichts.»

Brockmüller nickte. Im Grunde war's ihm scheißegal. Sollte Owis Killer machen, was er wollte... Er sah Zumpe an. Der sah aus wie ein Krebskranker drei Wochen vor dem Exitus. Dem machte sicherlich sein Magen zu schaffen.

Kuhring dagegen war geradezu aufgeblüht, strotzte vor Vitalität und Kampfeslust. Nach dem ersten Schock hatte er sich verdammt schnell gefangen. Vom Großen Kurfürsten an waren die meisten Männer in seiner Familie Soldaten gewesen – bis zur Endstation Berlin, wo mit dem Flakhelfer Karl-Heinz Kuhring eine große Tradition ihr Ende gefunden hatte. Nun, so schien es Brockmüller, hatte sich Kuhrings Landsknechtnatur endgültig durchgesetzt. Er glühte fast vor Kampfeseifer.

«Diese Schweine!» rief Kuhring, und Brockmüller dachte, er hätte wieder die Jungsozialisten beim Wickel. Aber nee, diesmal meinte er die Kollegen drüben in der Zentrale. Die hatten sich nämlich, der Betriebsrat an der Spitze, standhaft geweigert, die Sondergruppe für Systemplanung beim Ausflug nach Schildhorn mitzunehmen. Das Risiko sei zu groß, und überhaupt, das sei doch kein Betriebsfest, wenn überall Polizisten rumstehen.

«Und sonst faseln sie immer von Solidarität!» Kuhring wurde immer wütender.

«Ich kann's ihnen nicht verdenken», murmelte Brockmüller.

«Ach nee? Na, du bist ja sowieso immer gegen uns», sagte Kuhring. «Du widersprichst reichlich viel in letzter Zeit!»

Olscha versuchte die Situation zu retten. «Keine Schlägerei, meine Herren – ich bin bewaffnet!» Er lachte schallend.

Doch die Nachfrage nach seinem dünnen Humor war gering.

Kuhring blickte auf seine Armbanduhr. «Gleich eins. Ich schlage vor, wir gehen jetzt Mittagessen, und dann kommt ihr alle mit mir nach Hause – wir feiern bei mir. Ab 14 Uhr ist sowieso für alle frei, die am Betriebsfest teilnehmen.»

Brockmüller fand den Vorschlag beschissen, biß sich aber auf die Zunge. Bei Kuhring gab's wieder eine Riesensauferei – und niemand ist wehrloser als ein Betrunkener. Und wenn Olscha zehnmal auf sie aufpaßte.

Auch Zumpe machte ein saures Gesicht. Offenbar befürchtete er nicht nur, daß der Alkohol seinen Magen vollends ruinierte, sondern auch, daß seine Frau endgültig ihre Sachen packte und abhaute, wenn er besoffen nach Hause kam. Und Kuhring hielt jeden, der nicht mit ihm saufen wollte, für einen persönlichen Feind.

Trotzdem zögerten Brockmüller und Zumpe, während Olscha sich in Schweigen hüllte.

Kuhring sah sie mit zornrotem Gesicht an. «Meint ihr denn, ich lasse mich von Owi kleinkriegen!? Meint ihr denn, ich lasse mir vom Fehrbelliner Platz vorschreiben, wann ich zu feiern habe und wann nicht!? Die machen sich doch vor Angst in die Hosen. Und Owi mit seinen Knallfröschen – habt ihr vielleicht Angst vor diesem Hampelmann!? Los – ich lad euch ein: wir gehen jetzt essen, und dann machen wir einen drauf!» Er sprang auf, sein Stuhl kippte um. Er sah aus, als hätte er bereits drei, vier Klare intus. «Sie können gerne mitkommen, Herr Olscha, wenn Ihr Chef das unbedingt will.»

Sie fuhren zu einem China-Restaurant am Wittenbergplatz, alle in Olschas Wagen.

«Erst mal was zu trinken!» Noch während sie die voluminöse Speisekarte studierten, winkte Kuhring den Ober herbei. Er galt als großer Trinker vor dem Herrn, und Brockmüller wußte, daß er mehrmals im Jahr Kollegen, von denen er wichtige Informationen brauchte, ganz harmlos einlud, ein Glas Bier mit ihm zu trinken, und sie dann aushorchte, wenn sie total besoffen waren. Kuhring selbst konnte unheimlich viel vertragen.

Brockmüller bekam sein Pils, ebenso wie Olscha und Kuhring, während Zumpe seines Magens und seiner Galle wegen auf Apfelsaft bestand.

Kuhring hob sein Glas. «Trinken wir auf Fräulein Lux, daß sie bald wieder gesund wird; trinken wir darauf, daß alles nur ein schlechter Scherz von Owi war und jetzt nichts mehr passiert.»

Sie taten's und bestellten dann: Kuhring eine halbe Peking-Ente, Olscha Ente süß-sauer, Brockmüller Hummer-Krabben mit Curry und Zumpe, wie nicht anders zu erwarten, nur Salat mit Hühnerfleisch.

«Mein Magen», sagte er entschuldigend. «Meine Galle.»

«Ach, hab dich doch nicht so!» dröhnte Kuhring. «Mir geht's doch schlechter als dir: mein Heuschmupfen ist wieder im Anzug. Das gibt wieder so 'n leichtes Bronchialasthma. Aber man kommt ja nicht zum Arzt.» Er stürzte sein Bier hinunter, ließ eine NEDO-Med im Mund zergehen, schüttelte sich und spülte das Zeug in den Magen. «Gegen die Kopfschmerzen.»

Dann kam das Essen, und Brockmüller beobachtete verblüfft, mit welch ungezügelter Gier sich Kuhring über seine Ente hermachte. Wie ein Rollkutscher... Und wenn den nicht bald mal der Schlag traf, war er womöglich in fünf Jahren Chef der EUROMAG. Amen!

Kuhring redete mit vollem Mund. Er redete viel und schoß sich langsam auf Owi ein.

«Unsertwegen will der Arsch Selbstmord begangen haben – daß ich nicht lache! Hatte doch allen Grund, uns dankbar zu sein: Bei uns konnte er in Ruhe arbeiten – andere hätten ihn im Zirkus auftreten lassen! Dreimal in der Woche hat er mir erzählt, er wär mein bester Freund, jetzt sprengt er mein Auto in die Luft und hetzt 'nen Gangster auf mich – der ist plötzlich verrückt geworden... Ober, noch 'n Bier!» Er rülpste. «Wir waren doch so richtige alte Freunde. Kumpel waren wir. 1947 haben wir uns kennengelernt, draußen im Apparatewerk Lichterfelde, ich noch als Student. 25 Jahre sind das her, hätten wir an sich feiern müssen. Und hätt ich ihn damals nicht Nachhilfeunterricht gegeben, wär er durch seine Kaufmannsgehilfenprüfung gerasselt... Dann hat er da in der Haus- und Grundstücksverwaltung gehockt – und wer hat ihn da rausgeholt? Ich! *Ich* hab ihn als Sachbearbeiter im Bereich Organisation und Revision untergebracht, IV F, Organisation, EDV, Rationalisierung und so. Da war ich schon Direktionsassistent. Und als er da Mist gemacht hat und ihn keiner mehr haben wollte, da hab ich ihn in die Sondergruppe geholt. Und der Dank? Jetzt stehen wir nach draußen da wie Unmenschen.» Er sah Zumpe an. «Und du hast ihm doch auch nichts getan, oder?»

Zumpe legte einen abgenagten Hühnerknochen auf die silberne Schale. «Nicht daß ich wüßte. Ich hab ihn im Krankenhaus besucht, als er damals die Nierensache hatte; ich hab ihn in meinem Dienstwagen zum EDV-Seminar nach Bad Harzburg mitgenommen; ich hab meinen Schwager überredet, ihm bei Möbeln dreißig Prozent Rabatt zu geben...»

«... und ich hab ihm mal ein paar Tempotaschentücher aus der Drogerie mitgebracht», fiel Brockmüller ein.

Schweigen.

Kuhring funkelte ihn an. «Du stehst wohl auf seiner Seite, was?»

Olscha hörte auf zu kauen.

Zumpe faltete seine Serviette zusammen.

Ja, dachte Brockmüller, was dich angeht, da steh ich auf seiner Seite. Hoffentlich schafft er's bei dir... Aber er sagte hastig: «Du spinnst wohl! Ich wollte bloß sagen, daß er manches anders gesehen haben muß als wir. Nu ist es zu spät...» Er bemühte sich um ein demutsvolles Lächeln. Kuhring besaß zu allen einen Draht, zum Vorstand, zum Aufsichtsrat, zum BDI, zum Betriebsrat – vier Telefonate, und sie setzten ihn vor die Tür. Unter Einhaltung der gesetzlich vorgeschriebenen Kündigungfrist natürlich. «Klar, wenn er einem zu Dank verpflichtet war, dann dir. Das hat mir bis jetzt jeder bestätigt. Ich bin doch der letzte, der nicht weiß, daß du dich dauernd für deine Kollegen einsetzt.»

Kuhring strahlte. «Zehn Jahre im Management der EUROMAG, da schafft man schon was. Und Owi ist nie zu kurz gekommen.»

«Bei dem muß plötzlich was im Gehirn geplatzt sein», sagte Zumpe. «Was sagen denn die Psychiater?»

Olscha zuckte die Achseln. «Keine Ahnung. Wahrscheinlich sezieren sie sein Gehirn, aber das dauert wohl noch ein Weilchen...»

«Also ab morgen keinen Brägen essen!» lachte Kuhring. «Ober: zahlen!»

Sie bedankten sich bei ihm, dann fuhren sie zum Hohenzollerndamm, wo er eine geräumige Fünf-Zimmer-Wohnung besaß, deren Attraktion das Spielzimmer war. Billard, Tischfußball, Flipper und Tischtennis.

Kuhring hatte einen Kasten Bier auf dem Balkon stehen, Olscha trug ihn ins Zimmer. Brockmüller und Zumpe brachten aus der Küche Gläser und Flaschen herein – Whisky, Korn und Sprudel. Kuhring dirigierte das Ganze.

«Prost – auf euer Wohl!» Erst der Klare, dann mit Bier nachgespült. «Ich schlage vor, wir fangen mit Tischtennis an – die Platte liegt ja gerade auf dem Billard. Jeder gegen jeden, ein Satz.» Zu Zumpe gewandt: «Da liegt Bleistift und Papier, mach mal schnell Lose, damit wir sehen, wer gegen wen spielen muß, also in welcher Reihenfolge.»

Nach einigem Hin und Her stand fest, daß Kuhring gegen Zumpe beginnen mußte. Nach ein paar Bällen zum Aufwärmen legten sie los. Olscha spielte am Flipper-Automaten herum, Brockmüller machte den Schiedsrichter. Die Stimmung war gut.

War's der Schnaps, war's ein falscher Impuls im Großhirn, jedenfalls fand Brockmüller die ganze Szene höchst unwirklich. Sie spielten hier – und jeden Augenblick konnte etwas geschehen – etwas Entsetzliches, Tödliches. Und sie – sie steckten den Kopf in den Sand...

Es passiert bestimmt noch was.

Er sah, welche Freude Kuhring daran hatte, Zumpe von der einen Ecke der Platte zur anderen zu hetzen und dann mit gelungenen Schmetterbällen Punkt um Punkt zu machen. Nur ein Spiel? Es war mehr; Zumpes verzerrtes Gesicht bewies es.

Brockmüller spürte den Haß, den Zumpe gegen Kuhring empfand. Zu verdenken war's ihm nicht. Wenn Brockmüller richtig informiert war, und das war er meistens, dann hatte Kuhring 1971 verhindert, daß Zumpe in Osnabrück Werksdirektor gewesen war – ein Traumziel für jeden, der als kleiner Ingenieur gestartet war. An seine Stelle hatte er einen Spezi in den Sattel gehievt, von dem er Unterstützung erwartete, wenn's um die in zwei Jahren freiwerdende Stelle des fünften Vorstandsmitgliedes ging.

Zumpe verlor 14:21. Er verlor immer gegen Kuhring.

Sie spielen hier, dachte Brockmüller, und irgendwo...

Es passiert bestimmt noch was!

In seinem linken Ohr rauschte es; für Sekunden war ihm schwindlig. Vielleicht lag's am Schnaps.

Er fing sich wieder, als er gegen Olscha spielen mußte und mit drei Punkten Vorsprung gewann, ebenso wie anschließend gegen Zumpe.

«Los, auf zum Endkampf!»

Kuhring, der nach Zumpe auch Olscha geschlagen hatte, wartete schon.

«Du schwitzt ja jetzt schon?» lachte Brockmüller. «Hast du Angst?»

«Macht nichts, ich bade nachher!»

Brockmüller fühlte sich zwar hundsmiserabel, aber als ehemaliger Turnierspieler hatte er keine Schwierigkeiten, Kuhring wie einen Anfänger herumhüpfen zu lassen. Bald führte er 9:1, und die alten Tricks gelangen alle. Doch dann begriff er wieder, daß dies mehr war als ein Spiel.

Kuhring war krankhaft auf Siege fixiert, brauchte das Gefühl der Überlegenheit wie andere ihr Rauschgift; Kuhring deklarierte den zu seinem Todfeind, der ihn verlieren ließ... Aber zugleich mit dem Vorsatz, dieses Match zu verlieren, wurde ihm schlagartig klar, wie sehr auch er diesen Kuhring haßte.

Während er ihn Punkt um Punkt aufholen ließ, reflektierte er mit seiner wissenschaftlichen Pedanterie, warum er Kuhring haßte.

Erstens hatte Kuhring mit einer fadenscheinigen Begründung die Veröffentlichung seines besten Artikels verhindert (*Die Chancen des Management by Objektives in der* EUROMAG), womit er auch die letzten Universitätsträume begraben konnte.

Zweitens ließ ihn Kuhring tagtäglich spüren, daß ein Wort von ihm genügte, um ihn auf die Straße zu setzen – fachliche Inkompetenz, keine sachliche Zusammenarbeit möglich usw. Dann war das Kind da – und er arbeitslos...

Drittens nutzte Kuhring jede Gelegenheit, um ihm unter die Nase zu reiben, daß er Annelie schon lange gekannt hatte, und wie weit diese Bekanntschaft ging, bevor ein gewisser Bodo Brockmüller in ihr Leben getreten war.

Viertens schließlich hatte Kuhring ihn verführt, seine Späße mit Ossianowski zu treiben, denn Kuhrings Gunst bedeutete Sicherheit und Aufstieg. Was hatte er nicht alles angestellt, um Kuhring zum Lachen zu bringen, ihn heiter zu stimmen! Und das meiste auf Owis Kosten.

Vier Wunden, eine brennender als die andere.

«18:17 für mich!» rief Kuhring. «Aufschlagwechsel.»

Kuhring schlug auf. Immer muß er gewinnen, dachte Brockmüller, immer muß er andere quälen. Der Klare, den ich getrunken habe, läßt mich alles klarer sehen.

Ein Schmetterball. Ins Aus. 19:18 für Kuhring. 20:18. Dann paßte Brockmüller nicht auf und setzte den Ball mit einem weichen Rückhandschlag direkt hinters Netz, wo er obendrein noch von der Tischkante wegrutschte. 20:19.

In Brockmüller verkrampfte sich alles; er kämpfte gegen seinen Haß an und merkte, daß es sinnlos war.

Dann hatte er endlich verloren.

Kuhring war ausgelassen, fröhlich, herzlich, gönnerhaft. «Beim nächstenmal, mein Lieber! Die Ansätze sind nicht schlecht. Geh mal rüber ins Schlafzimmer und hol den Whisky, der steht da auf der Kommode. Und das Eis aus der Küche!» Er kommandierte schon wieder. «Wir räumen inzwischen die Tennisplatte weg und fangen mit dem Billard an.»

Brockmüller ging. Gehorsam. Ohne Widerrede.

Du mußt es schlucken, denk an das Kind!

Lieber mal was einstecken, als monatelang arbeitslos sein.

Eine Demütigung nannte man so was.

Na und...?

Er ging ins Bad und ließ sich das kalte Wasser über Stirn und Arme laufen.

Wenn bloß erst alles vorüber wäre.

Er war müde, viel zu müde zum Kämpfen. Wie denn auch? Gegen die Kuhrings war kein Kraut gewachsen. Wer so einen ausschalten wollte, der mußte genauso werden. Und viel Zeit haben... Aber inzwischen hatte Kuhring sich zum Generaldirektor hochgesoffen. Außerdem war er intelligent, ganz ohne Zweifel, bauernschlau, gerissen, ein Fuchs. Und da er nie etwas Konkretes auf den Tisch legte, konnte ihn auch niemand an seinen Fehlern aufhängen. Das Wenige, was die Sondergruppe bisher produziert hatte, stammte von Zumpe, Owi oder ihm – Kuhring hatte inzwischen Kontakte geknüpft. Wissen war Macht, aber nur, wenn man's für sich behielt – was Kuhring regelmäßig tat.

Brockmüller trocknete sich die Hände ab. Er kannte die Wahrheit. Seit er als Kind, im Kindergarten, in der Schule, bei jeder Keilerei Prügel bezogen hatte, sehnte er sich danach, ein Typ wie Kuhring zu sein. Aber er war zu weich, zu lasch, zu schlapp. Annelie hatte es nicht nur einmal gesagt.

Er hängte das Handtuch an den Haken. Dabei fiel ihm auf, daß... Tatsächlich: ein paar Zentimeter über dem Wannenrand war ein verchromter Griff angebracht, an dem man sich aus dem Wasser ziehen konnte.

«Wo bleibt denn der Whisky?» dröhnte es aus dem Spielzimmer.

Brockmüller erinnerte sich an seinen Auftrag und ging ins Schlafzimmer hinüber.

Ein breites Bett. Wer zählt die Mädchen, nennt die Namen, die...

Annelie auch?

Brockmüller suchte, leicht schwankend, nach der Whiskyflasche. Schließlich entdeckte er sie an der Wand zum Badezimmer auf einem weißen Sideboard. Sie stand zwischen allerlei Kinkerlitzchen, die Kuhring in Kenia und Singapur erworben hatte. Neben einem Jade-Buddha summte leise ein elektrischer Wecker, *Made in Japan.*

Brockmüller griff sich die Whiskyflasche. Trinken und vergessen. Es hatte keinen Zweck, gegen den Strom zu schwimmen.

Er glotzte, ohne Zweifel leicht angetrunken, auf die beiden Schrauben, die dicht über dem Sideboard, etwas schräg gegeneinander versetzt, aus der Wand ragten – ja, irgendwie aus der Wand wuchsen, aus der Wand heraus*schossen*... Es dauerte ein paar Sekunden, dann begriff er, daß sie drüben im Badezimmer den Haltegriff über der Wanne hielten. Offensichtlich hatten bei Kuhrings Körpergewicht auch die besten Dübel nichts genutzt, so daß der Klempner einfach zwei Löcher durch die Wand gebohrt hatte. Und gleich daneben...

Brockmüller starrte fasziniert auf die Verlängerungsschnur, mit der der elektrische Wecker an das Stromnetz angeschlossen war. Die Schnur war alt, war noch mit braunem Stoffgeflecht umwickelt.

Brockmüller hob den Wecker etwas an. Es stimmte: da, wo die alte Verlängerungsschnur in einen schwarzen Stecker mündete, ein sogenanntes Weibchen, lag die blanke Kupferlitze bloß.

Wenn er die blanke Kupferlitze wie zufällig auf einen der beiden Bolzen fallen ließ, die drüben im Bad den Griff hielten, und wenn Kuhring dann den Körper aus dem blauen Badewasser zog...

Ganz klar: Owi hatte es getan.

9

15 Uhr 21.

Mannhardt hatte die Beine auf den Schreibtisch gelegt, gähnte und wickelte sich seine lang gewordenen Haare um den Zeigefinger. Er hatte keine Lust, zum Friseur zu gehen; immer dies dämliche Gequatsche. Und wenn man kein Trinkgeld gab, dann schnitten sie einem beim nächstenmal hinten Stufen rein... Wer gab denn ihm Trinkgeld?

Vielleicht konnte er sich ein paar Groschen nebenbei verdienen, wenn er ein Buch über das Owi-Prinzip verfaßte. Endlich mal 'ne Idee, wie man das Parkinsonsche Gesetz widerlegen konnte, demzufolge sich ja die Kissenpuper aller Sparten unaufhaltsam vermehrten. Beim letzten Fortbildungslehrgang hatte er's vor der abschließenden Klausur auswendig gelernt: 1. *Jeder Beamte oder Angestellte wünscht die Zahl seiner Untergebenen, nicht aber die Zahl seiner Rivalen, zu vergrößern,* und 2. *Beamte oder Angestellte schaffen sich gegenseitig Arbeit.* Hm... Wenn jeder Bürohengst, wie Owi das vorhatte, vier seiner Kollegen erledigte, dann schrumpften die Schreibtischarbeiter in Deutschland im Nu auf eine Größe zusammen, von der die Organisationsfachleute nicht mal zu träumen wagten. Andererseits... Er wäre gerade für ihn etwas kurzsichtig gewesen, das Owi-Prinzip zu propagieren – schließlich war er selber Beamter im gehobenen Dienst... Wie gehoben, merkte er, als Dr. Weber ihn anrief.

«Sagen Sie bloß, Sie haben den Mann immer noch nicht, der Brockmüller an die Leitplanke geleitet hat?»

«Nein, aber... Wir... Also, es läuft.»

«Wo?»

«Na, alles...»

«Wie – alles?»

«Die Fahndung!» Mann, o Mann! «Olscha hatte sich noch die Nummer gemerkt, auf der Avus... Der Wagen gehört einem Dr. Wendt, Facharzt für Innereien und so. War aber geklaut.»

«Innereien und so...?»

Mannhardt war nahe daran, eine patzige Antwort zu geben; der Torfkopp konnte auch nur über seine eigenen Witze lachen. «Für Inneres... Stand in der Kantstraße, die Karre. Keine Fingerabdrücke. Jetzt gehen wir alle EUROMAG-Stellen durch, in denen Ossianowski mal gearbeitet hat – vielleicht ergibt sich da eine Verbindung. Koch überprüft noch die Kunden, die... Also, mit denen es Ossianowski zu tun gehabt hat, als er in der Vertriebsabteilung war. Da waren sicher bei den Lagerarbeitern Kriminelle bei und so...» Und so – verdammt!

«Geradezu genial, was ihr da macht... An Ihrer Killer-Theorie könnte schon was dran sein. Klingt zwar ziemlich irrwitzig, aber... Auf alle Fälle müssen wir so tun, als ob was dran sei – der Optik wegen. Ja, dieser Owi! Wie sagte doch schon Kennedy: O schimpfliche Gewalt, die wir erleiden!»

«John F. Kennedy...?»

«Nee, Hanna Kennedy, Amme der Königin von Schottland. Maria Stuart, 1. Aufzug, 1. Auftritt. Mein Sohn nimmt's gerade in der Schule durch.«

Es entstand eine Pause. Dann sagte Mannhardt verwirrt: «Wir halten Sie auch auf dem laufenden, Herr Doktor.»

«Das ist lieb von euch, wirklich!»

Klick.

«Blödes Schwein!» knurrte Mannhardt. Der kam sich mit seinen zehn Semestern Jura vor wie 'ne Kreuzung von Einstein und Napoleon. Scheiße! Mannhardt fegte die Akten vom Schreibtisch. Einmal keinen Vorgesetzten haben – einmal nur!

Er zog die Schublade auf, um bei Fontane Trost zu finden, da schellte das Telefon.

Noch mal Weber? Bloß nicht... «Mannhardt; ja?»

«Ich hätte gerne mal Herrn Kriminalobermeister Koch gesprochen...»

Ein Sachse auch noch, oder einer aus Thüringen... «Der ist zur Zeit leider außer Haus.» Blöder Ausdruck!

«Was ißt er denn?»

«Wie...?» Ein Irrer.

«Oh, Paron, Herr Oberkommissar – mir fällt gerade ein: ich bin ja selber der Koch.»

«Idiot!» Wenn dieser Blödmann doch endlich seine kindischen Scherze lassen würde! «Was gibt's denn?»

«Ich stecke gerade bei der EUROMAG: Haus- und Grundstücksverwaltung – und zwar beim... beim Sachbearbeiter für firmeneigene Sportstätten und Gärten.»

«Was denn: Reinhard Mey? Der Mörder ist immer der Gärtner?»

Koch lachte. «Mensch, du wirst ja immer scharfsinniger, das ist direkt beängstigend. Vermach dein Gehirn sicherheitshalber gleich der Universitätsklinik.»

«Was ist denn nun?»

«Der Owi hat hier in den Jahren 62 bis 64 gewirkt, und zwar als popliger Sachbearbeiter.»

«Und?»

«Ich hab mir mal die Kollegen angesehen, die seinerzeit mit ihm zusammengearbeitet haben... Fehlanzeige.»

«Was rufst du denn da an!» Simpel!

«Allerdings hatten sie da einen Arbeiter für die Grünflächen auf dem Gelände des Apparatewerkes Lichterfelde, der war damals siebzehn, müßte also heute Ende Zwanzig sein; ein gewisser Volker Schloo... Schule, Ludwig, zwomal Otto – Schloo, ja; Volker... Ich hab in der Kartei nachsehen lassen: neun Vorstrafen – meist Autodiebstähle, aber auch ein Einbruch und 'ne schwere Körperverletzung. Tendenz: steigend.»

«Hört sich ganz gut an.» Mannhardt rutschte mit seinem Stuhl an den Schreibtisch heran und versenkte Frau Jenny Treibel im Schubfach. «Geht man von der vagen Beschreibung aus, die wir von Brockmüller und von Olscha haben, könnte's altersmäßig hinkommen. Aber ich hab doch nichts in der Hand, um dem Kerl nachzuweisen, daß er den Wagen geklaut hat...»

«Laß dir was einfallen – tricky sein ist heutzutage alles.»

Mannhardt schnaufte verächtlich. «Soll ich bei ihm in der Wohnung 'n Kamm mitgehn lassen und dann behaupten, wir hätten ihn im Wagen gefunden?»

«Also, erstens wird er keinen Kamm mit'm Monogramm drauf rumliegen haben – zweitens fällt auf so was doch kein Profi mehr rein.»

«Eben. Und außerdem ist es verdammt riskant, drittens. Und wenn er 'n Alibi hat, zum Beispiel, dann fallen wir viertens auf den Bauch, daß es knallt.»

«Ja, wenn du was Besseres weißt...» Koch war beleidigt.

«Wart mal...» Mannhardt dachte nach. Er hatte plötzlich eine Idee. Auch ein bißchen außerhalb der Legalität, aber...

Koch hörte aufmerksam zu.

«Na?»

«Okay!»

«Dann sag mir nur noch die Adresse.»

«Kreuzberg, Manteuffelstraße 36 – Volker Schloo...»

«Vergelt's Gott!» Mannhardt legte auf.

Er verließ sein Büro und fuhr mit dem Fahrstuhl nach unten. Während der Fahrt erfreute er sich wie jedesmal am Punkt 6c der Aufzugsverordnung vom 8. September 1926: *Es ist verboten, Personen in Aufzügen zu befördern, in denen das Mitfahren von Personen verboten ist.*

Dann saß er in seinem Kadett und fuhr die Kurfürstenstraße hinunter. Ein neues Hotel neben dem anderen. Und wohl alle voller Gäste, na, jedenfalls zu fünfzig Prozent, schätzte er.

Und Kreuzberg dagegen: Mietskasernen von Siebzigeinundsiebzig, Wracks, ein Hotel ‹Slum› neben dem anderen, extra reserviert für unsere türkischen Freunde, die was fürs deutsche Bruttosozialprodukt tun durften... Die Prospekte hatten schon recht, Berlin war 'ne Weltstadt; nun gab's sogar schon ein Harlem an der Spree.

Mannhardt fand in der Naunynstraße einen Parkplatz und stieg aus. Ein paar türkische Kinder, sieben, acht vielleicht, bestaunten ihn. Ganz putzige Kerlchen. Er hätte gern was auf türkisch zu ihnen gesagt, doch er wußte nicht mal, was ‹Guten Tag› hieß. Sicherlich was mit zehn Ü's drin... Weiter!

Manteuffelstraße 36. Ein gewaltig hoher Hausflur, in dem's nach Pisse stank. Proletarier aller Länder verunreinigt euch! Auf dem Klingelbrett Namen: *Rodriguez, Stromattias, Cebeć und Kütschük,* letzterer vom Hauswirt wohl schon eingedeutscht, aber auch noch andere, die nach Ostpreußen, Schlesien oder Pommern klangen: *Buttgereit, Wieczorek, Sorau.* Und tatsächlich, Vorderhaus, III. Stock, rechts: *Schloo.*

Mannhardt stieg hinauf. Knarrendes, so weit abgetretenes Holz, daß die Stufen konkave Formen angenommen hatten. Von den Wänden blätterte die Farbe, ehemals Schweinfurter Grün. Als Kind hatte er immer Schweinfuttergrün verstanden. Sein Vater hatte seine Zäune damit bepinseln lassen.

Als er oben war, schnaufte er. Das war nichts für 'n Mann aus'm Einfamilienhaus, der zudem auf dem Weg ins Büro Fahrstuhl fuhr... Er stellte sich vor, wie es wäre, hier eine Wohnung zu haben, Arbeitslosenunterstützung (Stütze) zu beziehen und für den Rest seines Lebens so dahinzugammeln – ohne Vorgesetzte, Leichen, Familienfeiern, Hypotheken und Heuchelei, wenn sein Schwiegervater auftauchte, der SS-Scharführer außer Diensten... Nur noch Träume, ein bißchen Wehmut und ziemlich viel Wermut... Zu seiner Verwunderung fand er die Vorstellung ganz reizvoll.

Er riß sich zusammen.

Schloo wohnte mit den Herren Dieter Spindler und H.-J. Haller zusammen; die drei zerkratzten Briefkästen mit den Namensschildern an den rostbraunen Türen bewiesen es. Sie standen offen, unten gab's ja, welcher Fortschritt, Hausbriefkästen, und die Kinder hatten allerlei Mist hineingeworfen.

Bei V. Schloo mußte man dreimal klingeln, und Mannhardt tat es.

Der Mann, der wenige Sekunden später in der leicht geöffneten Tür erschien, war der gleiche Typ wie sein Drogist draußen in Hermsdorf. Untersetzt, ein ovales Gesicht, eine Halbglatze mit schwarzem Kräuselhaar ringsum und offenbar unheimlich ölig. Der Sohn konnte's kaum sein, der Drogist hieß Kindermann und war erst Mitte Dreißig. Ein ekliger Bursche. Der Kindermann. Jeder Hausfrau zwischen zwanzig und vierzig machte er das, was gute Bürger unsittliche Anträge nennen, und vielen gefiel's, aber Lilo hatte ein bißchen Angst vor ihm, und so mußte Mannhardt die einschlägigen Einkäufe in seiner kärglichen Freizeit erledigen... Pech für Schloo, daß er diesem Hermsdorfer Drogisten zum Verwechseln ähnlich sah.

Er war im ockerfarbenen Unterhemd und knöpfte seine fliederfarbenen Jeans vollends zu. Offenbar hatte Mannhardt ihn geweckt, und ebenso offenbar hatte er auch einen anderen erwartet.

«Was gibt's denn?» Ölig. Schleimig. Aalglatt. Mannhardt hätte sich am liebsten geschüttelt.

«Herr Schloo...?»

«Ja...»

«Mannhardt, Kriminalpolizei... Bitte!» Der Dienstausweis.

Schloos bronzefarbene Stirn hatte sekundenlang den Farbton einer eingelegten Olive. Aber schon funktionierte er wieder. «Darf ich bitten...?» Es klang nach Kellner.

Mannhardt kam in einen Flur, wo es roch wie in einer Brikettfabrik. Tatsächlich waren hinten an der Toilettentür Braunkohlen gestapelt. Die drei schwarzen Zähler hingen unverkleidet an der Wand, Kabelstränge verzweigten sich. Ein verrostetes Fahrrad lag auf dem Boden. Wahrscheinlich frisch vom Sperrmüll.

Um so überraschter war Mannhardt, als er Schloos Zimmer zu sehen bekam. Fast wie eine Schaufensterdekoration im KaDeWe, abgesehen von der verblichenen Tapete an der Wand. Aber 'ne neue Couchgarnitur, Leder, ein Farbfernseher und eine bombastische Schrankwand, Palisander.

«Wollen Sie bitte Platz nehmen...» Jetzt klang es eher nach Massagesalon. *Rufen Sie 742 81 312 an – und Gaby, Susy und Madeleine erwarten Sie zur Wunschmassage, auch französisch oder streng.* Ob der was mit so 'nem Schuppen zu tun hatte?

«Sie wünschen, Herr Mannhardt?» Schloo zündete sich ein Zigarillo an.

Mannhardt streckte sich aus. Schloos Selbstsicherheit verwirrte ihn. Wenn der wirklich aus solchen Quellen Geld bekam, was brauchte er da Autos zu klauen? Er wußte nicht so recht, wie er anfangen sollte.

«Sie wohnen zwar nicht gerade in Dahlem, Herr Schloo, und 'ne Villa ist dieser Kasten hier weiß Gott nicht, aber darf man mal fragen, wie Sie zu diesen Dingen hier gekommen sind?» Mannhardt machte mit der rechten Hand eine schwingende Bewegung, wie ein Diskuswerfer, der ausholt.

«Ich habe in der letzten Zeit viel gearbeitet. In Bars, als Statist beim Theater ...»

Mannhardt flüchtete sich in Albernheiten. «Schloos Park-Theater wohl?»

«Nicht im Schloßparktheater. Im Schiller-Theater.»

«Tüchtig, tüchtig.» Mannhardt verfluchte sich. Er kam sich vor wie ein Ringer, der schon zweimal wegen Passivität verwarnt worden ist, aber keinen Griff beim Gegner landen kann. Da glitt alles ab. Blieb nur, mit der Tür ins Haus zu fallen.

«Und warum klauen Sie Autos, Herr Schloo?»

«Ich...?» Schloo lachte gurrend. «Ich bitte Sie!»

«Ich meine den Peugeot mit der Nummer B – AV 2941, der einem Dr. Alfred Wendt gehörte und seit kurzem auch wieder gehört. Inzwischen war er mal kurz ausgeliehen und dann in der Kantstraße abgestellt worden. Von Ihnen! Nachdem Sie vorher auf der Avus einen gewissen Dr. Brockmüller und seine Sekretärin an die Leitplanke gedrückt haben.»

Schloo blieb gelassen und lächelte. Er lächelte lieb. «Daß das passiert ist, habe ich in der Zeitung gelesen – natürlich. Der Fall Ossianowski. Aber wie sind Sie da auf mich gekommen – ausgerechnet?»

«Weil Sie vor etwa zehn Jahren mit Herrn Ossianowski bei der EUROMAG zusammengearbeitet haben.»

«Ach – Sie denken wohl, ich bin der sogenannte Killer, den er sich gekauft haben soll?» Schloo prustete los. «Ich bitte Sie, Herr Kommissar!»

«Waren sie Kollegen oder nicht?»

«Klar – war'n wir. Damals habe ich da draußen in Lichterfelde Blätter zusammengeharkt, den Rasen gemäht, die Rosen beschnitten und die Wege gesäubert – und Herr Ossianowski war doch wohl kaufmännischer Angestellter, oder? Die Herren haben sich einen Dreck um uns gekümmert.»

«Sie kennen ihn also nicht?»

«Ich kann mich wirklich nicht erinnern...»

Mannhardt wurde wütend. «Mensch, einen Typ wie Owi vergißt man doch nicht: klein, verwachsen, rothaarig – ein Gesicht wie ein Koala-Bär... So ein Exemplar ist doch unvergeßlich!»

«Tut mir leid – ich hab in den zehn Jahren Tausende von Menschen kennengelernt...»

«In Tegel, was?» bellte Mannhardt.

«Da auch», entgegnete Schloo mit unverminderter Freundlichkeit. Er benahm sich noch immer wie ein Versicherungsvertreter, der jemand eine Police aufschwatzen will. «Aber die Zeiten sind, Gott sei Dank, vorbei. Heute bin ich Geschäftsführer einer Bar, in der ich auch des öfteren Ihre Vorgesetzten begrüßen darf...»

Nun pokert er auch noch! Mannhardt verspürte das Verlangen, ihm rechts und links ein paar runterzuhauen. Es war immer schmerzlich, wenn man für einen Idioten gehalten wurde. Noch dazu von einem solchen Schleimer wie Schloo. Aber, zum Teufel – er hatte nicht den kleinsten Trumpf in der Hand!

Schloo sah auf seine Armbanduhr, ein teures Ding. «Ich erwarte noch Besuch, Herr Mannhardt.»

«Ach ja?»

«Bitte legen Sie Beweise auf den Tisch, oder lassen Sie mich in Ruhe! Was soll das Ganze überhaupt?»

Es klingelte.

«Da ist der Besuch schon», sagte Mannhardt.

Schloo zögerte offenbar zu öffnen. Aber es schrillte weiter.

«Soll ich Ihren Besuch in Empfang nehmen?» fragte Mannhardt lauernd.

«Nein, ich gehe schon.»

Na endlich, dachte Mannhardt.

Kaum war Schloo draußen, da begann er auch schon, die ersten Schubladen herauszuziehen, die ersten Türen an der Schrankwand zu öffnen. Zugleich konnte er sich ein Grinsen nicht verkneifen, als er draußen Kochs Stimme hörte:

«Guten Tag, Herr Schloo. Mein Name ist Bartel – ich bin der neue

Hausbesitzer. Hier – der Kaufvertrag, den ich gestern mit Herrn Hambach abgeschlossen habe...»

«Und was wollen Sie hier?»

«Nach Paragraph 15 des Mietvertrages steht mir das Recht zu...»

Mannhardt hörte nicht mehr hin, denn inzwischen hatte er gefunden, was er suchte. Die zurückgeklappte Schreibtischplatte gab den Blick frei auf einen 38er Smith & Wesson, ein Bündel von Hundert-Mark-Scheinen und einen Shell-Atlas, in dem gestempelt stand:

Dr. med. Alfred Wendt
Facharzt für Inneres
1 Berlin 31
Babelsberger Straße 10a

Die Hundert-Mark-Scheine waren sämtlich, und das war das Verblüffende daran, in der Diagonalen durchgerissen, mal so, mal so, jedenfalls sehr einfallsreich und in allen möglichen Variationen. Genaugenommen besaß Schloo also nur halbe Hundert-Mark-Scheine, wenn auch haufenweise, aber jede Hälfte war für sich allein so ziemlich wertlos. Ein uralter Trick... Mannhardt drückte die Klappe wieder zu und setzte sich, denn nun kam Schloo mit Koch ins Zimmer zurück.

Koch erzählte etwas von einer Gasheizung, die jede Etage erhalten sollte: «Bis das Haus hier der Sanierung zum Opfer fällt, möchte ich für meine Mieter menschenwürdige Verhältnisse schaffen.»

Wie edel! Mannhardt hätte fast losgelacht. Ausgerechnet Koch, der ansonsten der Prototyp des Unpolitischen war. Aber er spielte die Rolle ausgezeichnet.

«Ich habe gerade einen Sportfreund hier», sagte Schloo und zwinkerte Mannhardt zu. «Herr Müller, unser Kassierer.»

Mannhardt stand auf und reichte Koch die Hand. «Sehr angenehm...»

Das hieß also, daß Schloo dem guten Koch den Hauswirt abnahm und nun Angst hatte, der würde ihn auf die Straße setzen, wenn er erfuhr, daß Mannhardt von der Kripo war.

Sie hatten ein, zwei Sekunden Zeit. Koch sah Mannhardt fragend an. Mannhardt nickte unmerklich und fühlte, daß Koch ihm eine Fotografie zuschob. Er ließ sie in der rechten Jackettasche verschwinden.

Es war ihm so ziemlich klar, was darauf zu sehen war. Schloo schien nichts gemerkt zu haben.

Mannhardt trat ans Fenster – so als wollte er den Dialog zwischen Schloo und seinem Hausbesitzer nicht stören. Mit dem Rücken zu den beiden Männern gewandt, zog er die Fotografie aus der Tasche. Während Koch etwas von baldiger Renovierung und von Thermopanefenstern faselte, erkannte er, daß die Aufnahme bei einem Betriebsausflug entstanden war – die Lieper Bucht offenbar. Keine zwei Meter von Ossianowski entfernt stand Schloo... Er wandte sich um und zeigte Schloo die Fotografie:

«Erinnern Sie sich jetzt?»

Schloo war einen Augenblick lang verwirrt – eben hatte dieser Oberkommissar noch mitgespielt und jetzt... Da zündete es bei ihm.

«Ihr Scheißbullen!»

Er wollte zur Tür sprinten, aber Koch stellte ihm ein Bein. Und dann stand Mannhardt mit entsicherter Waffe über ihm.

«Sie wissen selber am besten, Herr Schloo, was bei Ihnen da im Schreibfach liegt...» Er hatte ein schlechtes Gefühl, als er Schloo jetzt hilflos vor sich liegen sah. Für diesen Dschungelkampf war er nicht geboren... Fair war's nicht. Ohne den Trick mit Koch als Hauswirt hätten sie Schloo nie gekriegt; kein Untersuchungsrichter hätte da einen Haussuchungsbefehl ausgestellt. Nun hatten sie Schloo, und Dr. Weber würde sie decken.

«Sie sind vorläufig festgenommen, Herr Schloo!»

Schloo stand auf. «Ach, leckt mich doch am Arsch!»

10

P.S. Nachdem ich Ihnen, sehr verehrter Herr Kommissar, bislang so erschöpfend Auskunft über die Sie interessierenden Fragen gegeben habe, darf ich wohl auf Nachsicht hoffen, wenn ich erst in diesem Nachtrag auf einen strategisch äußerst bedeutsamen Umstand zu sprechen komme. Ich kann mir dieses Versäumnis nur mit meiner verständlichen Erregung erklären, die sich naturgemäß mit jeder verstreichenden Minute multipliziert. Schon immer fasziniert vom Sterben, darf ich es demnächst ganz intensiv erfahren, ja – genießen... Genießen auch, weil meinem Sterben als Konsequenz unausweichlich

Tod und Untergang all derer folgt, die mich zum Monstrum machten.

Monstrum?

Ich erschrecke, da ich dieses Wort auf dem Papier sehe, denn es ist falsch. Welches Glück für alle Menschen, daß ich als Owi ende, als Owi Astowitz, und nicht als General und Führer. Aber könnte ich's doch sein! Diese potenzierten Möglichkeiten...

Doch ich will mich nicht vergessen und weiterhin den kühlen Kopf bewahren – das heißt, ich will auch weiterhin den Blick auf Kuhrings böses Ende lenken. Hellseher bin ich nicht, nur Menschenkenner, und so weiß ich nicht präzis, auf welche Art der Mord geschehen wird... Brockmüller wird es an Einfällen nicht mangeln, dessen können Sie gewiß sein. Mein Wort wird wahr, eh mich der kühle Rasen deckt; und Ihre Pflicht ist es, dem Staatsanwalt Indizien an die Hand zu geben.

Mein Ziel ist nun, wie unschwer zu erraten, Brockmüller für den Rest seiner Tage in einer Zelle gut verwahrt zu wissen – und das kann mir nur gelingen, wenn Ihnen diese Aufzeichnungen, wie auch immer und durch wen auch immer, vor Augen kommen. Andernfalls wären Sie ja überzeugt, *ich* hätte Kuhring, verflucht sei sein Name, meuchlings ermordet...

Mein Problem besteht nun darin, daß ich Ihnen diese Blätter nicht mit der nächsten Post zugehen lassen kann – denn dann wäre weder Zeit genug für mich, den Zumpe und die Lux mittels der von mir erzeugten Angst um Gesundheit und Verstand zu bringen, noch für Brockmüller, den Kuhring zu töten. Und gerade das Letztere liegt mir am Herzen – weniger mit dem Gedanken an Kuhring, der von Natur aus böse ist, als mit dem Blick auf den promovierten Herrn, der alles wohl durchschaut, doch keine Hilfe schafft, sondern noch Öl ins Feuer gießt: Ihn als den intellektuellen Urheber aller Attacken gegen mich trifft zweifellos die größte Schuld!

So werde ich dieses Manuskript an einem bestimmten Ort verbergen und Ihnen auf höchst originelle Weise Mitteilung von diesem Versteck machen. Mein Zahnarzt, Herr Dr. Johannes Haupt, wohnhaft 1 Berlin 19, Heerstraße 192, weilt derzeit und noch zwei Wochen lang in Spanien, verfügt aber – bei seiner großen Klientele – über einen automatischen Anrufbeantworter, den er, wie ich zuverlässig weiß, erst bei seiner Rückkehr aus dem Süden abhören wird. Auf sein Band werde ich meine Mitteilung sprechen und ihn bitten, sofern er nicht durch die entsprechende Zeitungslektüre ohnehin alarmiert ist, Ihnen, Herr Kommissar, unverzüglich eine bestimmte Notiz zu übermitteln, aus der Sie unschwer das Versteck meiner eng beschriebenen Blätter erkennen werden.

Auf Wiedersehen also!
Ihr Owi

(Die Alkoholflecken auf der oberen Hälfte dieser Seite bitte ich höflichst zu entschuldigen!)

11

Herzinfarkte kommen oft wie ein Blitz aus heiterem Himmel. Brockmüller wartete, seit er diesen Morgen am Schreibtisch saß, mit neurotischer Zwanghaftigkeit auf den Augenblick, wo sich eines seiner Kranzgefäße plötzlich verkrampfte und das Herz nicht mehr genügend Blut bekam: Herzstillstand.

Sicher, er hatte gestern bei Kuhring zuviel getrunken, aber das allein war es nicht.

Das graue Telefon schrillte. Es dauerte Sekunden, bis er begriff, daß dies eine Aufforderung war, den Hörer abzunehmen.

«Brockmüller...?»

«Ich bin's...» Zumpe. «Hat sich unser Herr und Meister schon bei Ihnen gemeldet?»

Ein Blick auf die Armbanduhr. «Halb zehn gleich – ist er immer noch nicht da?»

«Sonst würd ich doch nicht fragen.»

«Bei mir steckt er nicht; angerufen hat er auch nicht.»

«Hm...» Aufgelegt.

Ziemlich föhnig, der Herr Zumpe. Vielleicht hatte er Sehnsucht nach Kuhring. War ja möglich.

Brockmüller wandte sich wieder der Tätigkeit zu, für die er bezahlt wurde.

Inzwischen hatte er sieben Trends herausgefunden, die als typisch für die Entwicklung der Industrieverwaltung in Deutschland gelten konnten. Schöner war's sicherlich, wenn er Stücker zehn zu Papier brachte – der Herr Donnersmarck, der liebte glatte Zahlen... Er holte ein halbes Dutzend Bücher aus dem Regal und begann zu blättern.

Daß der EDV noch größeres Gewicht zukommen würde, hatte er

schon festgehalten, ebenso die zunehmende Bedeutung des Matrix-Managements… Er dachte nach. Dann beschloß er, eine schöpferische Pause einzulegen und griff noch einmal zur Morgenzeitung.

Owis Killer war also gefaßt worden; dieser Schloo hatte aber bislang kein Geständnis abgelegt. Kam sicher noch. Es sprach ja alles dafür, daß sich Owi diesen Knaben gekauft hatte. Mannhardt, diese Perle von Oberkommissar, schien's jedenfalls zu glauben, sonst hätte er Olscha nicht in die Keithstraße zurückgeholt. Im Augenblick patrouillierte nur noch ein einsamer Polizist vor ihrer ehrwürdigen Residenz auf und ab.

Aber wer garantierte ihnen denn, daß Owi nicht doch noch ein kleiner Gag eingefallen war? Die Herren Experten legten zwar allesamt ihre Hand dafür ins Feuer, daß sich in diesem Hause hier kein einziges Gramm Sprengstoff mehr befand, aber…

Warte mal ab, das dicke Ende kommt noch.

Brockmüller faltete die Zeitung zusammen und blätterte in einigen organisationstheoretischen Werken herum. Nach zehn Minuten hatte er zwei weitere Stichpunkte für seine Trendanalyse gefunden. Gott sei Dank! Den letzten Punkt bekam er auch noch zusammen.

Hinterher liest es doch keiner.

Es war schon schön, auf der Welt zu sein, wahrlich.

Wieder das Telefon, und wieder Zumpe.

«Ich komm mal rüber, ja?»

Komisch, der fragte doch sonst nicht.

«Oder haben Sie noch mit Ihrer Trendanalyse zu tun?»

«Ja, aber kommen Sie man.»

Zumpe erschien und sah aus wie das Leiden Christi. Wie beim Farbfernseher, wenn man Udo Jürgens langsam die Farbe wegnahm. Brockmüllers Mutter hatte so 'n Dings, und er spielte gerne an den Reglern rum.

Brockmüller stand auf, ließ seine rückgratgerechte Sitzgelegenheit mit einem lässigen Stoß auf Zumpe zurollen und setzte sich auf die Tischkante. «Sie fürchten sich wohl allein in Ihrem Zimmer, seit Owi nicht mehr da ist?»

«Ist schon ein komisches Gefühl… Aber was anderes. Ich habe eben im Klinikum angerufen.»

«Fräulein Lux?»

«Hm, Fräulein Lux.»

«Und? Was ist?»

«'s geht ihr ziemlich dreckig. Nicht mal die Verletzungen; der Nervenzusammenbruch.»

Zumpe saß da und starrte aus dem Fenster. Brockmüller fiel auch nichts ein, was zu bereden gewesen wäre. *Schweigen wir von was anderem.* Owi mußte verdrängt werden, blieb also, nachdem die Lux erledigt war, nur ihr Boss.

«Wo bleibt denn Kuhring bloß?»

«Was weiß ich...» Brockmüller zuckte die Achseln.

«Ob ich mal bei ihm anrufe?»

«Versuchen Sie's halt.» Brockmüller schob ihm den Telefonapparat über den Tisch. Welche Liebe unter den Menschen! Zumpe, der ansonsten nur giften konnte, machte sich plötzlich Sorgen um Kuhring... Not macht nicht nur erfinderisch, sie stimmte auch versöhnlich.

«Da meldet sich niemand», sagte Zumpe.

«Der wird noch so besoffen sein, daß er nichts hört.»

«Kann ich mir nicht denken. Besoffen war er schon oft, aber deswegen kam er doch.»

«Jaaa... Ja, das stimmt. Ob er... Ich meine, sie haben zwar diesen Schloo, aber...» Brockmüller brach ab.

Hoffentlich ist er tot.

«Sie sagen das so, als ob... Mensch, das... Wir müssen jetzt was tun!»

«Rufen Sie doch mal drüben am Fehrbelliner Platz an; vielleicht sitzt er wieder bei Fräulein Gross rum. Oder wir warten bis zehn und rufen dann Mannhardt an.»

Zumpe warf den Hörer auf die Gabel und schluckte eine orangefarbene Pille. «Ich hab nicht viel Freunde – und wir beide kennen uns schon ewig. Einer hat dem anderen geholfen, die ganzen Jahre hindurch. Klar, es gab auch mal Knartsch, aber...»

Brockmüller hörte kaum noch hin. Wie würde Annelie reagieren, wenn Kuhring tot war? Die Aufregung... das Kind! Bei der psychischen Belastung jetzt...

Owi. Dieses verdammte Schwein!

Er mußte mit dem Gynäkologen reden, sie mußten die Geburt künstlich einleiten. Aber Annelie sträubte sich dagegen. Und sie haßte ihn, weil er ihr Kind gefährdete.

Hättest du Owi in Ruhe gelassen, dann wäre das alles nicht passiert. Anstatt ihm zu helfen, hast du ihn zur Sau gemacht. Da war endlich mal einer, der noch schwächer war als du – und: auf ihn mit

Gebrüll! Nein, nicht mit Gebrüll, sondern mit Scherz, Satire, Ironie und tieferer Bedeutung – psychologisch und mit Esprit, nicht mit dem Holzhammer. Und dafür landet unser Kind dann in der Klapsmühle. Gratuliere!

Brockmüllers Herz setzte aus, er bekam plötzlich keine Luft mehr, schnappte wie ein Fisch auf dem Trockenen und hustete, flüchtete in einen Hustenanfall, damit Zumpe nichts merkte. Das helle Rechteck des Fensters schnellte nach oben, zuckte zur Seite, löste sich auf, floß wieder zusammen... Er griff mit kalt-feuchten Fingern zur Fanta-Flasche und trank mit geschlossenen Augen.

Nur nichts anmerken lassen!

Annelie hatte recht, und die Karre steckte im Dreck, tief im Dreck.

Wenn doch bloß erst alles aus wäre!

«Geht's Ihnen nicht gut?» fragte Zumpe.

Brockmüller setzte die Flasche ab. «Doch, doch. Aber bei drei Stunden Schlaf die letzten Nächte...»

«Meinen Sie, bei uns ist es anders?»

«Nee...» Da war's eher noch schlimmer, weil Zumpe mit seiner Frau offensichtlich überhaupt nicht mehr zurechtkam. Die mußten sich geradezu zerfleischen. Kein Wunder. Zumpe konnte sicherlich 'ne Menge, aber eins auf keinen Fall: zärtlich sein. Barsch und bissig, das war er, ihnen wie seiner Frau gegenüber. In den letzten Tagen war's ein bißchen besser geworden, aber trotzdem...

Unten an der Tür klingelte es.

«Kuhring!» rief Zumpe. «Da ist er!»

Brockmüller hatte ihn noch nie so schnell die Treppe hinunterlaufen sehen.

Aber es war nicht Kuhring, sondern Fräulein Gross. Der Abteilungsleiter hatte sie für drei Stunden herübergeschickt, um das zu schreiben, was die Lux im Augenblick owihalber nicht schreiben konnte.

Sie trug ein Kleid im Afro-Look; eigentlich kein Kleid, sondern eine selbstgebastelte Mischung aus Poncho, Überhang, Sari und Kimono. Irgendein Freund hatte ihr den Stoff aus Lagos mitgebracht. Wahrscheinlich Bastl, dieser Blödmann. Brockmüller kannte ihn vom Studium her. Entwicklungshelfer mit doppelt soviel Gehalt wie er, wegen der Auslandszulage und der Steuervergünstigung. Aber das Ding stand ihr, zumal sie sich ein paar krause Haarsträhnen zugelegt hatte.

«Sie könnten wirklich Mannequin werden», sagte Zumpe, und es klang wie ein Kompliment.

«So...» Gaby war erfreut.

Doch dann kam es säuerlich: «Ja – für Faschingskostüme.»

Zumpes Charme.

Brockmüller griff ein. «Entschuldige, wir sind ein bißchen durcheinander, weil Kuhring noch nicht da ist. Zu Hause meldet sich keiner. Sag mal, ist er bei euch rumgeturnt?»

«Nein... Bestimmt nicht...» Sie war ein wenig bleich geworden. «Sollte man nicht der Kripo Bescheid sagen?»

«Das mein ich doch die ganze Zeit!» sagte Zumpe.

«Bitte...» Brockmüller hielt ihm den Hörer hin.

Zumpe wählte Mannhardts Nummer und berichtete ihm mit knappen Worten, was bei ihnen los war. Dann hörte er ein Weilchen zu, nickte ein paarmal, bedankte sich und legte auf.

«Mannhardt schickt sofort einen Funkwagen hin. Wir bekommen dann Bescheid, wenn...»

... wenn sie Kuhrings Leiche gefunden haben.

Brockmüller stöhnte. Er entschuldigte sich und stieg zur Toilette hinunter, um sich kaltes Wasser über die Stirn laufen zu lassen.

Fahr zum Flughafen, setz dich in das nächste Flugzeug und hau ab. Du hast 20 Scheckformulare bei dir, das sind mindestens 6000 Mark. Das reicht.

Er wurde abgelenkt, als draußen auf dem Parkplatz ein kleiner Bautrupp begann, den Krater zuzuschütten, den Owis erste Bombe aufgerissen hatte. Es stank auch schon nach kochendem Teer.

Er ging zu den beiden anderen zurück. Gaby saß hinter der elektrischen Schreibmaschine und versuchte, ein handgeschriebenes Protokoll von Kuhring zu entziffern und auf eine Wachsmatrize zu übertragen, während Zumpe ihre Konzentration dadurch störte, daß er Kuhrings schnelle Auffassungsgabe lobte.

«... eine Fähigkeit, Zusammenhänge sofort zu erkennen – erstaunlich...»

Brockmüller fragte sich, ob Kuhring tatsächlich schon mit Gaby geschlafen hatte, wie es der Klatsch wissen wollte. Gaby vertippte sich andauernd und fluchte, Zumpe schimpfte über den Direktor des Osnabrücker Werkes, der sich wieder mal dagegen wehrte, einen Versuch mit dem Matrix-Management zu machen.

«... beim Harzburger Modell, da hört's bei dem auf – Delegation von Verantwortung ja, aber dann… Mensch, die müssen doch schon längst bei Kuhring in der Wohnung sein…»

«Auch ein Genie wie Mannhardt braucht seine Zeit, einen Toten zu verhören!» spottete Brockmüller.

«Daß Sie ein geistreicher Mensch sind, wissen wir ja», erwiderte Zumpe gereizt, «obwohl wir schon alle Hoffnung aufgegeben haben, daß sich das auch mal in Ihrer Arbeit hier niederschlägt.»

«Passen Sie auf, daß es nicht bald den ersten Niederschlag hier gibt!» knurrte Brockmüller.

«Meine Herren – bitte!» Gaby stellte ihre Maschine ab. «Dabei kann doch kein Mensch arbeiten.»

«Dieses Scheißprotokoll liest ja doch kein Aas!» Brockmüller kam langsam in Fahrt.

«Ich warne Sie!» Zumpe lief rot an.

Nimm dich doch zusammen! Das hat doch keinen Sinn.

Er lenkte ein. «Mensch, wir sind doch alle überreizt. Kommt, frühstücken wir erst mal.»

Ehe Zumpe antworten konnte, bimmelte das Telefon. Er riß den Hörer hoch.

«Sondergruppe für Systemplanung, Zumpe… Ja, ja… Mein Gott… Danke.» Er legte auf.

«Was ist?» fragte Brockmüller.

«Die Wohnung ist leer. Keine Spur von Kuhring.»

Gaby begann zu weinen, und Brockmüller streichelte sie, legte ihr den Arm um die Schultern. Wie damals… Es erregte ihn.

Zumpe starrte aus dem Fenster, als hätte er noch nie Bauarbeiter gesehen. Sekunden vergingen. Minuten. Zumpe preßte die Stirn gegen das kühle Glas. Brockmüller versuchte, Gaby zu beruhigen und machte ein Liebesspiel daraus.

Nimm sie, setz dich mit ihr in ein Flugzeug, fang irgendwoanders ein neues Leben an…

Draußen lachten die Bauarbeiter; krachend flogen Steinbrocken in den Krater.

Sie schreckten erst hoch, als draußen die Tür aufgeschlossen wurde und Kuhring im Schreibzimmer stand: dröhnend, vital, ein strahlender Held.

«Mensch, was ist denn hier los!? Hat Annelie 'ne Fehlgeburt gehabt…?»

Zumpe fuhr herum. «Wir dachten, du…»

«Ich? Was soll ich?»

«Daß Owi...»

«Mich? Dieser krächzende Eunuch? Na! – Nee, ich war beim Arzt. Mein Heuschnupfen... War ja nicht mehr zum Aushalten. Soviel Tempotaschentücher gibt's ja gar nicht. Er hat mir 'ne Spritze Volon A 40 verpaßt, und jetzt ist es schlagartig besser... Kommt, Kinder, macht Frühstück, ich hab Hunger!»

«Gott sei Dank», sagte Zumpe.

«Ja...» fügte Brockmüller hinzu.

Der überlebt uns alle.

Über die Strategien, die Kuhring zum Überleben entwickelt hatte, ließen sich zwei Habilitationsschriften verfassen.

Wenig später hatte Gaby das getan, was die Männer in allen großen Organisationen, gleich ob leitende Angestellte oder höhere Beamte, von ihren Sekretärinnen erwarteten: Kaffee gekocht – beziehungsweise Gesundheitstee für die Magenkranken. Brockmüller formulierte es so: *Der Weg der deutschen Frau: Vom heimatlichen Herd zum dienstlichen Heißwasserspeicher.* Immer im Dienst des deutschen Mannes. Blüh im Glanze dieses Glückes.

Scheiße, alles Scheiße!

Was ging ihn Gaby an – der Teufel sollte sie holen! Aber er sah seine Tochter – er war überzeugt, daß es eine Tochter werden würde – auch schon Kaffee kochen. Womöglich für den Generaldirektor Karl-Heinz Kuhring.

Sie saßen am linken Ende des großen Konferenztisches. Kuhring natürlich an der Stirnseite, wie es sich für einen Vorsitzenden gehörte. Zumpe und das Mädchen links von ihm, Brockmüller rechts. Kaffee für Kuhring, Pfefferminztee für Zumpe und Gaby, koffeinfreier Kaffee für Brockmüller.

Kuhring war froh gestimmt und erzählte von seinem letzten Urlaub auf der Insel Ägina, zwei Schiffsstunden von Athen entfernt.

«Das Wasser – Klasse! Und nach Athen nur ein Katzensprung. Akropolis, Piräus – muß man gesehen haben. Oder Delphi...»

Er hatte sich so viele Brote geschmiert, daß Brockmüller meinte, davon könnte eine Negerfamilie in Harlem eine ganze Woche lang leben.

«Wer hart arbeitet, muß viel essen... In Olympia, da hätt ich beinahe Prügel bezogen. Ich komm da an – drei Stunden Busfahrt, völlig verdreckt – und will ein Bad haben. Okay. Eine dicke Griechin schlurft herbei und zeigt mir das Badezimmer. Alles in Ordnung. Sie haut ab, und ich will das Wasser einlassen. Aber das geht nicht: Der Stöpsel fehlt. Weit und breit kein Stöpsel...» Er machte eine rhetorische Pause, um sich die Nase zu schnauben – laut, rücksichtslos. «Mensch, das stinkt ja hier nach Teer!» Ein zweites Tempotaschentuch. «Na, ich also geklingelt. Kommt ein Zimmermädchen – phantastisch gebaut, versteht aber kein Wort Deutsch. Sie traut sich gar nicht ins Bad, wir stehen draußen auf dem Gang, und ich will ihr klarmachen, daß der Stöpsel an der Badewanne fehlt. Ich mach also mit der linken Hand eine Öffnung – so...» Er machte es vor. «... und zeig ihr mit dem rechten Zeigefinger, daß da was verstopft werden soll... Da rennt sie schreiend davon, und ihr Macker kommt und will mich verprügeln – der dachte, ich wollte mal schnell mit ihr...»

Schallendes Gelächter.

Kuhring genoß seine Entertainerrolle.

Brockmüller lachte mit.

Das sind doch eigentlich alles ganz nette Leute hier... Was willst du eigentlich? Sei froh, daß du zu ihnen gehörst...

Kuhring war ein Kumpel, mit dem man Pferde stehlen konnte, und Zumpe war auch schwer in Ordnung. Klar, daß der bei einer Frau wie seiner ab und zu mal durchdrehte.

Du gehörst hierher, ganz klar.

Obwohl er keinerlei Alkohol intus hatte, war er bereit, Zumpe und Kuhring zu umarmen. Bloß nicht immer isoliert sein... So hatte der Fall Owi doch noch sein Gutes: er schmolz sie zu einer Einheit zusammen. Brockmüller war glücklich. Er hatte eine neue Heimat gefunden. Von jetzt ab: Solidarität statt Konflikt... Er wunderte sich ein wenig über diesen Stimmungsumschwung. Er wußte auch, daß es nicht anhalten würde. Aber im Augenblick empfand er es so.

Morgens um 10 Uhr 47 ist die Welt noch in Ordnung.

«Mensch, ich hab ja meine Vitaminpille vergessen!» Kuhring sah Gaby an. «Ob du mal... Rechts oben in meinem Schreibtisch.»

«Ja, Momentchen...» Gaby lief aus dem Konferenzzimmer und brachte ihm die Packung.

Kuhring nahm sie in die Hand und las wie ein Mensch vom Werbefernsehen. «NEDO-Vit ist lebenswichtig und unentbehrlich für das Fortbestehen des menschlichen Organismus... Na, bitte! NEDO-Vit behebt Vitaminmangelstörungen – schönes Wort! – bei körperlicher und geistiger Anspannung. Kann ich euch auch nur empfehlen. Mensch, und was da alles drin ist, Vitamin B6-hydrochlorid sogar – wenn das nichts ist!»

Er drückte eine der großen bräunlichen Kapseln aus der Plastikhülle, steckte sie in den Mund und spülte sie mit etwas Kaffee hinunter.

Damit war die Frühstückszeremonie beendet, und Gaby zog sich, nachdem sie das Geschirr abgeräumt hatte, in ihr Schreibzimmer zurück, während Kuhring, Zumpe und Brockmüller über die Idee diskutierten, die Donnersmarck ihnen neulich so sehr ans Herz gelegt hatte: eine repräsentative Umfrage unter allen Kunden, was sie an der EUROMAG am meisten störte – zu lange Bearbeitungszeiten ihrer Aufträge etwa, ungünstige Lage der Auslieferungslager, unfreundliche Sachbearbeiter – und so weiter. *Wenn wir das wissen, können wir gezielt Maßnahmen ergreifen.*

«Ja», sagte Kuhring, «und nun ist die Kacke am Dampfen. Wir müssen Fragen formulieren, das billigste Institut herausfinden, das die Interviews macht, und so weiter... Leute mit Ideen vortreten!»

Brockmüller, froh darüber, daß endlich mal sachlich gearbeitet wurde, dozierte über den Aufbau eines Fragebogens – Erinnerungen an das dritte Semester und sein Marktforschungspraktikum. Er warf nur so um sich mit Fachausdrücken: Omnibusbefragung, offene und geschlossene Fragen, Quotenauswahl, Signifikanzniveau, Interviewerfehler.

Zumpe dagegen versetzte sich in die Rolle eines Kunden und überlegte, was man alles so an Beschwerden und Problemen vorbringen konnte. Kuhring schrieb alles mit.

Kurzum, die Sache lief.

Sie mochten eine knappe Stunde diskutiert haben, da faßte sich Kuhring plötzlich an den Kopf.

«Mensch, ich hab solche Kopfschmerzen, ich weiß nicht...» Sein eben noch sonnengebräuntes Gesicht war auf einmal grünlich. Er sprang auf und taumelte.

«Mein Gott, was ist denn!» Zumpe griff zu, um ihn zu stützen.

«Vielleicht die Spritze...?» Brockmüller hatte Kuhring auf der anderen Seite gepackt.

«Nein, nein», keuchte Kuhring, «die krieg ich ja jedes... Jahr...» Er krallte die Finger in den Stoff seines Sessels. In Todesangst würgte er hervor: «Ins... Krankenhaus – schnell!»

Zumpe lief zum Telefon und rief die Feuerwehr an. 112. «Sie kommen sofort.»

Gaby kam herein, begriff sofort und rannte in die Küche hinauf, um ein Glas Wasser zu holen. Kuhrings Lippen waren blutlos und zitterten, als er zum Trinken ansetzte.

«Bleib ruhig!» sagte Zumpe. «Sie sind gleich da. Im Krankenhaus...»

Weiter kam er nicht, denn Kuhring wurde derart von Krämpfen geschüttelt, daß sie ihn in den Sessel fallen lassen mußten.

Ich kann das nicht mitansehen.

Brockmüller riß alle Türen auf, damit die Leute vom Rettungsdienst schneller reinkamen, und er rief dem Polizisten draußen zu: «Hier hat einer einen Herzanfall erlitten. Wenn der Krankenwagen kommt, winken Sie ihn ein, damit's schneller geht!»

Als er zurückkam, wandt sich Kuhring in Krämpfen, rang mit blaurot angelaufenem Gesicht nach Luft, schrie immer wieder: «Helft mir doch, Ulli, Bodo... Helft mir!»

Zumpe erbrach sich in der Ecke über dem Telefontisch.

Gaby riß die Fenster auf.

Brockmüller wischte Kuhring den Schweiß von der Stirn, band ihm die Krawatte ab, öffnete den Hemdkragen.

Der kommt nicht durch.

Brockmüllers Gefühle waren so widersprüchlich, daß er sich nur mit äußerster Kraft aufrecht halten konnte. Es war entsetzlich, und er litt mit Kuhring. Aber zugleich war er froh, daß Kuhring starb. Diese Freude wiederum empfand er als so ungemein grausam und verdammenswert, daß sich sein Mitgefühl für Kuhring ins Unendliche steigerte.

Laß ihn nicht sterben!

Kuhring war schon bewußtlos, als der Krankenwagen kam.

Und der Arzt konnte nur noch konstatieren: «Tod durch Lähmung des Atmungszentrums.»

12

Es war eine verzwickte Sache, und wie er's auch anfing, nie ging es auf. Mannhardt zerknüllte einen karierten DIN-A-4-Bogen und begann von neuem. Lilo – wer sonst? – hatte ihn heute früh angespitzt, mal so nebenher zu versuchen, die Zahlen von 1 bis 9 derart in einem Quadrat mit 9 Kästchen anzuordnen, daß die Summe der Zahlen sowohl in der Vertikalen und der Horizontalen als auch in der Diagonalen jeweils 15 ergab.

Es war ein blödes Spiel, zugegeben, aber gerade das Richtige, um den ganzen Mist hier zu vergessen. Doch der Gedanke an Kuhring war, so jedenfalls sein Vergleich, wenn er mit Koch darüber sprach, wie ein Korken, den man ins Wasser warf: er kam immer wieder hoch.

Kuhring war tot. Punkt und aus. Und einen Mörder gab es nicht zu jagen; der lag schon im Krematorium Wilmersdorf und wartete darauf, via Verbrennungsofen in die Urne zu kommen. O wie schön!

Scheiße! Soweit stimmte es, aber von links unten nach rechts oben ergab's nur 12.

Sogar dazu war er zu dämlich.

Dr. Weber war mit ihnen Schlitten gefahren, ganz großer Krach. Mannhardt hatte zwar mit der Durchsuchung der Villa in der Mansfelder Straße nicht viel zu tun gehabt, aber nichtsdestoweniger sein Fett abbekommen. *Bis jetzt hab ich nicht ans Peter-Prinzip geglaubt – jetzt glaube ich ganz fest daran.* Nach dem Peter-Prinzip stiegen die Leute so lange auf, bis sie die höchste Stufe ihrer Inkompetenz erreicht hatten. Weber wäre liebend gern Kriminaldirektor geworden, aber nun hackte die ganze Berliner Presse auf ihm herum, insbesondere natürlich das führende Law-and-order-Blatt. SO LÄSST DIE KRIPO MORDEN! Kein Wunder, daß ihm da der Kragen platzte! Olscha hatte er derart zur Sau gemacht, daß der sich mit dem Gedanken trug, als Werkschutzmann zu Siemens zu gehen. Olscha hatte nämlich den Auftrag gehabt, sich die einzelnen Büroräume in der Mansfelder Straße noch einmal ganz genau anzusehen.

Aber wer hatte schon daran gedacht, daß Ossianowski mit Giften arbeiten würde – alle waren doch auf Sprengstoff fixiert gewesen. *Menschenskind, das war doch bloß Taktik von ihm, um uns in die Irre zu führen!* Ja, hinterher war man immer klüger. Olscha jedenfalls behauptete steif und fest, nur eine Packung NEDO-Vit in Kuhrings Schreibtisch gesehen zu haben, die noch nicht angebrochen war. Die Aussage von Fräulein Gross stützte ihn hundertprozentig: Sie habe, und das könne sie beschwören, für Kuhring eine völlig fabrikfrische Packung aufgerissen. *Verdammt noch mal, das war doch für Ossianowski eine Kleinigkeit, die Multivitaminkapseln und die Verpakkung wieder original herzurichten, nachdem er je ein Zehntelgramm Zyannatrium in drei der Kapseln praktiziert hatte.* Schon, aber sie hatten eben alle wie hypnotisiert mit einer weiteren Sprengladung gerechnet und nicht mit Zyannatrium, zumal man in Ossianowskis Keller nicht die geringste Spur von Gift gefunden hatte. *Kunststück – wo es schon in den Vitaminkapseln steckte!* Was Ossianowski da gemacht hatte, erforderte eine unglaubliche Geschicklichkeit, aber mit Geduld, geübten Fingern und den notwendigen Instrumenten war es durchaus zu schaffen.

Aber eines mußte man Weber lassen: nach außen hin hatte er sie prächtig verteidigt. Am Schluß seiner Ausführungen den Polizeireportern gegenüber hatte der Satz gestanden: *Hanc veniam petimusque damusque vicissim – diese Nachsicht fordern wir selbst und gewähren sie anderen.* Seinen Horaz beherrschte er. Mochte er eitel und aufgeblasen sein und seine Bildung mit unerträglicher Arroganz an den Mann bringen, eines konnte man ihm nicht nachsagen: daß er seine Untergebenen in die Pfanne haute, um selber Karriere zu machen.

Kuhring war tot, da ließ sich nichts mehr machen. Aber was hatte dieser ebenfalls tote Ossianowski noch alles in petto? Es war grotesk. Kein Mensch wußte, was von dem noch alles programmiert worden war, ehe er sich die Kugel in den Kopf gejagt hatte... Und dieser Schloo, den er sich aller Wahrscheinlichkeit nach gekauft hatte, schwieg immer noch. Wenn nicht...

Geschafft!

Wie er's auch rechnete, es ergab 15:

8	1	6
3	5	7
4	9	2

Er war richtig stolz drauf. Ob er den neuen Schwung nicht nutzen und den widerlichen Schloo nochmals durch die Mangel drehen sollte?

Nee, im Augenblick hatte er keine Lust dazu.

Mit der *Jenny Treibel* war er auch am Ende; der sechste Fontane konnte abgehakt werden. Außerdem haßte er den Roman geradezu, nachdem Dr. Weber ihm und den Kollegen empfohlen hatte, sich den letzten Satz zur Maxime ihres weiteren Berufslebens als Kriminalisten zu machen: *Wir wollen nach Hause gehen.* Das war ganz süffisant gekommen: *Das, meine Herren, ist doch der erste und einzige Gedanke, den Sie morgens haben, wenn Sie in die Keithstraße kommen.*

Warum das ganze Theater?

Die Erde war rettungslos übervölkert. 3,6 Milliarden Menschen, allein in der Bundesrepublik 60 Millionen – was kam's da schon darauf an, ob solche Pfeife wie dieser Kuhring noch lebte oder nicht? Außerdem war er selber schuld: Was mußte er diesen armen Teufel von Ossianowski zum Narren halten? Wenn's so was wie einen gerechten Mord gab, dann war dies einer...

Mannhardt erschrak. Das eben Gedachte laut verkündet, hätte ihn den Job kosten können. Aber was half's, er konnte weder, wie gefordert, Abscheu vor der ‹heimtückischen Tat eines pathologischen Menschen› empfinden noch Mitleid mit dem Opfer. Zumindest längst nicht soviel Abscheu wie vor Leuten, die dafür verantwortlich waren, daß Menschen in manchen Gegenden mit importiertem Kriegsgerät aufeinander losgingen. Nach allem, was er von Kuhring wußte, war dessen Tod kein allzu großer Verlust für die menschliche Gesellschaft... Im gleichen Augenblick fand er sich ziemlich widerlich, weil er das dachte.

Scheißspiel.

Vielleicht kam er mal mit sich ins reine, wenn die Kripo zur Heilung von Verbrechern einen ‹sozialtherapeutischen Dienstzweig› einführte, wie er diesem leitenden Kriminaldirektor in Wuppertal vorschwebte. Das wäre was für ihn gewesen: nicht nur Tatermittlung und Jagd nach dem Täter, sondern Erforschung der Täterpersönlichkeit, Beratung bei seiner Wiedereingliederung in die Gesellschaft... Aber das war vorläufig noch Utopie.

Koch kam herein und brachte zwei Pappteller mit Bockwürstchen, Senf und Weißbrot mit.

Mannhardt staunte.

«Zum Mittagessen kommen wir doch nicht», sagte Koch. «Weber schickt uns gleich einen lieben Gast rüber – diesen Schloo. Wir sollen ihn ausquetschen, und wenn's bis Mitternacht dauert. Er hat Angst, daß sie ihn zum BKA nach Wiesbaden abschieben, wenn's Zumpe und Brockmüller auch noch erwischt.»

«Von wem haste 'n das?»

«Von Ranow.»

«Hm...» Mannhardt unterdrückte eine bissige Bemerkung. Ranow war gestern zum Hauptkommissar befördert worden, obwohl er, Mannhardt, nach Ansicht aller Kollegen viel eher dran gewesen wäre.

Koch verzehrte sein Würstchen mit einer Verzückung, als wär's Gänseleberpastete. «Schade um den Kuhring – war schon 'n toller Hecht. Was der alles für Bienen vernascht hat... Bin ich der reinste Waisenknabe gegen.»

«Vielleicht kannste seine Erbschaft antreten; sieh doch mal in seinem Notizbuch nach.»

Koch grinste. «Du bist 'n Genie!» Er nahm das zweite Würstchen und wollte gerade zu einem äußerst bildhaften Vergleich ausholen, da klopfte es kurz.

Dr. Weber stand in der Tür.

Sie erstarrten. Wie Sextaner, die beim Rauchen auf dem Scheißhaus erwischt werden.

Dr. Weber lächelte mokant. «Guten Appetit, meine Herren, bei Ihren Würstchen. Aber offenbar kennen Sie Ludwig Feuerbach nicht...?»

«Nein», sagte Mannhardt gepreßt.

«Jedenfalls nicht persönlich!» lachte Koch. «Aber das ist doch der amerikanische Kugelstoßer – Weltrekord...»

Dr. Weber schluckte. «Ich meine nicht *Al* Feuerbach, sondern *Ludwig* Feuerbach. Der hat nämlich gesagt: Der Mensch ist, was er ißt!»

Peng – das saß wieder mal.

Mannhardt wagte nicht, etwas Geistreiches zu entgegnen. Außerdem fiel ihm nichts ein. Wenn Weber auftauchte, war's aus mit seiner Schlagfertigkeit. Völliger black-out.

Koch hingegen, das freche Aas, erinnerte sich: «Haben Sie nicht neulich von Froschschenkeln geschwärmt, die Sie irgendwo gegessen hatten?»

Weber schluckte abermals.

«Hier...» Er warf ihnen den Entwurf einer Anzeige auf den Tisch. «Das soll im Oktober in den Zeitungen erscheinen, damit wir neue Leute kriegen. Wenn Ihnen was dazu einfallen sollte – Kommentar morgen früh bei der Dienstbesprechung.» Ganz demokratisch. «Und sehen Sie zu, daß der Schloo endlich auspackt.» Draußen war er. Ohne lateinisches Zitat.

«Mensch, der hat ja fast berlinert!» Koch grinste. «Einstecken kann der auch nicht viel.»

«Bei dem bist du unten durch», sagte Mannhardt.

«Das juckt mich wenig. Mal sehen, was passiert.»

Sie beugten sich über den Anzeigenentwurf. Oben drüber ganz groß: *Wäre das nicht Ihr Fall?* Da wurden Männer und Frauen gesucht, die unsere Gesellschaft vor der Kriminalität schützen sollten. *Dazu brauchen Sie Mut und Energie. Müssen objektiv analysieren, Zielsetzungen erkennen und in entscheidenden Situationen überle-*

gen handeln können. Kurzum, wir suchen Menschen mit Verantwortung.

Koch grinste. «Da sie uns schon eingestellt haben, müssen wir ja logischerweise solche tollen Kerle sein.»

«Dann sag mir mal die Zielsetzung im Falle Ossianowski.»

«Weitere Morde verhindern.»

«Hm…» Mannhardt nickte. «Und das, obwohl der Mörder schon lange tot ist und sein Killer seit gestern hinter Schloß und Riegel sitzt.»

«Noch hat Schloo kein Geständnis abgelegt.»

«Den haben wir matt gesezt, der wird's bald zugeben.»

«Soll ich ihn holen lassen?»

«Aber selbstredend», sagte Mannhardt mit markiger Stimme und fuhr mit dem Finger über die letzte Zeile der Anzeige. «Wir sind doch von der Kripo Berlin. *Menschen, die Lösungen suchen und finden.*»

Koch zeigte auf den karierten Bogen, der jetzt auf Mannhardts Akten lag. «Die Aufgabe mit den neun Zahlen hast du wenigstens gelöst.»

«Paß bloß auf, daß ich dir nicht gleich mal was löse – nämlich die Schneidezähne aus dem Oberkiefer!»

Koch verschwand, um Volker Schloo zu holen und kam kurz darauf mit ihm herein.

«Setzen Sie sich, Herr Schloo…» Mannhardt wies auf den Stuhl vor seinem Schreibtisch.

Volker Schloo… Ein bißchen war der Lack schon ab, aber hübsch war er immer noch. Und er sah so dümmlich aus wie die Knaben, die manchmal in den Hitparaden auftraten. Aber da trog der Schein wohl ein wenig. Höchstwahrscheinlich hatte er schon mitgekriegt, daß Kuhring ermordet worden war – zu einer Zeit, da er längst im Untersuchungsgefängnis gesessen hatte. Und, das war der springende Punkt, was brauchte Owi einen Killer, wo er doch seine Morde offensichtlich und postum selber erledigte? Dieser Trumpf war so auffällig, daß er sogar einem Mann wie Schloo in die Augen stechen mußte. Mit diesem Argument konnte er Mannhardts ganze Indiziensammlung vom Tisch fegen.

Aber es sollte ganz anders kommen.

Um Schloo auf den Leim zu locken oder aber, wie man wollte, ihm die berühmte goldene Brücke zu bauen, hatte Mannhardt listig ein Protokoll formuliert, das Schloo nur noch zu unterschreiben brauchte. Er holte es aus der Schublade und begann es Schloo vorzulesen, nach ein paar einleitenden Bemerkungen natürlich.

«Hiermit erkläre ich, Volker Schloo, geboren am 17. 7. 1946 in Zehdenick, wohnhaft 1 Berlin 36, Manteuffelstraße 36, von Herrn Otto-Wilhelm Ossianowski, zuletzt wohnhaft 1 Berlin 22, Gößweinsteiner Gang 185, DM 60000 erhalten zu haben mit dem Auftrag, dessen Kollegen Fräulein Gisela Lux und Herrn Dr. Bodo Brockmüller schweren körperlichen Schaden zuzufügen oder gar, wenn sich Gelegenheit dazu bot, sie zu töten. Zu diesem Zweck habe ich am 9. 8. 1972 in der Babelsberger Straße in Berlin-Wilmersdorf den Wagen des Internisten Dr. med. Alfred Wendt – Marke Peugeot, Nr. B – AV 2941 – gestohlen und dann am 10. 8. 1972 versucht, den Kleinwagen, in dem Dr. Brockmüller und Fräulein Lux zu ihrer Arbeitsstelle fuhren, auf der Avus auf Höhe des Hüttenweges bei regnerischem Wetter gegen die Leitplanke zu drücken. Nach meiner Tat habe ich den gestohlenen Wagen in der Kant/Ecke Bleibtreustraße abgestellt und einen Shell-Atlas aus dem Handschuhfach entwendet. Ich erkläre ferner, Herrn Ossianowski von unserer gemeinsamen Zeit bei der EUROMAG (1962–1964) her zu kennen und mir zur Erledigung seines Auftrages einen .38er Smith & Wesson-Revolver besorgt zu haben...» Mannhardt machte eine kleine Pause. «Berlin, den... und so weiter.»

Er sah gespannt zu Schloo hinüber. Der drückte die Zigarette aus, die Koch ihm gegeben hatte.

Es vergingen einige Sekunden, zehn, zwanzig. Alle drei schwiegen.

Mannhardt holte tief Luft und merkte, daß er den Atem angehalten hatte.

Dann machte Schloo eine hilflose Geste. «Sie haben recht...» Klang das noch resigniert, so war er sogleich wieder schnoddrig. «Geben Sie den Wisch schon her!»

Um 13 Uhr 47 war das vorläufige Protokoll unterschrieben.

Mannhardt war erleichtert, Koch strahlte. Endlich ein Erfolg, endlich etwas, womit man Dr. Weber füttern konnte. Und keine Gefahr mehr für Brockmüller und Zumpe – jedenfalls aus dieser Ecke.

Mannhardt sah schon die Balken-Überschriften der Zeitungen am nächsten Morgen: OWIS KILLER IST GESTÄNDIG. Die nannten ihn alle Owi. Gut, daß er's nicht mehr mitbekam.

Blieb nur noch die Frage offen:

«Sie haben doch nur die halbierten Hundert-Mark-Scheine, Herr

Schloo... Wie konnte denn Herr Ossianowski da sicher sein, daß Sie nach seinem Tode wirklich was unternehmen würden? Vor allem: Wer garantierte Ihnen denn nach Ossianowskis Tod, daß Sie die anderen Hälften auch wirklich bekamen? Was war denn da abgesprochen?»

Schloo verzog das Gesicht, für einen Augenblick schien er verwirrt. «Ich versteh Ihre Frage nicht...»

«Wieso – das ist doch ganz einfach: Als Ossianowski tot war, hingen Sie doch in der Luft. Und er auch...» Mannhardt brach ab und unterdrückte ein Grinsen: Owi im Nachthemd mit Harfe, leicht mit den Flügeln schlagend...»

«Ach so!» Schloo hatte begriffen. «Owi wollte mir die andere Hälfte des Geldes geben, wenn ich... wenn ich die Tat begangen hatte.»

Koch lachte. «Als Leiche – wie?»

Schloo wurde ärgerlich. «Mensch, mir hat doch niemand erzählt, daß er sich 'ne Kugel durch 'n Kopp gejagt hat!»

Mannhardt stutzte. «Und Sie sollten dann später von ihm die fehlenden Hälften bekommen?»

«Ja – sag ich doch schon die ganze Zeit.»

«Und Sie haben von Ossianowskis Selbstmord nichts erfahren, obwohl alle Zeitungen voll davon sind? Lesen können Sie doch – oder? Und fernsehen und Radio hören wohl auch...?»

«Verdammt noch mal, ich hab das mit Owi schon Mitte Juli ausgemacht, und da haben wir auch den Tag festgelegt: Donnerstag, 10. August.»

Ossianowski war ein Pedant gewesen – warum sollte er darauf verzichtet haben, diesen Tag zu fixieren? Mannhardt nickte.

Schloo ließ sich auch nicht bremsen. «Und vom 1. August an war ich bei meiner Tante in der DDR, in Pritzwalk – könnse sich erkundigen... Und da oben interessiert es keinen Menschen, ob Ossianowski Selbstmord begangen hat oder nicht. Ich wär auch nie auf die Idee gekommen, daß er's vorhat – sonst hätt ich doch nicht... Beschissen hat er mich, der Drecksack!»

Koch mischte sich ein. «Dann sind Sie also erst am Mittwochabend nach Westberlin zurückgekommen, haben in der Nacht den Wagen von Dr. Wendt gestohlen und dann am Donnerstagmorgen in Wannsee auf Dr. Brockmüller und Fräulein Lux gewartet?»

«Sie sagen es, großer Meister.»

Mannhardt zweifelte nicht an Schloos Worten, denn wenn Schloo wirklich den Fall Ossianowski in der Presse verfolgt und von den Explosionen und Morddrohungen erfahren hätte, wäre er nie und nimmer auf die Idee gekommen, ausgerechnet an diesem kritischen Morgen auf Brockmüller und die Lux zu warten: ein Mann von seiner Intelligenz mußte doch wissen, daß man die beiden bewachen ließ. Ergo war es nur allzu logisch, was Schloo da sagte.

«Dann müßten die fehlenden Hälften Ihrer Geldscheine ja noch in Owis Haus draußen liegen», folgerte Mannhardt.

«Hm, hm.» Schloo nickte. «Aber wer weiß, wo...»

«Die finden wir schon», sagte Koch.

«Und auf welche Weise wollten Sie Herrn Zumpe – na, sagen wir: eins auswischen?»

«Den wollte Owi mit seinem Motorboot in die Luft sprengen; damit hab ich überhaupt nichts zu tun.»

Richtig. Seit Wochen war Zumpe jeden Tag gegen 18 Uhr mit seinem Motorboot auf der Havel gewesen.

Mannhardt wollte noch nachhaken, doch da klingelte das Telefon.

«Ja, bitte...? Mannhardt, Mordkommission. Hallo...!?»

Eine aufgeregte männliche Stimme: «Hier ist Haupt, ich bin Zahnarzt und komme eben aus dem Urlaub zurück...»

Na und, dachte Mannhardt, soll er doch. Was geht uns das an?

«... ich habe einen automatischen Anrufbeantworter...»

Wie schön für ihn.

«... und auf Menorca hab ich das mit Herrn Ossianowski gelesen; es hat mich erschüttert... Er war seit... seit 1961 war er Patient bei mir...»

«Verzeihen Sie, Herr Haupt, aber...»

«Dr. Johannes Haupt, Zahnarzt...»

Der Zusammenhang, Mensch! Der Mann war ja vollkommen durchgedreht.

«... da komme ich nach Hause, spiele das Band ab, und... hören Sie mal!»

Mannhardt machte ein drohendes Gesicht, so daß Koch und Schloo den Mund hielten, stopfte sich den Zeigefinger ins linke Ohr, preßte den Hörer an das rechte und hörte nach einigem Krächzen mehr oder minder deutlich folgendes:

Hier telefonischer Anrufbeantworter Berlin 3642193, Dr. med. dent. Johannes Haupt, Heerstraße 192. In der folgenden Sprechzeit geben Sie bitte Ihre Adresse und Ihre Mitteilungen auf. (Rauschen,

Knacken.) *Guten Tag, Herr Dr. Haupt, hier spricht Otto-Wilhelm Ossianowski. Wenn Sie dieses Band abhören, benachrichtigen Sie unverzüglich die Kriminalpolizei. Ich gebe allen eine faire Chance. Irgendwo hier in Berlin sind meine Aufzeichnungen versteckt. Nur wenn man sie findet, kann das Leben vieler Menschen gerettet werden. Ansonsten habe ich noch einiges in petto. Also, lieber Herr Dr. Haupt, teilen Sie schnellstmöglich der Kripo mit, daß sie das Versteck meiner Aufzeichnungen finden kann, wenn sie in meinem Lieblingsbuch folgende, auf der Seite 76 vorfindbare Buchstaben aneinanderreiht: Zeile 8: 1–5–18–21; Zeile 9: 25–27–28–47–54; Zeile 10: 25–34–36–41–46; Zeile 11: 50–58; Zeile 12: 3–6–7–18–20–24–45–55–59; Zeile 13: 21–38–39–45; Zeile 14: 6; Zeile 15: 4–32–37–53–55; Zeile 16: 4–7–19–32–42–43–49; Zeile 17: 11–15–26–45–46–47–48–49; Zeile 18: 30–56–57; Zeile 19: 17–20–25–26–29–37–52–53–54; Zeile 20: 13–36–42–43–44–45–46–50–51; Zeile 21: 32–46–47–50; Zeile 22: 5–6–12–14–19–38–42; Zeile 23: 24–37–38–39; Zeile 24: 18–40–50–53–59; Zeile 25: 6–16–24–25–26–39–51–52–53–55. Nur Buchstaben, Zeichen zählen nicht. Herzlichen Dank, Herr Dr. Haupt. Auf Wiedersehen. Ende!*

Mannhardt hatte die Zahlen mitgeschrieben; er schwitzte. «Hallo – Herr Dr. Haupt?»

«Ja, Herr Kommissar...»

«Heben Sie um Gottes willen das Band auf – wir sind in einer Viertelstunde bei Ihnen!»

Mannhardt geriet in Panik; alles überstürzte sich. Er rief einen Kollegen an, der Schloo in seine Zelle zurückbrachte; er griff zum Telefon und informierte Dr. Weber; er schnauzte Koch an, weil der noch immer nicht ganz begriffen hatte, worum es ging; er sprang auf und riß Koch mit sich aus dem Zimmer.

«Los, nach Kladow, die Bücher durchfilzen!»

«Waaas – die ganze Bibliothek? Zwei riesige Bücherwände?»

«Leider, ja.»

«Sein Lieblingsbuch...?»

«Red nicht soviel, komm! Weber schickt uns nachher Verstärkung.»

Erst im Auto unten kam Mannhardt wieder ein wenig zur Besinnung.

«Hast du ein Tonbandgerät mit?»

Koch war verwundert. «Nein...»

«Mensch, hol das von Dr. Weber aus dem Vorzimmer! Wir müssen doch bei dem Zahnklempner da vorbeifahren und das Band abholen und dann bei Owi noch mal abhören. Ich kann mich in der Eile verschrieben haben. Es geht womöglich um Sekunden; wer weiß, was der Blödmann noch alles ausgebrütet hat!» Koch war schon halb draußen. «Und sag dem Weber noch mal, daß er uns in den nächsten zwanzig Minuten die Erlaubnis verschafft...»

«Welche Erlaubnis?»

«Daß wir bei Owi in die Bude reinkommen; dieses Scheißsiegel da...»

«Ach so!» Koch, aktiver 400-m-Läufer im Polizeisportverein, spurtete los.

Mannhardt atmete tief durch, dreimal. Das hatte ihm Lilo ans Herz gelegt. Er hatte gewaltigen Durst. Aber ehe er was Trinkbares organisiert hätte, wären weitere fünf Minuten vergangen. Scheiße! Wenigstens hatte Koch im Handschuhfach 'ne halbe Tafel Pfefferminzschokolade liegen. Er fraß sie auf.

Endlich! Koch mit dem Tonbandgerät. Los!

Sie fuhren über den Wittenbergplatz, die Tauentzien runter, Zoo, Hardenbergstraße, Ernst-Reuter-Platz. Die Farben huschten vorbei, als würde er in einem Kettenkarussell sitzen.

Ossianowskis Lieblingsbuch.

Eines von bald zweitausend, schätzungsweise.

Seite 76.

Eine Sysyphusarbeit.

Als sie den Theodor-Heuss-Platz passierten und in die Heerstraße einbogen, war Mannhardt wieder etwas ruhiger geworden. Nerven behalten!

Dann hielten sie vor der Praxis von Dr. Haupt, und Koch eilte in das erste Stockwerk, um das Tonband zu holen. Kaum hatte sich Mannhardt eine Zigarette angesteckt, war er wieder da.

«Hier ist es.» Er warf die Spule auf den Rücksitz.

«Ab, weiter!»

Koch schlug die Tür zu und gab Gas.

«Ich tippe auf einen Roman, der von Tod, Vernichtung, Grausamkeiten, Krieg und so handelt», sagte er ohne Überleitung. «Denk doch bloß mal an sein Selbstmord-Center.»

Mannhardt verstand auch so. Sie dachten beide die ganze Zeit darüber nach, unter welchen Gesichtspunkten sie suchen sollten.

«Oder von Aufständen, Rebellionen: einer gegen alle – Spartakus oder so, Papillon oder wie der Knabe da hieß...»

«Das wäre die eine Möglichkeit; die andere hat aber zumindest ebenso viel für sich.»

«Was denn für 'ne andere Möglichkeit?»

«Daß er an einem Roman gehangen hat, der eine heile Welt schildert, *Leberecht Hühnchen* oder so – ein intaktes Familienleben. So was war doch wohl seine große Sehnsucht.»

«Wir werden ja sehen...»

«Hoffentlich bald.»

Als sie dann vor Owis Bücherwänden standen, verging ihnen allerdings das Hören und Sehen. Es waren zumeist Taschenbücher, und nach dem Durchzählen der obersten Reihe schätzten sie den Gesamtbestand auf rund zweitausend Bände.

«Amen!» sagte Koch. «Da finden wir eher 'ne Stecknadel im Heuhaufen.»

«Wenn der uns hier sehen könnte! Überschrift: Ein Toter lacht sich tot...»

«Da sitzen wir bis Weihnachten hier, ehe wir jedesmal die Seite 76 aufgeschlagen haben.»

Mannhardt suchte nach einer Steckdose. «Hoffentlich haben sie den Saft noch nicht abgedreht.»

Koch knipste die Deckenleuchte an. «Nee, Gott sei Dank nich. So schnell schießen auch die Preußen von der BEWAG nicht.»

Mannhardt schaltete das Tonbandgerät ein und legte die Spule auf, die Koch vom Zahnarzt bekommen hatte. «Wir sollten mal sehen, ob der Code stimmt, den ich mir vorhin am Telefon notiert habe.»

«Das ist kein Code, das ist Scheiße!»

«Nun red nicht soviel – hör zu und schreib mit, damit jeder die Zahlenkombination hat.»

So hockten sie in den nächsten Minuten an einem kleinen Couchtisch und lauschten Owis leicht kastratenhafter Stimme.

Irgendwo hier in Berlin sind meine Aufzeichnungen versteckt. Nur wenn man sie findet, kann das Leben vieler Menschen gerettet werden...

Koch stöhnte.

... wenn sie in meinem Lieblingsbuch folgende, auf der Seite 76 vorfindbare Buchstaben aneinanderreiht: Zeile 8: 1 – 5 – 18 – 21...

Koch schrieb die Zahlen in sein Notizbuch, Mannhardt verglich sie mit seinen früheren Aufzeichnungen.

Nachdem sie das Tonbandgerät abgeschaltet hatten, begannen sie mit ihrer fieberhaften Suche. Noch waren sie voller Hoffnung, auf Grund ihrer systematischen Vorüberlegungen relativ schnell ans Ziel zu gelangen.

Mannhardt begann mit Hans Falladas, *Kleiner Mann – was nun?* Er zupfte das Buch, das er oben rechts im Regal entdeckt hatte, auf den Zehenspitzen stehend heraus, schlug die Seite 76 auf, fuhr mit dem rechten Finger auf die achte Zeile hinunter und zählte dann mit wachsender Spannung die Buchstaben: 1, 5, 18 und 21. Das Ergebnis war wenig ermutigend: H – Z – H – G. Und aus der Zeile 9 kamen noch ein I, ein S und ein O hinzu.

Fehlanzeige, ganz offensichtlich.

Koch, der bei seinem alternativen Ansatz auf Mannhardts Rat zuerst zu Stefan Zweigs *Joseph Fouché* gegriffen hatte (die Massenexekution in Lyon!), wurde ebensowenig fündig. «E – N – E – S – I – E – N – O», buchstabierte er. «Und außerdem ist in Zeile 9 nach dem Buchstaben 48 Schluß.»

Mannhardt probierte es mit der *Familie Buchholz* von Julius Stinde, einer Berliner Idylle, die Ossianowski vielleicht geschmeckt haben konnte. Doch was sich auf seinem Notizblock niederschlug, ergab beim besten Willen keinen Sinn: L – Z – E – T – D – A – T.

Koch, der Thomas Manns *Tod in Venedig* beim Wickel hatte, wirkte ziemlich sprachgestört: «Ulrniuna... Hast du 'ne Ahnung, wo das liegt?»

«Ein Glück, daß dieser Ossianowski schon tot ist, sonst...» Mannhardt stieß einen drohenden Knurrlaut aus.

Die nächste halbe Stunde brachte sie auch nicht weiter, obwohl sie die einzelnen Titel jetzt schon wesentlich schneller abcheckten, ganz mechanisch schon.

Guy de Maupassant, *Stark wie der Tod*: S – N – G – Ä und in der Zeile 9 nur 14 Buchstaben.

Henry Jaeger, *Die Festung*: In der Zeile 8 nur 19 Buchstaben.

Ernest Hemingway, *Wem die Stunde schlägt*: in der Zeile 8 nur 18 Buchstaben.

Henryk Sienkiewicz, *Quo vadis*: U – R – A – I und in der Zeile 9 nur 7 Buchstaben.

Mannhardt ließ sich resignierend in den Sessel fallen.

Koch schmiß die Christenverfolgungsstory auf den Teppich. «Da ist nix zu löten an der Holzkiste!»

«Du sagst es – wir müssen uns bald was Neues einfallen lassen.»

Es dauerte aber ein paar Sekunden, ehe Mannhardt sich wieder aufraffen konnte. Dann ging's Schlag auf Schlag.

«Hoffentlich ist das Telefon noch angeschlossen.»

Es war, und so gab er zuerst den Code an Dr. Weber durch und bat ihn, die Presse zu informieren und die Bevölkerung mit einer entsprechenden Belohnung zur Mitarbeit zu motivieren. Vielleicht konnte auch die *Berliner Abendschau* des SFB Owis Zahlenkolonnen auf einer Schautafel bringen. Schließlich ging's hier um Menschenleben, möglicherweise um eine ganze Menge. Dr. Weber unterließ jede süffisante Bemerkung, was den Ernst der Lage erst so recht unterstrich, und wollte sich auf der Stelle dranmachen, die ganze Maschinerie in Bewegung zu setzen.

Mannhardts zweiter Schritt bestand darin, Olscha aus seinem Nachmittagsschläfchen aufzuscheuchen und ihm den Auftrag zu erteilen, bei allen Berliner Leihbüchereien, Volksbüchereien, öffentlichen Bibliotheken nachzufragen, ob und was Ossianowski derzeit ausgeliehen hatte. Natürlich auch in der Werksbücherei der EUROMAG, falls es eine gab. Der Gedanke war ihm gerade gekommen.

«Außerdem fragen Sie noch mal bei Ossianowskis Reinemachefrau nach, einer gewissen Elfriede Kriegshammer – haben Sie? –, ob die sein Lieblingsbuch kennt. Adresse bei den Akten... Und dann sehen Sie zu, daß uns Dr. Weber so viele Kollegen wie möglich rausschickt, um die Bücher hier durchzuflöhen. Das hab ich eben vergessen. Okay?»

«Emwe – machen wir!»

Kaum hatte er aufgelegt, da war Weber am Apparat und versicherte ihm, daß er alle verfügbaren Kollegen und Kolleginnen nach Kladow in Marsch setzen würde.

«Dem geht wohl auch der Arsch auf Grundeis», meinte Koch, der inzwischen vergeblich weitere Bücher unter die Lupe genommen hatte. Plötzlich aber hellte sich sein Gesicht wieder auf: «Mensch – kann das nicht auch ein Fachbuch gewesen sein? Eins, das er bei seiner Arbeit gebraucht hat?»

Mannhardt sah Koch an und kaute an der Kuppe seines rechten Mittelfingers herum. «Klar, das könnte sein. Dann ist das mit dem Lieblingsbuch ironisch gemeint, dann bezieht sich das auf ein Buch, das sie im Büro haben...»

«Es ist gleich halb fünf – ob die noch da sind?»

«Such mal schnell die Nummer der Sondergruppe raus!»

«EUROMAG, E...» Koch riß die beiden Bände des Berliner Telefonbuchs unter dem Telefon hervor und machte sich an die Arbeit. Trotz der vielen Verweise war's in drei Minuten geschafft.

Und Mannhardt hatte Glück, Brockmüller meldete sich.

«Hallo, Herr Dr. Brockmüller; ehe Sie Feierabend machen: folgendes...» Er erzählte ihm kurz, worum es ging und begann dann, Ossianowskis Code vorzulesen: «Seite 76 also. Zeile 8: 1 – 5 – 18 – 21...»

13

«... jawohl, Zeile 25: 6 – 16 – 24 – 25 – 26 – 39 – 51 – 52 – 53 – 55», wiederholte Brockmüller.

Wenn sie die Aufzeichnungen finden, bist du geliefert.

«Ich schicke Ihnen noch einen Kollegen vorbei, der Ihnen helfen kann – Olscha wahrscheinlich.»

«Ist gut, Herr Mannhardt, obwohl – so viele Bücher haben wir hier gar nicht...»

«Na, mal sehen. Das wär's – entschuldigen Sie, hier pressiert's mächtig... Und vielen Dank im voraus! Sie melden sich dann, ja?»

«Natürlich. Bei... bei Herrn Ossianowski draußen, ja gut. Hoffentlich... Auf Wiedersehen also!»

«Okay!»

Das kann kein gutes Ende nehmen.

Warum in aller Welt mußte dieser Idiot auch noch ein Tagebuch schreiben?! Nein, falsch: Wenn er wenigstens ein Idiot gewesen wäre; aber diese geradezu dämonische Intelligenz... hatte doch alles und alle durchschaut, der wußte doch alles, der konnte Gedanken lesen.

«Sie sind ja so blaß geworden – ist was?» Zumpe stand in der Tür, selber gelblich im Gesicht, eine Figur aus dem Kabinett der Madame Tussaud. Dem schien Kuhrings Tod ganz schön an die Nieren gegangen zu sein. Dabei hätte er doch froh darüber sein müssen – nun gab es endlich grünes Licht für ihn; freie Bahn dem Tüchtigen... Wie die Dinge lagen, wurde er Kuhrings Nachfolger und schaffte damit den ersehnten Sprung auf die Prokuristenebene. Was dem einen sein Tod, ist dem anderen sein Aufstieg. Der HErr wird's schon richten.

«Was haben Sie denn da?» fragte Zumpe nach einem schnellen Blick auf Brockmüllers Notizblock. «Die Lottozahlen?»

Brockmüller erklärte ihm die Sache.

«So...» Zumpe verzog das Gesicht und massierte seinen Magen. Sekundenlang starrte er auf die Zahlen.

Den scheint's auch nicht gerade zu freuen, daß Owi auspackt, dachte Brockmüller. Was mochte er so denken in diesem Augenblick? Dein Kollege Zumpe – das unbekannte Wesen... Jeder hatte Dreck am Stecken; Zumpe auch.

«Dann sollten wir uns mal an die Arbeit machen», sagte Zumpe leichthin, so als würde er sagen: Nun wollen wir mal essen gehen.

«Jeder erst mal in seinem Zimmer», schlug Brockmüller vor, um Contenance bemüht. «Was da alles so rumsteht.»

«Soll mir recht sein.» Zumpe ging.

Die Stille im Haus. Die Einsamkeit. Der Tod.

Brockmüller fühlte, wie die Kälte von den Füßen her seinen Körper erfaßte. Wenn Gaby wenigstens hier geblieben wäre... Aber die tippte schon wieder drüben in der EUROMAG-Zentrale am Fehrbelliner Platz. Auch die Lux hätte er noch hingenommen; wenigstens ein weibliches Wesen. Zwischen Annelie und ihm war ja der eiserne Vorhang heruntergefallen – für sie war er einer von Owis Mördern. *Wie du dich da benommen hast – das verzeihe ich dir nie...* Ihre verdammten Ideale!

Mit dir wird es genauso enden wie mit Kuhring.

Wenn doch wenigstens noch der Polizist vor dem Haus draußen hin- und hergehen würde! Aber nach Schloos Geständnis, von dem sie sogleich erfahren hatten, war er schleunigst abgezogen worden.

Als er Annelie von seinen Ängsten erzählt hatte, war sie deutlich geworden: *Du bist doch glücklich, daß Kuhring von der Bildfläche verschwunden ist.*

Sie durchschaute ihn; Owi durchschaute ihn. Alle durchschauten ihn... Kunststück, 'ne Persönlichkeit war er bestimmt nicht – ein Mann, der gescheitert war und nur noch von seinem Doktortitel zusammengehalten wurde. Und wenn man Owis Aufzeichnungen erst mal gefunden hatte, reichte nicht mal dieses Korsett.

Los, such das Buch, das Owi meint. Wenn ein anderer die richtige Stelle vor dir findet, ist es aus mit dir.

Da war der nächste Anfall: Herzstolpern, Beklemmungsgefühle, ein stechender Schmerz in der Brust, schließlich Atemnot. Er schleppte sich in die Küche und spülte seine grünliche Tablette – die dritte heute – mit einem Schluck Leitungswasser hinunter. Nachdem er dreimal tief durchgeatmet hatte, ging es wieder.

Owis Aufzeichnungen, Owis Manuskript... *Du mußt das Manuskript haben, du mußt!*

Sonst war alles aus.

To be, or not to be...

Er ging in sein Zimmer zurück und nahm einen Schwung Bücher vom Aktenbock, um sie auf seinem Schreibtisch übereinander zu stapeln. Betriebswirtschaftliche Organisationslehre, Organisationssoziologie, Sozialpsychologie, Kybernetik, Systemtheorie, Verwaltungswissenschaft und einiges Juristische. Meistens eigene Sachen, denn, bei allen Millionen – der Bücheretat der EUROMAG reichte nicht hin und nicht her. Die verwaltungswissenschaftlichen Bücher hatte er sich erst vor ein paar Wochen gekauft, um für die ZfO einen kleinen Artikel zu schreiben: *Unterschiedliche Organisationsformen in privater und öffentlicher Verwaltung.* Oder so ähnlich; je nachdem, was dabei rauskam.

Ob Owi wirklich ein Fachbuch, ein Sachbuch, gemeint hatte? Schwer zu sagen. Höchstwahrscheinlich nicht, denn oft genug hatte er die sogenannten Wissenschaftler als eitel und kindisch bezeichnet und gemeint, mit ihrem esoterischen Stuß strebten sie nicht die Deutung und Veränderung der Welt an, sondern nur einen hochbesoldeten Lehrstuhl. Unmöglich, daß einer dieser eingebildeten Eierköpfe sein Lieblingsbuch geschrieben hatte.

Trotzdem – du mußt es versuchen!

Brockmüller schlug das erste Buch auf, Werner Thieme, *Verwaltungslehre,* und fand, als er nach Owis Anweisungen vorging, nichts weiter als eine sinnlose Aneinanderreihung von Buchstaben: D – R – N – E – N – C – H. Bei Kreuser/Friedrich, *Organisations- und Bürokunde für die Verwaltung,* hatte die Zeile 8 auf Seite 76 nur 13 Buchstaben, und bei Thomas Ellweins Standardwerk *Politik und Planung* ergab sich schon nach vier Buchstaben das absolute Aus: V – L – H – N.

Erst bei Robert Presthus, *Individuum und Organisation,* schöpfte er wieder Hoffnung, denn als seine Bleistiftspitze über die entsprechende Zeile auf der Seite 76 glitt, kam zu dem ersten Buchstaben S als zweiter ein Ü hinzu... Das eröffnete Möglichkeiten: Südende – Südwestkorso – Südstern – Sü... Was dann kam, war wieder Mist: E – Q – I – Z – U.

Weiter!

Du mußt das Manuskript haben. Du mußt!

Renate Mayntz, *Bürokratische Organisation:* D – N – Ä – I.

Kübler/Kübler, *Moderne öffentliche Verwaltung:* S – D – B – E – D.

Hermann Glaser, *Jenseits von Parkinson* ... Seite 76 eine leere Zwischenseite.

«Haben Sie schon was gefunden?» rief Zumpe von nebenan.

«Nein.»

«Ich auch nicht!»

Gott sei Dank!

Weiter im Text. Neuer Griff zum Aktenbock, Buch Nummer 8 aufgeschlagen... wieder eine Pleite.

Die Tablette begann immer stärker zu wirken; fast fühlte er sich wohlig und beschwingt. Es war alles nur ein Spiel – wie ein Fernsehquiz. Nein, kein Fernsehquiz... Es ging um nichts, um rein gar nichts. Von wegen ‹Sein oder Nichtsein›. Nichts weiter als ein kleiner Spaß von Owi: Wer's zuerst findet, kriegt von mir 'n halbes Hähnchen... Sie saßen unten am Konferenztisch und aßen gebratene Hähnchen: Kuhring, Zumpe, Owi, die Lux und er. Alles okay... Da war nichts geschehen; das war seine Phantasie, nichts weiter. *Völlig überdreht, der Mann; kleine Nervensache. Aber das kriegen wir schon wieder hin. Ein bißchen ausspannen, und wenn das Kind erst mal da ist...* Tagträume? *Das hat nichts zu bedeuten. Kann im Grunde nichts schaden.*

«Das ist ja zum Heulen – ich finde nichts!»

Was machte denn der Zumpe hier? Der war doch längst pensioniert. Vielleicht war er mal auf dem Weg ins KaDeWe auf 'n Sprung vorbeigekommen.

«Heh – sind Sie eingeschlafen?!»

«Nein...» Brockmüller fuhr hoch. «Nein; ich...» *Du bist ja völlig am Ende!* «Ich such nur...»

«Na, dann weiterhin viel Spaß!»

Du mußt das Manuskript haben. Du mußt!

Er rieb sich die Schläfen.

Gleich macht es Klick – und dann...

Er stand auf und ging im Zimmer auf und ab.

Zelle 481. Gummizelle?

Nicht zurechnungsfähig?

So ein begabter Mann, und dann dieses Ende! Arme Frau Brockmüller, armer Alexander!

Er öffnete den Schreibtisch, holte aus der unteren Schublade eine Flasche Cognac, setzte sie an und trank in zwei langen Zügen...

Es half.

Das nächste Buch: Hartfiel, Sedatis, Claessens, *Beamte und Angestellte in der Verwaltungspyramide:* A... Vielleicht: Augsburger Straße – Amrumer Straße – Akazienstraße ... I – E – C – N – E.

Nee!

Die neunte Fahrkarte.

Nummer 10. Bodo Brockmüller, *Organisation ohne Führung?* Frankfurt/Main 1969, 369 Seiten, DM 29,80. Er haßte dieses Buch. Vor drei Monaten etwa hatte er sein letztes Belegexemplar zerrissen und in den Mülleimer geworfen. Ein Kind, das ein König hatte werden sollen und in der Gosse gelandet war: Verrissen von den Kritikern, verhöhnt von den Studenten, von kaum einem gekauft – nichts weiter als Makulatur... Wie viele Stunden, wie viele Nächte hatte er daran gesessen; über 500 Zitate, alles verarbeitet – umsonst. Mit jeder Stunde, die er über dem Manuskript gebrütet hatte, war Annelies Eifersucht gewachsen, hatten sie sich voneinander entfremdet. *Organisation ohne Führung?*

Der Anfang vom Ende.

Es widerte ihn an, die Seite 76 zu suchen; sein Bleistift fand mühsam die achte Zeile, und mit dem Blick auf die links von ihm liegenden Zahlenkolonnen begann er ganz mechanisch, die von Owi bezeichneten Buchstaben zu unterstreichen.

Und plötzlich gab es einen Sinn, plötzlich war alles Kranke von ihm abgefallen. In fieberhafter Hast überflog er Zeile um Zeile, verzählte sich mehrmals, unterstrich die ermittelten Buchstaben, kämpfte weiter, eroberte sich Wort für Wort:

*s*oll*t*en uns darüber *i*m k*l*aren sein, daß Industriebetriebe nicht errich- / tet werden, um den Menschen Ge*l*e*ge*nheit zu geben, sich se*l*bst zu v*e*rwirk- / lichen, sondern zur Erzielung von Profi*t*. De*r* Men*s*ch im *B*etrieb wird Mit- / tel zum Zweck – zu einem Zweck, den er nicht selber bestimmen k*a*nn. Und Fü*h*- / ru*n*g i*s*t folglich de*r* V*e*rsuch der Besitzer der Produ*k*tionsmitt*e*l, de*n* / Menschen im Betrieb mit *a*usgeklügelten psy*ch*ologi*s*chen Methoden / zur Un*t*erordnung unter die vorgegebenen Normen und Regeln und zur op- / tim*a*len Leistungsabgabe zu bringen. *H*alte*n* wir noch einmal fe*s*t, *d*aß Theo*d*o*r* W. Adorno, Marx *f*olgend, diesen *Z*ustand, des *we*rktät*i*gen Menschen / unserer Zei*t* als *E*ntfremdung *b*ezeichnet, so ist die Br*ücke* geschlagen / zu unserer Hauptthese: Führung ist *d*er Versuch der Herrschenden, d*ie* / arbeitenden Mens*ch*en *i*hre E*nt*f*re*mdung ve*r*gessen zu machen. *Dem* sollen / späte*r* einige *k*onkrete Beispiele folgen, *u*nd zwa*r* *fürs* erste aus dem / Elektrobereich, weil der Verfasser i*n* dieser Branche *we*it*g*ehende Er- / fahr*un*gen ha*t*, *ge*naue*r* gesagt: aus einem Werk, *d*as F*e*rnsehapparate und / Rundfunkgeräte herstellt. *M*it der Lage von *Sch*ichtarbeitern und Arbei- / tern in einem Stahlr*o*hrwerk werden wir uns spä*t*er beschä*ft*ig*e*n. Es wi*r*d / auch d*i*e Rede davo*n* sein, wie *der* Angestellte i*m* Büro und das m*ittle*re Ma-

Als er dann die unterstrichenen Buchstaben auf einem DIN-A-4-Blatt aneinanderreihte und zu Worten sortierte, ergab sich mit verblüffender Direktheit das Versteck, das Owi meinte:

Stillgelegte S-Bahnstrecke nach Stahnsdorf.

Zweite Brücke, die hinter dem Kurfürstenweg.

Unter dem Schotter in der Mitte.

Ein guter Ort.

Unten klingelte es.

«Das wird Olscha sein!» rief Zumpe nebenan.

Blitzschnell ließ Brockmüller sein Buch und das Blatt mit dem Klartext in seiner Aktentasche verschwinden. Dann eilte er nach unten, um Olscha zu öffnen.

Du mußt das Manuskript haben, du mußt!

Heute abend hatte er's.

«Na?» fragte Olscha. «Was gefunden?»

«Nein...» Brockmüller bemühte sich um Gelassenheit. «Tut mir leid, Herr Olscha; nichts!»

14

2. *Nachtrag.* Fast hätte ich, sehr verehrter Herr Kommissar, vergessen, Sie auf einen winzigen Umstand aufmerksam zu machen, der Ihnen zwar nur beim Mißlingen meiner Absicht entgehen könnte, aber dennoch hier Erwähnung finden sollte. Niemand soll mir je den Vorwurf machen können, ich hätte mich durch groben Undank meinen Mitbürgern gegenüber ausgezeichnet. Und so liegt es mir naturgemäß am Herzen, auch dem zutiefst zu danken, der dieses Manuskript entdeckt und so dem Vaterland zu Diensten ist. Wer auch immer

diese Bogen als erster in die Hand bekommt, er wird in den Genuß eines besonders intensiven Erlebnisses gelangen. Ich werde es nämlich so einzurichten versuchen, daß mittels einer sinnreichen Vorrichtung beim Herauslösen des Tagebuches ein spezieller Sprengkörper gezündet wird. So wird dem tüchtigen Finder die Erinnerung an den häßlichen Owi als lebenslanger Lohn zuteil. Aber nicht nur das: derjenige, der solcherart verwundet ist, trägt unverkennbar das Kainszeichen des Mörders. Es sei denn, Herr Kommissar, Sie persönlich erreichten als erster das gesteckte Ziel, was ich aber zu bezweifeln wage. Dafür darf ich Sie bitten, dem Verfasser des neuen deutschen Pitavals die Aufnahme meines Falles in seine Sammlung zu empfehlen.

Ansonsten widme ich mein Werk, mein ganzes Tun, allen denen, die es angeht: TO WHOM IT MAY CONCERN!

O.-W. Ossianowski

15

Es war 18 Uhr, RIAS II begann schon mit den Sportberichten, und sie blätterten noch immer in Ossianowskis Büchern, nun schon zu fünft, ohne daß sich indessen eine Seite 76 gefunden hätte, auf der sich ein sinnvoller Text ergab. Auch von den anderen Fronten – Reinmachefrau, Büchereien und Sondergruppe für Systemplanung – kamen keine Erfolgsmeldungen. Inzwischen hatten SFB und RIAS die Bevölkerung ausführlich informiert, und so durchstöberten zu dieser Stunde nicht nur Hunderte von Journalisten, sondern auch Tausende von Bürgern ihre Bücherschränke, um sich die ausgesetzte Belohnung von 5000 Mark zu verdienen.

«Ich glaube, der wollte uns nur auf den Arm nehmen», sagte Koch.

Mannhardt massierte sich mit den Fingerkuppen die Augäpfel. «Bei mir tanzen die Buchstaben schon...»

«Meinst du nicht?» beharrte Koch.

«Wer weiß... Jedenfalls hat er jetzt erreicht, wovon er Zeit seines Lebens immer nur geträumt hat: Tausende von Menschen kümmern sich um ihn, er steht im Mittelpunkt, er wird endlich einmal ernst genommen.»

«Verdammt ernst sogar. Bloß, er hat nichts mehr davon.»

«Mit diesem Bild vor Augen wird er gestorben sein.»

«Glaubst du, daß er noch irgendwo 'n Zeitzünder ticken hat? Braucht ja kein Sprengstoff zu sein – Gift oder so...»

«Ich glaube nur, daß zwei Pfund Rindfleisch 'ne gute Brühe geben.»

«Immerhin ist Kuhring tot.»

«Nun such man schön weiter.»

Mannhardt war so müde wie nach einem Volkslauf über 5,3 Kilometer. Und er schwitzte auch so. Draußen war's noch immer über 20 Grad; an Ossianowskis Gartenzaun vorbei gingen die heimgekehrten Bürohengste mit ihren Familien zum Baden an die Havel hinunter.

Ein neuer Kollege kam und bekam den Code in die Hand gedrückt, den Koch inzwischen auf Owis vergammelter Schreibmaschine mit sechs Durchschlägen abgetippt hatte. Jetzt gingen sie mechanisch vor, Buch für Buch, Regalabschnitt für Regalabschnitt, ohne Rücksicht auf die Erwägung, ob es sich dabei der Wahrscheinlichkeit nach tatsächlich um Ossianowskis Lieblingsbuch handeln konnte oder nicht.

Inzwischen hatten sich schon ein protestantischer Geistlicher gemeldet und mitgeteilt, in den ihm zugänglichen theologischen Schriften, insbesondere der Bibel, fände sich nirgendwo eine Seite 76, deren Buchstaben in der von Ossianowski fixierten Reihenfolge etwas Sinnvolles ergebe. Es hätte ja nahegelegen, daß der Herr beim HErrn Zuflucht gesucht habe... Mannhardt bedankte sich.

Wie Olscha, der in der Keithstraße am Telefon saß, ihm mitteilte, hatten auch etliche andere Berufsgruppen ihren Eifer bekundet sowie ihren Mißerfolg angezeigt, unter anderem auch – haha! – die Union der Leitenden Angestellten.

Mannhardt nahm sich das nächste Buch vom Regal, Marek Hlaskos *Alle hatten sich abgewandt*. Einen winzigen Augenblick lang hoffte er wieder, denn wenn ein Titel auf Ossianowskis Situation zutraf, dann dieser. Aber auch diesmal nur eine neue Enttäuschung, denn die Zeile 8 ergab nur M – E – H – N, was um so ärgerlicher war, als er sich bei den ersten drei Buchstaben schon an *Meh*ringdamm gedacht hatte. Die Zeile 9 hatte überdies nur 15 Buchstaben, bei Owi mußten es aber mindestens 54 sein.

Zweimal schlucken, dreimal fluchen und weiter.

Lion Feuchtwanger, *Jud Süß*. Gab's da Parallelen? Er wußte es nicht so genau. Die Seite 76 aufgeschlagen, die Zeile 8 gesucht, kurz verglichen: Wieder nichts! H – Z – L – N.

Mannhardt hatte Mühe, gegen den immer übermächtiger werdenden Impuls anzukämpfen, alles hinzuschmeißen und zu brüllen: *Macht doch euern Scheißdreck allein!*

Gerade hatte er sich wieder gefangen, da rief Dr. Weber an.

«Immer noch nichts?»

«Nein, Herr Doktor, tut mir leid... Aber wir...»

«... tun, was wir können; ich glaub's Ihnen ja... Und im vorliegenden Fall kann ich Ihnen nicht einmal vorwerfen, daß Sie zu wenig können – eigentlich schade. Na ja. Dann fahren Sie mal fort im löblichen Tun. Tschüs denn!»

«Auf Wiederhören, Herr Doktor.»

Erst ein Weilchen später, als er wieder normalen Blutdruck hatte, griff er nach dem nächsten Buch – Nummer 58:

Fehlanzeige.

Nummer 59. Fehlanzeige.

Nummer 60. Fehlanzeige.

Nummer 61. Fehlanzeige.

Er kam sich vor wie ein Mann in der Fabrikhalle an einer hydraulischen Presse.

Erst als er Émile Zolas *Germinal* in die Hände bekam, hielt er wieder inne. Da gab die Seite 76 zwar auch nichts her (M – I – F – U – N – O – N), aber er hatte das Dings schon lange mal lesen wollen. *Unter einem sternenlosen, nachtschwarzen Himmel wanderte ein junger Mann einsam in der Richtung von Marchiennes nach Montsou auf der Landstraße dahin, welche...*

Das Telefon. Olscha.

«Was ist denn los?» knurrte Mannhardt ungnädig.

«Brockmüller und Zumpe haben auch nichts gefunden.»

«Scheiße, verfluchte!»

«Aber was anderes...» Olscha raschelte mit Papier. «Die haben doch noch mal Kuhrings Wohnung durchsucht, nach Spuren, ob Owi da auch was vorbereitet hatte, um...»

«Ja, das weiß ich doch!»

«Und... Lassen Sie mich doch mal ausreden!»

«Bitte!» Blödmann! Seit der in der Gewerkschaft war und sich bei den GdP-Fritzen angebiedert hatte, war er ganz schön aufmüpfig geworden. Der hatte es gerade nötig, der Armleuchter! Nach der Panne mit Kuhring.

Olscha blieb unbeirrt. «Unter anderem sind sie darauf gestoßen, daß es bei Kuhring in der Wohnung eine wunderschöne Möglichkeit gab, den Herrn Abteilungsdirektor mit Hilfe eines kleinen Unfalls ins

Jenseits zu befördern...» Und umständlich berichtete er von dem Handgriff über der Badewanne, den beiden Bolzen, die durch die Wand hindurch ins Schlafzimmer gingen und von der defekten Verlängerungsschnur. «Man hätte nur die blanken Drähte auf die beiden Schrauben zu legen brauchen und...»

«Hätte!» Mannhardt schrie fast. Sie mußten die entscheidende Passage in einem von Owis Büchern finden, es ging um Sekunden, und dieser Kretin da hielt ihn mit diesem nebensächlichen Quatsch auf. «Wo ist denn nun die Pointe bei der Sache?»

«Die Pointe ist die... Ich war doch bei der Feier bei Kuhring dabei, dieser Protestfeier, und erinnere mich noch genau, daß Kuhring den Brockmüller ins Schlafzimmer geschickt hat, um irgendwelchen Schnaps zu holen...»

«Ja – und?» Es war zum Kotzen!

«An Kuhrings Wecker sind eine Menge Fingerabdrücke von Brockmüller gefunden worden...»

Mannhardt war plötzlich hellwach, begriff sofort, was da... Das wäre genial gewesen. Aber das Motiv, das Motiv?

«Und noch was...» Olschas Stimme überschlug sich fast. «Vorhin in der Mansfelder Straße, im Büro, da kam mir Brockmüller mächtig verstört vor... Ich hab so den Eindruck, der hat die Seite 76 gefunden und weiß, wo Owis Aufzeichnungen stecken.»

Mannhardt sah auf einmal Land.

«Wo steckt denn Brockmüller jetzt?»

«Mir hat er gesagt, er fährt nach Hause, um da in seinen eigenen Büchern nachzusehen.»

«Hm...» Mannhardt schwankte. War das vorstellbar? War das nicht einfach zu phantastisch? Machte er sich lächerlich, wenn er etwas unternahm, oder gab's da Lorbeer zu ernten? Schon wollte er Olscha sagen, daß das alles Hirngespinste seien, aber dann stand wieder Owi vor ihm, das krankhafte Genie... Zuzutrauen war's ihm schon, daß er die Fäden so gesponnen hatte. Wenn Olscha recht hatte, wenn Brockmüller wußte, wo Owis Aufzeichnungen steckten – warum hielt er dann den Mund? Doch nur, um sie als erster und vielleicht einziger in die Hand zu bekommen. Und warum? Weil von dem, was drinstand, kein anderer wissen durfte. Und wenn das mit seinen Fingerabdrücken auf Kuhrings Wecker und der idealen Gelegenheit zu einem Mordversuch richtig war, dann konnte man auch absehen, was in Owis Aufzeichnungen stand: daß nämlich der Brockmüller dem Kuhring – aus welchen Gründen auch immer – ans Leder wollte.

Und wenn nun nicht Ossianowski die Vitaminkapseln mit Zyannatrium gefüllt hatte, sondern Brockmüller, und Owi in seiner genialen Gerissenheit nicht nur das, sondern auch die Reaktionen der Kriminalbeamten vorausgesehen hatte, dann...

«Hallo, Herr Mannhardt, sind Sie noch dran?»

«Ja doch!» Mannhardt mußte sich entscheiden, jetzt, blitzschnell. Und er tat es, wenn auch widerwillig. «Hören Sie, Olscha, Sie setzen sich in Ihren Wagen und fahren zu Brockmüller raus, ich komme auch hin... Ach, Scheiße, eh ich hier von Kladow aus drüben bin, bei dem Berufsverkehr durch Spandau durch... Die sollten doch endlich mal 'ne Brücke bauen!»

«Nehmen Sie doch die Fähre.»

«Das dauert doch ewig. Aber warten Sie... Rufen Sie mal bei der Wasserschutzpolizei an, die sollen mir ein Boot zur Anlegestelle nach Kladow schicken; da bin ich in drei Minuten mit dem Auto da. Wenn die Knaben nicht spuren, dann soll Dr. Weber mal Dampf dahinter machen.»

«Mach ich.»

«Sie warten dann drüben in Wannsee am BVG-Anleger auf mich, ja?»

«Oder Sie auf mich.»

«Schön; in vierzig Minuten müßten wir's schaffen!» Mannhardt warf den Hörer auf die Gabel und wischte sich den Schweiß von der Stirn.

Koch schaute herein. «Was ist denn los?»

«Wahrscheinlich weiß Brockmüller, wo Owis Aufzeichnungen stecken. Ich laß mich jetzt nach Wannsee übersetzen und seh mal nach, was er macht. Mit Olscha zusammen. Du schmeißt inzwischen den Laden hier. Sollte hier was passieren, was wir wissen müssen, dann über Funk... Also: Tschüs!» Mannhardt fegte hinaus.

O Wunder, die Wasserleichensucher waren wirklich zur Stelle, als er die Anlegestelle am Rohrsängersteig erreichte. Viel gaffendes Publikum an den Stegen der Stern- und Kreisschiffahrt – alles wollte heim zur Freybrücke; Spandau, Heerstraße.

Nach einer ebenso kurzen wie förmlichen Begrüßung setzte er sich ans Heck und gab den beiden Knaben zu verstehen, daß er keine Lust zum Quasseln hatte. Bloß mal zehn Minuten Ruhe!

Ab ging's. Motorlärm wie auf einem Seenotkreuzer... Ein Segelboot müßte man haben und was zum Fummeln an Bord.

An dieser Stelle mußte er damals, 1953 mit Annegret über den

Wannsee gepaddelt sein, im Leihboot natürlich. Siebzehn Jahr, blondes Haar. Alles noch Traum, alles noch Hoffnung. Daran gemessen war er längst gestorben. Na und?

Träumen zu können, das war die große Kraft, die ihn weiterleben ließ, die Chance, in bewußt geweckten Träumen alles zu erleben, was die Welt zu bieten hatte. Erfüllte Science-fiction-Visionen *en masse*, Reisen in die Zeit, vor und zurück, Entmaterialisierung des eigenen Körpers und neue Materialisierung auf fernen Kontinenten und Planeten, das Hineinschlüpfen in Heroen, die noch lebten oder längst gestorben waren. Opium, alles Opium; aber wie anders ließ sich diese Welt ertragen? Er wollte immer nur fliehen, ohne Ziel, nur immer fliehen, und er war Kriminaloberkommissar in Berlin (West), verheiratet, 2 Kinder, festgelegt auf diese Rolle – jahraus, jahrein. Und verdiente gut, war ein echter Kumpel und erfolgreich, besaß ein Haus im Grünen und haufenweise Krempel, erlebte viel und...

«Wir sind da!»

Wo denn...?

«In Wannsee drüben.»

Wannsee...?

«Drüben ist der Bahnhof.»

Was sollte er am Bahnhof Wannsee?

«Ihr Kollege wartet sicher schon.»

Ach so – Olscha. Brockmüller. Ossianowski. Das versteckte Manuskript. Die Realität.

Olscha, dieser verkümmerte Wikinger, war natürlich noch nicht eingetroffen... Olscha wirkte irgendwie knabenhaft und mickrig – trotz seiner 25 Jahre und seinen 1,75. Ein Typ wie... wie ein Jockey oder so. Offensichtlich hatte er sich auch aufs Pferd geschwungen und war hergeritten.

Mannhardt hatte das Gefühl, eben in einer wildfremden Stadt angekommen zu sein, und keiner am Bahnhof, der ihn abholte. Sein Haus, Lilo und die Kinder – alles nur Wunschträume eines Tramps? Hatte er eine Frau? War er Beamter? Wachte er gleich auf, und... Mannhardt schüttelte heftig den Kopf, um die Spinnweben zu zerreißen, die alles verschleierten. Passanten drehten sich nach ihm um.

Er starrte auf die Scharen der Schwäne und Enten herab. Ein Motorschiff, ganz Plexiglas, schluckte die unruhige Menge, die sich vor und auf dem Steg zusammendrängte. Der martialische Kahn der Wasserschützer dröhnte davon.

Wenn er weiter hier herumstand, drehte er tatsächlich noch durch. Also los – rein in die Telefonzelle gegenüber; Brockmüllers Nummer, Band A bis L...

Am Apparat war seine Frau; Annelie.

«Ja, guten Abend, Frau Brockmüller. Könnte ich mal Ihren Gatten sprechen?» Gatten! Wer sagt schon Gatten. Kann ich mal den werten Herrn Gatten...

«Ich muß mal sehen. Moment bitte.»

Wenn er nicht zu Hause war, brauchten sie nicht erst vor dem Haus auf ihn zu warten... Mußten die 'ne Riesenwohnung haben! Das dauerte ja... War er womöglich schon unterwegs? Dann gute Nacht, Marie!

«Er kommt sofort.»

«Ja, danke.» *Mensch! Wenn Brockmüller nun wirklich...*

Brockmüller meldete sich, und er klang derart nervös, daß auch ein Schwerhöriger gemerkt hätte: Achtung, hier stimmt was nicht! So sprach ein Kind, das seinem Vater zwanzig Mark aus dem Portemonnaie geklaut und dann nach dem ersten Verhör in plötzlicher Panik den Schein unbemerkt unter den Aschenbecher geschoben hatte, um nun seine Unschuld zu beteuern – siehe Michael Mannhardt letzte Woche... Und das bei einem Vater bei der Polizei.

«... nein, Herr Mannhardt, tut mir leid, ich habe auch zu Hause nichts gefunden – bisher noch nicht...»

«Dann suchen Sie doch bitte weiter, Herr Brockmüller.» Das Doktor schenkte er sich. Hoffentlich blieb der Eierkopp so lange zu Hause, bis Olscha endlich auftauchte. «Wir hoffen immer noch auf Sie...» Scheiße, war wohl 'n bißchen deutlich.

«Ich melde mich sofort, wenn...»

«Okay. Und Tschüs!» Aufgelegt und basta. Wenn der Gute wirklich getan hatte, was sich da abzuzeichnen schien, gebührte ihm der Titel Mörder des Jahres. Blieb nur die Frage: Warum? Ossianowski schien es gewußt zu haben.

Wenn nur dieser schwachsinnige Olscha... Da war er ja!

«Der Verkehr...» sagte er entschuldigend.

Mannhardt quetschte sich auf den Beifahrersitz. «Ab die Post! Ich hab eben angerufen – noch hockt er zu Hause. Aber wer weiß, wie lange.»

«Hat er was gefunden?»

«Nee. Kunststück...»

«Sie meinen also, er weiß zwar, wo Ossianowski die Aufzeichnungen versteckt hat, ist aber noch nicht dazu gekommen, sie aus dem Versteck zu holen?»

«Da gibt's zwei Möglichkeiten», sagte Mannhardt mit einem Schuß Herablassung. «Entweder Brockmüller hat das Manuskript schon – oder er hat's noch nicht. Immer vorausgesetzt, er hat die richtige Seite 76 gefunden und...» Er mußte gähnen. Kein Wunder. «... und... und...» Nun hatte er den Faden verloren.

Olscha dachte weiter. «Hat er es noch nicht, dann sollten wir warten, bis er es holt, uns also in der Nähe seiner Wohnung aufhalten...»

Ein kluger Kopf, dachte Mannhardt. Könnte direkt hinter der *FAZ* stecken.

«... hat er es aber schon, dann sollten wir uns mal bei ihm zu Hause umsehen.»

«Ja, natürlich.» Mannhardt wurde sarkastisch, ohne zu wissen warum: «Sicherlich hängen die entscheidenden Seiten schon eingerahmt bei ihm an der Wand!» Koch fehlte ihm. Lieber ein blöder und blödelnder Koch als ein schlauer und schlaumeiernder Olscha. Immerhin hatte Olscha entdeckt, daß Brockmüller möglicherweise in Kuhrings Wohnung einen Mordversuch vorbereitet hatte... War schon ein pfiffiges Bürschchen. Wenn Brockmüller tatsächlich dem Kuhring Gift unter die Vitamine gemischt hatte, würde Olscha zu Dr. Webers liebstem Jünger avancieren. Der Alte liebte solche Typen, insbesondere, wenn sie den richtigen Riecher hatten.

Na ja.

Sie hielten in der Conradstraße, von einem Lieferwagen verdeckt, Brockmüllers Hauseingang voll im Blickfeld.

«Ob er noch da ist?»

Mannhardt gab sich bissig. «Vielleicht ist es sein Zwillingsbruder, der da auf dem Balkon mit der lieben Annelie herumturnt.»

«Ah ja! Aber der gießt seine Geranien und sucht nicht in seinen Büchern herum. Das heißt also, er hat schon was gefunden.»

«Oder er hat's aufgegeben.»

Olscha demonstrierte den neuen Typ des Beamten: risikofreudig und voller Tatendrang. «Ich bin ja dafür, daß wir zu ihm raufgehen, ihn ausquetschen und uns, wenn er den Mund nicht aufmacht, alles ansehen, was er an Büchern da hat. Der Kerl, der ist bestimmt nicht ganz astrein.»

Mannhardt schwankte ein Weilchen, dann entschied er sich. «Nee, kommt nicht in Frage. Wenn wir uns geirrt haben, sind wir blamiert bis in alle Ewigkeit.»

«Ich weiß nicht...»

«Ich aber!»

Es knisterte ein bißchen zwischen ihnen, und Mannhardt zog es vor, lieber mit zielgerichteter Phantasie die vorbeigehenden Frauen und Mädchen zu mustern, als mit seinem sehr verehrten Kollegen Olscha weiterzudiskutieren... Was da so alles rumlief! Und er hockte tatenlos in Olschas stickiger Blechbüchse. Zehn Minuten, fünfzehn Minuten, zwanzig Minuten, fünfundzwanzig Minuten, dreißig Minuten, fünfunddreißig Minuten. Überall aßen sie Abendbrot; Fernsehschirme flimmerten.

Olscha begann leise zu singen: «Oh, wie wohl ist mir am Abend, mir am Abend – wenn die Abendglocken läuten: bimm, bamm, bimm, bamm. Ist das nicht herrlich – dieser Sonnenuntergang...»

«Tut mir leid, ich muß dringend pinkeln!»

«Mir ist es schon wieder vergangen.»

«Bis neun bleiben wir noch hier, dann kommt Koch uns ablösen.»

Olscha stellte den Polizeifunk ein, aber das Gequake machte sie noch mürrischer. Informationen gab's auch keine neuen mehr.

Da stand Brockmüller plötzlich in der Haustür, sah sich kurz nach links um und ging dann mit schnellen Schritten auf die Königsstraße zu.

«Da ist er!» rief Olscha.

Mannhardt, obwohl ebenfalls elektrisiert, zischte: «Mensch, ich würde noch das Megafon nehmen!»

Sie standen aber so günstig, daß Brockmüller sie, zumal die Dämmerung ziemlich schnell hereingebrochen war, auf keinen Fall entdecken konnte.

«Der macht bloß seinen Abendspaziergang», sagte Mannhardt.

«Ohne seine Frau?»

Unwahrscheinlich, zugegeben. Mannhardt mußte Olscha zustimmen. Mit Lilo hatte er jeden Abend seine Runden gedreht, als Michael und Elke unterwegs waren – undenkbar, daß er allein gegangen wäre. Aber vielleicht holte Brockmüller nur Zigaretten?

Nee, tat er nicht. Er steuerte auch nicht auf die Kneipe zu, die unten im Bahnhofsgebäude untergebracht war. Er ging unter der S-Bahnbrücke hindurch und stieg die steile Treppe zum Wald hinauf.

«Also doch der Abendspaziergang», sagte Mannhardt.

«Anhalten und hinterher», sagte Mannhardt, und Olscha bremste auch schon.

Minuten später begannen sie, etwas außer Atem, ihre sonderbare Wanderung durch den Forst von Düppel: Stahnsdorfer Damm überquert, Revierförsterei Dreilinden linkerhand liegengelassen, den Kurfürstenweg erreicht, Marsch in Richtung Steinstücken fortgesetzt. Zack, zack! Immer am Mann geblieben. Laue Sommernacht, ein paar Männer mit Hunden unterwegs, Liebespaare – vor und nach. Hinter ihnen wisperten sie. Schwule wohl, was?

Brockmüller immer in Sichtweite. Offensichtlich lief er nicht ziellos durch die Gegend, sondern wußte genau, wohin er wollte.

Ein Kreuzweg, Jagen 27, Jagen 28. Brockmüller hielt Kurs auf den dunkel aufragenden Bahndamm vor ihnen.

«Die Strecke nach Stahnsdorf», sagte Olscha. «Längst stillgelegt, seit 52 wohl. Da wachsen jetzt zwei Meter hohe Birken zwischen den Schienen.»

Gab's was, was dieser Olscha nicht wußte?

Brockmüller blieb stehen; sie schlüpften in eine kleine Schonung. Mannhardt benutzte die Gelegenheit und pinkelte endlich.

Brockmüller hatte unterdessen den Bahndamm erklettert; jetzt bewegte er sich auf die Brücke zu, die den sandigen Wanderweg überspannte. Seine Silhouette vor dem schmutzigroten Abendhimmel erinnerte an Western-Filme (Eastman-Color). Fehlte bloß das Pferd... Was einem so alles einfiel.

«Was will der denn da oben?» fragte Olscha, der Hilfssheriff.

«Sich vor 'n Zug werfen...» brummte Mannhardt. «Bloß schade, daß vor 1990 keiner kommt.»

«Pst!»

«Hier!» Mannhardt tippte gegen die Stirn. «Bei Ihnen piept's wohl.» Machte der halbe Hahn ihm Vorschriften!

Brockmüller legte Rast ein; war ja auch ein schöner Aussichtspunkt. Mal so 'n bißchen mit sich ins reine kommen und den ganzen *trouble* vergessen.

War wohl alles Quatsch, was sie da zusammenkombinierten. Dieser Olscha mit seinen Fingerabdrücken. Idiotisch!

«Sehen Sie mal...!»

Brockmüller wühlte plötzlich im Schotter herum.

Also doch!

Über ihnen ein Käuzchen.

In der Kuhle nebenan lachte ein Mädchen.

Ein Flugzeug zog nach Westen. Lautlos grün und rot.

Sekundenlang war es still bis auf das Zirpen der Grillen.

Jeden Augenblick mußte Brockmüller das Manuskript – einen Schnellhefter vielleicht, ein Tagebuch – in den Händen halten. Sie spannten schon die Muskeln, um loszuspurten, notfalls die Waffen zu ziehen und...

Da!

Ein Feuerschein. Eine scharfe Detonation. Dann ein langgezogener Schrei.

16

«Trost?» fragte Annelie. «Lassen Sie mal, Fräulein Lux, da gibt es nicht viel zu trösten... Ja, es ist schrecklich, aber mein Mann... Nein, zu einer Sturzgeburt ist es zum Glück nicht gekommen, obwohl – nach dem Schock...! Sicher, das Kind wäre schon lebensfähig gewesen, aber... Da bleiben ja oft Schäden bei solchen Frühgeburten zurück. Ja... Ja... Ich glaube schon, daß Sie das Ganze fürchterlich mitgenommen hat... Ein Rückfall, ja. Wer hätte auch gedacht, daß mein Mann... Bei allem Verständnis für Herrn Ossianowski, bei allem Mitleid: das war zuviel, das war gemein, das war geradezu teuflisch. Nicht nur, daß er Herrn Kuhring... Ja, ja. Ach, machen Sie sich mal keine Sorgen, daß Sie auch noch dran glauben müssen: jetzt hat die Kripo ja seine Aufzeichnungen in den Händen und kann präventive Maßnahmen ergreifen. Was sagen Sie: Owi ruht nicht eher, bis er sie alle erledigt hat – nein, das glaube ich nicht. Die Explosion gestern abend, das war der Schlußpunkt...»

Annelies Stimme machte Brockmüller schläfrig. Dazu die vielen Spritzen, die Tabletten, die Nachwirkungen der Narkose. Lieb von der Lux, daß sie hier im Krankenhaus angerufen hatte, aber nun sollte sie endlich aufhören zu quaddeln.

Nun ist alles überstanden.

Brockmüller fühlte sich wohl, fühlte sich erleichtert, so heiter, als hätte er eben eine halbe Flasche Sekt auf nüchternen Magen getrunken. Und das trotz der Schmerzen im linken Arm, in der linken Hand. Der kleine Finger war weg, zwei Fingerkuppen fehlten.

Du bist dein Leben lang verstümmelt.

Glück ist die Summe allen Unglücks, dem wir entgangen sind – und er lebte noch; es hatte nur die linke Hand erwischt. Beim VfB Stuttgart hatte mal ein Läufer gespielt, der hatte nur einen Arm; daran gemessen ging's ihm ja noch gold, und er konnte Tennis spielen wie bisher.

Noch mal davongekommen.

Zehntausende lebten vom Krieg her mit solchen Verletzungen, wie er sie hatte, glücklich und in Frieden. Wichtig war nur, daß Annelie ihm alles verziehen hatte. Die Beichte war ihm schwergefallen, aber... Nun war wieder alles im Lot. Er war sicher, daß sie ihn noch nie so geliebt hatte wie jetzt, wo es ihm so dreckig ging.

Du wirst Anna-Lena sehen – oder Alexander. Es wird alles gut werden.

Vorhin hatte ein Freund angerufen – manchmal paßt eben doch alles zusammen: Es gab da in der Nähe von Nürnberg einen schönen Job für ihn; Organisationsleiter in einem Unternehmen, das sich an der linken Vergangenheit seiner Mitarbeiter nicht sonderlich störte.

In zwei Monaten sind Owi und Kuhring, sind Zumpe und die Sondergruppe vollkommen vergessen.

«... jetzt Schluß machen, Fräulein Lux, sonst... Ja, vielen Dank für Ihren Anruf, und alles Gute für Sie. Ja, werd ich ihm bestellen, ja, danke... Ja... Auf Wiederhören! – So!» Mit einem Seufzer der Erleichterung ließ Annelie den Hörer auf die Gabel fallen. «Das hast du nun davon, daß du 2. Klasse liegst.»

«Eben Zumpe, jetzt die Lux – das wird langsam 'n bißchen viel.»

«Der Zumpe ist wohl auch am Ende...»

«Kunststück: er ist doch der einzige, der noch ungeschoren ist.»

«Abgesehen von seinen Magengeschwüren.»

«Schön; aber die Angst, nun doch noch... Den letzten beißen die Hunde.»

«Er ist doch dem Tod schon von der Schippe gesprungen, wie's immer so schön heißt: gleich zu Anfang, als sein Motorboot in die Luft geflogen ist – durch Zufall ohne ihn.»

«Trotzdem. Er sagt sich sicher: bei Kuhring war's auch erst der Wagen und dann...»

«Nun hör auf!» Sie beugte sich, mühsam balancierend, über ihn und küßte ihn. «Faß mal an, Alexander ballert wieder.»

«Anna-Lena!»

«Alexander!»

Er legte seine linke Wange auf ihr Kleid, lauschte und lächelte. «Tatsächlich... Der wird mal Mittelstürmer bei Hertha.»

«Also doch Alexander.»

«Meinetwegen – wenn er mir ähnlich sieht.»

Sie saßen schweigend beieinander. Das zweite Bett in ihrem Zimmer war leer. Der Mann am Fenster war gestern abend, kurz bevor sie Brockmüller eingeliefert hatten, an den Folgen eines Verkehrsunfalls gestorben.

Du hast mehr Glück als Verstand.

Es war schön, hier zu liegen, Annelie an seiner Seite. Da war die Stimmung wieder, aus der heraus sie sich damals verlobt hatten.

Als es klopfte, zum fünftenmal in dieser Stunde, zuckten sie kaum noch zusammen; sicher wieder eine Schwester, die was bringen oder kontrollieren wollte.

Aber in der Tür stand Mannhardt; übernächtigt, unlustig, bärbeißig. Breitschultrig, wie er war, ähnelte er in seinem zerknitterten grauen Anzug eher einem Gangster als einem Polizisten.

Brockmüllers Magen krampfte sich zusammen.

Jetzt bist du fällig!

Ach was! Der konnte ihm gar nichts.

«Morgen allerseits», sagte Mannhardt und fixierte ihn mühsam. «Ich hätte gern mit Ihnen allein gesprochen...» Er hielt Annelie die Tür auf. «Sie warten bitte draußen im Besucherraum – ich melde mich dann bei Ihnen.»

«Was ist denn los?» fragte Annelie.

«Das wissen Sie wohl besser als ich! Bitte...»

Der haut ja ganz schön auf den Putz!

Brockmüller fühlte noch, wie Annelie ihm einen Kuß auf die Stirn drückte, dann war sie verschwunden. Plötzlich saß Mannhardt da, wo sie eben noch gesessen hatte. Wie bei der Vorführung von Dias: Klick – und ein neues Bild war da.

Brockmüllers Stimmungslage wechselte ständig; nach dem ersten Erschrecken eben noch bereit, Mannhardt zu verspotten, merkte er jetzt, daß er zitterte. «Ich hab's doch nur gut gemeint», sagte er rasch. «Ich wollte Owis Aufzeichnungen finden und sie Ihnen auf dem schnellsten Wege bringen – die Belohnung!»

«Wie nett von Ihnen...» Mannhardt lächelte vielsagend und bekam dann plötzlich einen Wutanfall. «Mensch, für wie dämlich halten Sie mich denn eigentlich? Wenn Sie mir in den nächsten fünf Minuten nicht erzählen, warum Sie gestern abend da draußen im Wald rumgekrochen sind, dann laß ich Sie auf der Stelle ins Polizeikrankenhaus bringen!»

Der macht dich fertig. Der macht dich garantiert fertig...

Brockmüller, durch die horizontale Lage und seine verbundene Hand ohnehin im Nachteil, duckte sich unwillkürlich vor Mannhardt. Am liebsten hätte er sich die Bettdecke über den Kopf gezogen.

«Meine Hand tut mir weh, ich bin doch schon bestraft worden... Denken Sie doch auch mal an meine Frau; sehen Sie denn nicht, daß sie...»

«Ja doch», schnauzte Mannhardt. «Meinen Sie, ich halte das für versetzte Blähungen?»

«Ich habe Ihnen doch gesagt, daß ich...»

«Mensch!» Mannhardt schlug mit der Faust auf den beigestellten Tisch, daß die Tasse mit dem restlichen Kaffee umkippte. «Scheiße!» Er wischte die bräunliche Brühe mit einem seiner Tempotaschentücher auf und schaltete ganz plötzlich auf liebenswürdig. «Also, Herr Doktor: Warum wollten Sie Owis gesammelte Werke unbedingt vor mir lesen? Kommen Sie, reden wir mal Tachles!»

Der hat dich durchschaut, der ist cleverer als du.

Brockmüllers Widerstand schmolz dahin. Es war ja alles so egal. Annelie wußte es ohnehin schon, und wenn sein Chef von der Sache erfuhr – er kündigte ja ohnehin in den nächsten Tagen. Blieb so etwas wie ein Schamgefühl und die Hemmung, einem Fremden gegenüber ein Geständnis abzulegen.

«Na...?» Mannhardt wurde schon wieder ungeduldig.

«Es sind neun Gründe», sagte Brockmüller, «genau neun...»

Mannhardt zog sein Notizbuch aus der Tasche. «Ich bin ganz Ohr...»

«Erstens», begann Brockmüller, «hatte ich Angst, Owi würde mich als intellektuellen Urheber dieser... dieser Späße bloßstellen, die wir mit ihm getrieben haben. Das hätte mich viele Sympathien gekostet, und meine Frau...»

«Okay – gebont!»

«Zweitens hatte ich Angst, daß sich Hinweise bei ihm finden würden, wie wenig ich für die EUROMAG getan habe.»

Mannhardt nickte. «Drittens?»

«Ich habe eine Menge Nebentätigkeiten ausgeübt, Vorträge gehalten und so, von denen keiner was wußte.»

«Hm...»

«Ich habe die Lux viel mit privaten Schreibarbeiten beschäftigt, was verboten ist. Aufsätze, Teile eines neuen Buches.»

«Fünftens?»

«Ich hatte Angst, daß Owi meine ganzen negativen Eigenschaften aufzählt...»

Mannhardt brummte etwas von Lappalien.

«Meine Frau ist da sehr empfindlich.»

«Nun reden Sie nicht dauernd um den heißen Brei herum!»

Brockmüller hatte nur noch den einen Wunsch: schlafen, immer nur schlafen. Ihm fielen fast die Augen zu.

«Ihr Nickerchen können Sie nachher machen.»

«Ich bin häufig zu spät gekommen; eigentlich ständig...»

Mannhardt blaffte ihn an. «Wenn Sie mich jetzt verscheißern wollen, passiert ein Unglück, das versprech ich Ihnen!»

«Wenn man so was macht, da spielt doch vieles eine Rolle», sagte Brockmüller. Wenn der bloß erst weg wäre! Er raffte sich zu einem Gegenangriff auf: «Wenn ich nicht sofort erfahre, was in Owis Aufzeichnungen steht, sage ich kein Wort mehr!»

Mannhardt sah ihn an. «Mensch, das ist die einzige Chance, die Sie noch haben», sagte er mit Nachdruck. «Wenn Sie wüßten, wie tief Sie in der Tinte stecken, würden Sie reden wie ein Wasserfall.»

Mein Gott, was ist denn?

Brockmüller war schweißgebadet. Was hatte Owi da noch eingefädelt? Er begriff plötzlich, daß da etwas geschehen war, das seine Existenz bedrohte. Noch war alles verdeckt, aber wenn Mannhardt plötzlich den Vorhang zur Seite riß... Er sah eine Falltür, er sah sich in die Tiefe stürzen. Mannhardts Gesicht verschwamm plötzlich.

«Soll ich Ihnen ein Glas Wasser holen?»

«Nein, danke...» Brockmüller fing sich wieder. Er erwachte wie vorhin aus der Narkose. Er hatte das Gefühl, seine Gedanken, seine Assoziationen müßten wie feine Eisensplitter in einem chaotischen Durcheinander durch den Hohlraum seines Kopfes schwirren und jeden Augenblick die Schädeldecke durchstoßen, so daß er im wahrsten Sinne des Wortes außer sich zurückbleiben mußte. Ein Geisteskranker. Er stellte sich vor, daß sein Wille der große Magnet war, der die Eisenteilchen wieder einfangen und ordnen konnte.

Du darfst jetzt nicht durchdrehen!

«Mir fehlen noch die Punkte sieben, acht und neun», sagte Mannhardt unerbittlich.

Brockmüller stieß sie hervor; drei heftige Ausbrüche.

«Ich hab mal einen Vetter in die EUROMAG eingeschleust, obwohl ich wußte, daß er eine Niete ist... Ich habe Donnersmarck und den ganzen Vorstand als einen Haufen von Fachidioten und Fachisten beschimpft... Ich habe meine Frau mit Gaby, mit Fräulein Gross betrogen.»

Es war heraus. Gott sei Dank!

Aber Mannhardt klappte sein Notizbuch zu, ohne ein Wort geschrieben zu haben.

«Vielen Dank für Ihre Beichte, und wenn's nach mir geht: te absolvo. Aber für mich haben Sie aus einem ganz anderen Grunde Ossianowskis Aufzeichnungen unterschlagen wollen – aus einem...»

«Das habe ich gar nicht.»

«... aus einem Grunde, der recht schwerwiegend ist. Ossianowski ist der Ansicht, daß Sie Kuhring ermordet haben – sozusagen die Gunst der Stunde nutzend.»

«Kuhring?» Brockmüller fühlte sich nicht im geringsten getroffen – das war zu lächerlich. «Das ist doch wohl ein Witz! Und warum, bitte schön? Das Motiv?

Mannhardt blieb kühl. «Das Kind, das Ihre Frau da austrägt, das stammt von Kuhring.»

Brockmüllers Eisenteilchen durchstießen die Schädeldecke. Er begriff nicht viel, er begriff nur, daß dies sein Todesurteil war. Der Sturz in die Bewußtlosigkeit war die Erlösung, die er brauchte. Irgendwie nahm er noch wahr, wie ihm jemand eine Spritze in die Vene jagte.

Ich hab dir ja immer gesagt, daß Annelie und Kuhring...

Völliger black-out.

Als er wieder zu sich kam, mühselig und noch im Erwachen qualvoll gurgelnd wie ein Ertrinkender, waren, wie er nach mühsamem Entziffern seiner Armbanduhr erkannte, kaum vierzig Minuten vergangen.

Er war allein im Zimmer.

Wo war Mannhardt? Wo war Annelie? War das noch sein altes Zimmer, oder schon die Zelle?

Das Zimmer.

Du bist für sie ein Mörder und du bleibst für sie ein Mörder.

Jetzt begriff er. Das war Owis Rache; Owi mußte alles gewußt haben, alles ganz genau.

Er hatte sich mit Gaby eingelassen, damals nach der Betriebsfeier, und Annelie hatte alles erfahren. Vielleicht von Owi, wahrscheinlich von Owi. Annelie war dann, um sich zu revanchieren, mit Kuhring ins Bett gegangen, mit Kuhring, der ohnehin immer scharf auf sie war und mit einiger Wahrscheinlichkeit schon vor ihrer Verlobung mit Annelie geschlafen hatte. Es sprach eine Menge dafür, daß das Kind von Kuhring war.

Alexander, Anna-Lena... Aus!

Wenn Kuhring Anna-Lenas Vater war, gab es keinen, der ihn, den Dr. rer. pol. Bodo Brockmüller, nicht für Kuhrings Mörder hielt.

Ob Annelie ihn retten würde?

Und wenn. Was nutzte schon ihre subjektive Aussage, wenn der Vaterschaftsnachweis klipp und klar erbrachte, daß...

Owi hatte gesiegt.

Es war die Spritze, die Brockmüller darin hinderte, mit dem Kopf gegen die Wand zu rennen oder aus dem Fenster zu springen. Er verfiel wieder in den Zustand, in dem er sich als Objekt ansah, dessen Verhalten und dessen Gedanken von einem Schriftsteller aufgezeichnet wurden: *Gottergeben lag er in seinem Bett und wartete auf die Dinge, die da kommen würden. Ob man ihn gleich ins Polizeigefängnis brachte? Oder ob möglicherweise eine geschickte Aussage Annelies die Überführung um einige Zeit verzögerte? Diese Fragen beschäftigten ihn, ohne ihn indes zu quälen, denn...*

Wieder das Telefon neben seinem Bett.

«Brockmüller, bitte...?»

«Hier ist Olscha; könnte ich mal Herrn Mannhardt sprechen?»

«Der ist gerade nicht hier.»

«Okay, ich melde mich in fünf Minuten wieder.»

Komisch.

Brockmüller versank in einen wohligen Dämmerzustand und ließ froh getönte Bilder aus seiner Kindheit, aus seiner Jugendzeit an sich vorüberziehen.

Er sieht, wie die erste Eisenbahn, noch mit einem Uhrwerk aufzuziehen, unter dem Weihnachtsbaum fährt und die drei kleinen Loren, mit Dominosteinen beladen, hinter sich herzieht. Er sieht, wie er in seinem ersten Fußballspiel, in rotweißer Kluft, auf das gegnerische Tor zusteuert und den Ball zwischen die Pfosten setzt. Er sieht, wie er unter der Bettdecke, im langsam verglimmenden Licht seiner Taschenlampe, den ersten Liebesbrief liest, von Marianne. Er sieht...

Da stand plötzlich, wie in einem Trickfilm herbeigezaubert, Mannhardt an seinem Bett. Annelie hinter ihm. Sie kommt näher, sie küßt ihn.

«Tut mir leid», sagte Mannhardt. «Aus dem Mutterpaß Ihrer Frau kann man mit ziemlicher Sicherheit den Termin der... der Empfängnis...»

«... und da waren wir doch zur Hochzeit in Hamburg», fällt Annelie ein. «Deine Cousine... Fünf Tage davor und fünf Tage danach.»

Brockmüllers Augen leuchteten. *Komm, wenn die ihre Hochzeitsnacht haben, können wir unsere mal wiederholen...* Richtig!

«... und Herr Ossianowski wußte nichts von unserer Reise, weil er da gerade zur Kur war», fügte Annelie hinzu.

Mannhardt war verblüfft. «Aber wie kommt er denn dann auf die Idee, daß...?»

Brockmüller erinnerte sich plötzlich, lachte auf. «Das war doch ein Scherz von Kuhring und mir. Weil Owi solche Sachen immer so tragisch nahm und langatmige philosophische Vorträge hielt, haben wir ihm beide – getrennt natürlich – erzählt, daß Annelie – na und so weiter... Der war ganz weg. Wenn er schon selber nichts erlebte, dann...»

«Hör auf», sagte Annelie.

«Der hat doch alles geglaubt, was man ihm erzählt hat – wie ein Dreijähriger.»

«Das wäre also vom Tisch», sagte Mannhardt. «Von mir aus – ich glaube Ihnen. Ob der Staatsanwalt einen Vaterschaftsnachweis beantragt, weiß ich natürlich nicht. Ist aber unwahrscheinlich.»

Du bist aus dem Schneider, alles in Butter!

Brockmüller zog Annelie zu sich herab. Jetzt hatten sie ihren Frieden. Alexander war *sein* Sohn, Anna-Lena war *seine* Tochter. Zwanzig Jahre hinter Gittern gespart.

Wieder das Telefon.

«Das wird Ihr Kollege Olscha sein», sagte Brockmüller.

«Der?» Mannhardt war erstaunt.

«Der war eben schon mal dran.»

Mannhardt nahm den Hörer ab. «Herr Olscha...? Ja, ich hab schon gehört... Was gibt's denn?»

Brockmüller hörte deutlich mit, was Olscha sagte.

«... Nachtrag zum Labor-Bericht gekommen – da war einer krank geworden: In zwei Reagenzgläsern aus Owis Keller war mit absoluter Sicherheit Zyannatrium; genau das gleiche Zeug, mit dem Kuhring vergiftet worden ist. Damit ist ganz klar, daß Ossianowski selber Kuhring umgebracht hat.»

«Sehr schön... Das heißt, scheußlich.» Mannhardt legte auf.

Gott sei Dank!

Brockmüller umarmte Annelie.

Mannhardt hatte sich inzwischen auf das leerstehende Bett gesetzt und knipste die Leselampe an und aus. «Sagen Sie mal, Herr Brockmüller, wie kommen eigentlich Ihre Fingerabdrücke auf Kuhrings Wecker?»

Was will er denn jetzt schon wieder? Ist doch alles erledigt.

Brockmüller war verwirrt, brauchte Sekunden, um sich zu erinnern. «Kuhrings Wecker...?» fragte er, um Zeit zu gewinnen.

«Ja, der auf der Kommode im Schlafzimmer. Auf diesem Sideboard... Haben Sie den angefaßt – ja oder nein?»

«Wenn Sie sagen, meine Fingerabdrücke... Ach ja! Das war, als wir bei ihm gefeiert haben. Ich sollte den Whisky... eh, den Whisky, ja den sollte ich aus dem Schlafzimmer holen und...» Brockmüller stockte endgültig.

Das ist eine Falle!

Er sah den Haltegriff im Badezimmer, sah die Bolzen, die durch die Wand ins Schlafzimmer gingen, sah die blanken Kupferlitzen der Verlängerungsschnur.

Mannhardt weiß alles.

Mannhardt steckte sich ein Pfefferminzplättchen in den Mund. «Und Ende Juni waren Sie bei Ossianowski draußen in Kladow?»

«Ja...»

«Das Haus besichtigen?»

«Nein, nur so mal...»

«Da waren Sie auch im Keller – oder?»

Brockmüller schloß die Augen und ließ sich tiefer ins Kissen sinken.

«Auch im Keller?» wiederholte Mannhardt.

«Ja.»

17

Schräg gegenüber der Mordkommission, schon in der Kurfürstenstraße, lag eine Buchhandlung, und Mannhardt stöberte an diesem Vormittag in den Regalen. Seine Einstellung zu Büchern war auch nach der nervtötenden Blätteraktion bei Ossianowski draußen positiv geblieben. Erstaunlich. Wobei ihn zu dieser Stunde in erster Linie die bunten Buchrücken entzückten, das kindliche Vergnügen an Farben. Wenn er ein Buch aus einer der endlosen Reihen herauszog, dann tat er das zu seiner Überraschung – ansonsten war er Rechtshänder – mit der linken Hand... Nur um zu sehen, daß er noch einen kleinen Finger dort hatte und zwei unversehrte Fingerkuppen? Er konnte eben die Gedanken an Brockmüller und an Kuhring nicht vollends verdrängen. Ganz zu schweigen von Ossianowski.

Der Fall war abzuschließen, noch vor dem Mittagessen; jede weitere Diskussion war sinnlos und hielt sie nur von anderen Aufgaben ab. Nur ein Narr konnte noch daran zweifeln, daß Ossianowski selber Kuhring vergiftet und dann versucht hatte, Brockmüller diesen Mord anzuhängen. Dabei war ihm zugute gekommen, daß Brockmüller Kuhrings Wecker angefaßt hatte und damit in einen bestimmten Verdacht geraten war. Er hatte aber von vornherein falsch kalkuliert, denn Kuhring konnte nach Lage der Dinge unmöglich der Vater von Annelie Brockmüllers Baby sein. Da war der sonst so kluge Owi reingefallen; wahrscheinlich hatte er sich hinreißen lassen von der krankhaften Freude, die er bei der Vorstellung empfand, nun die anderen ins Unglück zu bringen. Solche Dreiecksgeschichten pflegten ja selten mit Freudentänzen zu enden. Verständlich, daß er den beiden blind geglaubt hatte, verständlich auch, daß er sein Wissen genutzt hatte, um Brockmüller ein paar Jahre hinter Gittern zu verschaffen. Treten und getreten werden. Genial? Kaum. Aber verdammt gerissen.

Ein Mensch zu werden, war schon das größte Unglück, das einem Lebewesen widerfahren konnte. Und unter den Menschen war der am beschissensten dran, der seine Brötchen bei der Mordkommission verdienen mußte...

Mannhardt griff nach einem Buch. Pulitzerpreis, sieh da! Nat Turner... Nee, William Styron: *Die Bekenntnisse des Nat Turner*... Er war urlaubsreif. Spielerisch ließ er die Seiten über den rechten Daumen laufen. Auf Seite 31 blieb er hängen und überflog den letzten Absatz. *In mancher Hinsicht, so dachte ich, muß eine Fliege mit zu den glücklichsten von Gottes Geschöpfen gehören. Gehirnlos geboren, gehirnlos sich ernährend, wo es Wärme und Feuchtigkeit gibt, paart sie sich gehirnlos, vermehrt sich und stirbt wieder hirnlos, ohne je Elend und Leid kennenzulernen*...

Da hatte er durch Zufall gerade die Stelle gefunden, die seiner augenblicklichen Stimmung am besten entsprach – und das versetzte ihn ruckartig in eine Welt, in der es Sonne gab und Lachen. Komische Reaktion. Irgendein Aberglaube? Vielleicht. Und er zerquetschte mit

Styrons Taschenbuch eine Fliege, die über einen aufgeklappten Mondatlas kroch.

Ohne ein Buch zu kaufen und mit einem feindseligen Blick auf das Regal, in dem die Kriminalromane standen, verließ er den Laden. Was tun? Ein bißchen bummeln? Zurück ins Büro? Der Fall Ossianowski war abgeschlossen; sie hatten sich 'ne kleine Ruhepause verdient. Aber andererseits gab's wieder Krach, wenn der Alte ihn beim Nichtstun erwischte. *Ora et labora*... Arschloch!

Neben ihrem Sandsteinkasten zogen sie einen Neubau hoch; er sah ein bißchen zu, dann stieg er zum Büro hinauf. Drei Minuten später verfluchte er sich, daß er nicht den Kudamm hinuntergelaufen war.

Koch kam auf ihn zu, ganz aufgeregt. «Du, der Schloo hat ein Geständnis abgelegt!»

Mannhardt war verblüfft, brauchte eine Sekunde, um genau zu wissen, wer Schloo eigentlich war. Dann lachte er. «Der hat doch schon vor ein paar Tagen ein Geständnis abgelegt.»

«Ja – aber das hat er inzwischen widerrufen.»

Mannhardt verstand die Welt nicht mehr. «Schloo hat doch zugegeben, daß er Ossianowskis Killer war...?»

«Das hat er nur getan, um uns in die Irre zu führen und seinen Leuten Zeit zu geben, sich abzusetzen.»

«Mir geht's jetzt wie Barzel: Ich schau da nicht mehr durch...»

«Schloo ist überführt...»

«Überführt?» Mannhardt machte eine hilflose Geste. «Einer von uns beiden hier muß verrückt geworden sein.»

«Immer sachte! Die Kollegen in Baden-Württemberg haben bombensichere Beweise, daß Schloo Mitglied der sogenannten Tränengas-Bande war und zumindest beim Raubüberfall in Karlsruhe mitgemacht hat. Aber, was das Wichtigste ist: Er war es, der in Ulm den Juwelier erschossen hat. Diesen Puhvogel – Ulrich Puhvogel.»

«Ja, ja, ich erinnere mich», murmelte Mannhardt.

«Als du weg warst, hat Schloo alles zugegeben. Dr. Weber war dabei, Olscha und ich.»

«Und die zerrissenen Geldscheine, die ich bei Schloo gefunden habe?»

«Die stammen nicht von Owi, sondern von seinem Chef. Dafür sollte er einen Kumpel umlegen, der nicht mehr so richtig funktioniert hat.»

Mannhardt fluchte. Da hatte er mal wieder was verpaßt. Der Schloo hatte schon richtig kalkuliert. Als Owis erfolgloser Killer hätte er ein

Zehntel von dem gekriegt, was er als Puhvogels Mörder bekam, zumal sich ja die Sache mit Brockmüller auf der Avus leicht als Unfall auslegen ließ... Und da war noch etwas: In Owis Aufzeichnungen stand kein einziges Wort von Schloo!

«Wir müssen jetzt davon ausgehen, daß Owis Killer noch immer frei herumläuft», sagte Koch.

«Hm, müssen wir wohl...»

«Und die Lux, Zumpe und Brockmüller leben noch, wenn auch leicht lädiert...»

«Du sagst es!» Mannhardt hätte sich am liebsten in die Ecke gesetzt und geheult, oder sich wenigstens besoffen. Nun ging das ganze Theater noch einmal von vorne los.

Scheiße!

Er hatte kaum die Nachricht verdaut, daß Schloo zwar ein Mörder war, aber nicht das geringste mit Ossianowskis pathologischer Rache zu tun hatte, und angeordnet, Brockmüller, Zumpe und die Lux von nun an wieder unter Polizeischutz zu stellen, da schrillte sein Telefon.

«Nein...!» schrie Mannhardt in die Muschel.

«Sitten sind das!» Am anderen Ende der Leitung lachte Dr. Weber. «Der Geist, der stets verneint?»

«Ich hab nur vier Stunden geschlafen...» murmelte Mannhardt.

«Militia est vita...»

«Bitte – *heute nicht!*» Jetzt war ihm alles egal. «Der eine arbeitet, und der andere läßt dauernd dumme Sprüche ab – ich hab das satt! Und wenn sich da nicht bald was ändert, dann passiert ein Unglück!» Er knallte den Hörer auf den Apparat.

«Mensch...!» Koch war fassungslos.

Mannhardt saß da, starrte auf seinen Kalender und begriff nur allmählich, was eben geschehen war. War es überhaupt geschehen?

Er zog die unterste Schreibtischschublade heraus, griff sich seine Cognacflasche und nahm einen kräftigen Schluck. Dann nahm er noch einen.

Plötzlich erfaßte ihn ein rauschhaftes Glücksgefühl. Endlich war er der, der er schon immer sein wollte! Wie hieß der Spruch, der bei Dr. Weber an der Wand hing, der Spruch von Beaumarchais: *Mittelmäßig und kriechend, so gelangt man zu allem.* Eine Verhöhnung aller Mitarbeiter. Aber was ihn, Mannhardt, betraf, die Wahrheit. Doch jetzt war Schluß damit. Wenn ihn die Bürokratie nicht anders hochkommen ließ, dann wollte er lieber unten bleiben. Es war ja so piepwurschtegal, ob er nun Hauptkommissar wurde oder nicht...

Aber der Rausch verflog schnell. Niedergeschlagenheit trat an seine Stelle. Würde Weber ein Verfahren gegen ihn einleiten? Würde er ihm das Leben zur Hölle machen? Würde man ihn versetzen, degradieren, entlassen? Er hatte eine Frau und zwei Kinder zu ernähren... Hätte er bloß den Mund gehalten!

Olscha kam ins Zimmer.

Brachte er die Aufforderung von Dr. Weber, mal ein paar Tage Urlaub zu nehmen?

«Der Alte ist ja vollkommen am Boden zerstört», sagte Olscha. «Mensch, ich dachte schon, der stürzt sich aus dem Fenster. Ich hab das alles mitgekriegt – gratuliere! Dem ist das vielleicht unter die Haut gegangen.»

Mannhardt atmete auf. Vielleicht ließ sich das Ganze mit der Formel *Wir müssen alle Lernprozesse durchmachen* wieder aus der Welt schaffen, ohne daß einer von ihnen das Gesicht verlor.

«Was gibt's denn?» fragte er automatisch.

«Eine ganze Menge», sagte Olscha. «Zumpe ist in einem Hausflur in der Fidicinstraße niedergestochen worden.»

Mannhardt fuhr hoch. «Tot...?» Dr. Weber war vergessen.

«Nein. Er liegt im Urban-Krankenhaus. Eine zehn Zentimeter tiefe Stichwunde, einen Zentimeter von der Wirbelsäule entfernt, aber keine Lebensgefahr mehr.»

Mannhardt wußte nicht, was er sagen sollte.

«Wie kommt der denn in die Fidicinstraße?» fragte Koch. «Der hat doch ganz woanders gewohnt.»

«Da hat er seit gestern ein Zimmer; seine Frau ist mit der Tochter in der alten Wohnung geblieben. Sie wollen erst mal eine Weile getrennt leben...» Olscha steckte sich eine Zigarette an. «Ich hab noch mit Zumpe telefoniert, vor 'ner Stunde etwa. Über den Apparat seiner Wirtin. Er hatte sich 'n Tag freigenommen, um umzuziehen. Ich mußte ihm doch sagen, daß Schloo nicht der Killer sein kann und Ossianowski mit Sicherheit einen anderen bezahlt hat. Na ja, er soll sich vorsehen, hab ich gesagt, bis einer von uns da ist... Weber hatte nicht gleich jemand, den er schicken konnte – jetzt, wo so viele in Urlaub...»

«Das geht also auf seine Kappe», stellte Mannhardt fest.

«Damit konnte doch keiner rechnen!»

«Ist denn Zumpe schon vernehmungsfähig?» fragte Koch.

Olscha schüttelte den Kopf. «Der Arzt sagt, nicht vor heute abend.»

«Zeugen?» fragte Mannhardt.

«Nein, bis jetzt hat sich noch keiner gemeldet. Zumpe selbst hat überhaupt nichts gesehen, nur einen Schatten. Hat mir jedenfalls der Arzt am Telefon erzählt.»

«Fidicinstraße – wo ist denn das?»

«In Tempelhof, gleich am Flughafen. Die zweite Querstraße wohl, geht vom Mehringdamm ab.»

«Und das Haus?»

«Die Leute von der Spurensicherung sind gerade da... Der Alte hat mit der Funkwagenbesatzung gesprochen. Offenbar ein Altbau, Gründerzeit oder so, und ein dunkler, ziemlich verwinkelter Hausflur.»

Mannhardt stand auf. «Uns bleibt wohl nichts weiter übrig, als auch mal hinzufahren, obwohl da sicher nichts bei rauskommt. Also – Abfahrt!»

Sie fuhren zu dritt zur Fidicinstraße, alle ziemlich schlecht gelaunt. Und tatsächlich gab die Tatortbesichtigung nicht das geringste her. Kein Aas hatte den Täter gesehen, nirgends ein Mann, der sich irgendwie verdächtig gemacht hätte. Keine vernünftigen Spuren, nur eine große Blutlache. Zumpe hatte furchtbar geschrien, und die Portiersche war in den ersten Stock hinaufgerannt, um vom Apparat seiner Wirtin aus 110 anzurufen. Sie hatten gar nicht erst versucht, Zumpe das Messer aus dem Rücken zu ziehen. Es lag jetzt im Urban-Krankenhaus, ein Funkwagen sollte's abholen und ins Labor bringen.

«Name und Adresse stehen da bestimmt nicht drauf», brummte Mannhardt.

Die Portierfrau, dick und müffelnd, erinnerte sich daran, daß es ein ganz normales Fahrtenmesser war. «So eins hat mein Enkel, der ist bei die Pfadfinder, wissense.»

«Aha... Hat denn einer Frau Zumpe benachrichtigt?»

Olscha nickte. «Ja, hab ich. Die arbeitet draußen in Gartenfeld, Siemens-Kabelwerk. Ich glaube, im Einkauf. Sie will erst abends ins Krankenhaus fahren, wenn ihr Mann... also, wenn sie mit ihm sprechen kann. Nun kriegt man am Telefon nicht alles mit, aber – na, so richtig erschüttert war sie nicht gerade.»

«Kein Wunder», sagte Koch. «Bei denen war doch schon drei Jahre lang Krieg.»

«Und wenn ich mich recht erinnere: Zumpe wollte sich nicht scheiden lassen, der hängt immer noch an ihr – oder?»

«Ich glaube ja...» Koch blätterte in seinem Notizbuch herum, fand aber nichts. «Müssen wir mal fragen.»

«Okay.»

Sie fuhren in die Keithstraße zurück, und Mannhardt erlebte eine frohe Überraschung, als er in seinem Büro eine junge Dame antraf, die... Nun, die junge Dame war schlicht umwerfend. Kupferfarben das lange Haar, mehr als kurz der Minirock, und Schenkel wie... wie... Also so was sah man sonst nur im *Schulmädchenreport.*

Sie waren direkt enttäuscht, als sich die Schöne als die Schreibkraft Gabriele Gross, drei Jahre EUROMAG, entpuppte.

Mannhardt setzte sich, murmelte etwas Unverständliches, seinen Namen wohl, und schob Koch einen Stuhl hinüber. «Nett, daß Sie uns – setzen Sie sich doch bitte... Nett, daß Sie uns besuchen. Herr Koch und ich...» Da blitzte es bei ihm. «Moment mal – Gross, sagen Sie? Sie sind doch, pardon, die Dame, mit der Herr Brockmüller...»

«Ja...» hauchte Gaby.

Mannhardt schaltete auf witzig-galant. «Ich verstehe und beneide ihn.»

«Danke.»

«Und was verschafft uns die Ehre?»

«Wir haben gehört, daß nun auch Herr Zumpe...»

«Mann, geht das schnell!» Koch wollte sich auch ins Gespräch bringen.

Gaby sah ihn aufmunternd an. «Ja...»

Mannhardt zwang sich zur Sachlichkeit. «Haben Sie eine Ahnung, wer das getan haben könnte?»

«Nein. Aber...»

«Aber?»

Gaby starrte auf ihre Knie. «Ich weiß nicht, ob... Aber ich glaube, es könnte Sie...»

Mannhardt bot ihr eine Zigarette an.

«Danke.»

Koch gab ihr Feuer und nutzte die Gelegenheit, ihr tief und herausfordernd in die Augen zu blicken. Mannhardt war nahe dran, zum zweitenmal an diesem Tage zu explodieren.

Gaby inhalierte den Rauch mit einer gewissen Süchtigkeit. «Ganz kurz: Wissen Sie eigentlich, wer der Mann war, der Zumpes Ehe kaputtgemacht hat – das heißt, zu wem Frau Zumpe ziehen wollte, nachdem sie sich von ihrem Mann getrennt hatte?»

«Keine Ahnung.»

«Zu Kuhring!»

Mannhardt hielt die Luft an. Auch Koch war ganz entgeistert.

«Sie wollten heiraten; es war alles abgesprochen.»

«Und...» Mannhardt mußte sich erst räuspern. «Und woher wissen Sie das?»

Das Mädchen machte eine hilflose Geste. «Ich war mit Herrn Kuhring... befreundet. Sehr eng sogar. Und er hat mit mir Schluß gemacht, um...» Achselzucken.

«Verstehe...» Mannhardt dachte nach. Owi konnte sich geirrt haben, und Zumpe konnte genau das getan haben, was sie Brockmüller unterstellt hatten. Und Ossianowskis Killer, den das alles herzlich wenig anging, hatte ihn niedergestochen... Möglich war auch, daß Frau Zumpe, Jutta hieß sie wohl, wußte, wer Kuhring umgebracht hatte, und nun... Ja, sie konnte die Situation ausgenutzt haben, diese Theorie, daß Ossianowski einen Killer bezahlt hatte, um ihren, ja, Geliebten zu rächen. Jede erwachsene Frau war kräftig genug, um mit einem Messer... Oder ein anderer hatte es für sie getan. Sie hatte ja genau gewußt, daß ihr Mann in die Fidicinstraße gezogen war.

«Herzlichen Dank, Fräulein Gross», sagte Mannhardt. Mein Gott, für eine Stunde mit der hätte er allerlei gegeben... Er wandte sich schnell an Koch: «Du fährst sofort zu Frau Zumpe raus und nimmst sie unter die Lupe.»

«Wenn's sein muß... Das ist zwar ein kleiner Umweg, aber da kann ich Fräulein Gross gleich ins Büro zurückfahren.»

Mannhardt sah ihn böse an. Man sollte den Kerl wirklich kastrieren!

«Auf Wiedersehen!» Mannhardt ging ins Schreibzimmer hinüber und knallte die Tür hinter sich zu. Die beiden Damen an den Schreibmaschinen, alles andere als jung und morgenschön, mußten ihm erst mal zwei Bockwürste holen und eine Tasse Kaffee kochen, ehe er wieder Boden unter die Füße bekam.

Kaum hatte er sein kärgliches Mahl beendet, kam der nächste Schlag.

Am Apparat war ein gewisser Popp; Postrat, wie er sagte, bei der Landespostdirektion, Dernburgstraße. Seine Beamten hätten natürlich, wie alle Berliner, den Fall Ossianowski mit größter Aufmerksamkeit verfolgt, und so sei es kein Wunder, daß sie stutzig geworden wären, als sie heute vormittag in...

«Hallo...?!» Der Postmensch war plötzlich weg. «Hallo...!»

«Ja, Herr Mannhardt, Verzeihung. Da muß irgend etwas mit der Leitung...»

«Sie sollten sich mal bei der Post beschweren.»

«Also folgendes: bei uns auf dem Hof hier liegt ein Päckchen, das Herr Ossianowski vor etwa vierzehn Tagen nach Italien geschickt hat – und zwar an, warten Sie... An einen Signor Giulio Linaro – 58043 Castiglione della Pescaia Poggiodoro, Provinz Grosseto, Italia...»

«Ja – und...?» Mannhardt sah noch keinerlei Zusammenhänge.

«Diesen Mann gibt es gar nicht. Jedenfalls nicht unter dieser Adresse. Das geht aus einem Aufklebezettel hervor, den die italienischen Kollegen auf dem Päckchen angebracht haben.

«Also: Empfänger unbekannt, zurück an Absender?»

«Ja, sage ich doch!»

Wenn das stimmte, dann... Ja, was dann? Auf alle Fälle hatte sich Ossianowski etwas dabei gedacht. Aber was? Sicher war nur, daß das Päckchen nach seinem Tode nach Berlin zurückkommen und dort die Aufmerksamkeit der Postbeamten erregen sollte.

«Hallo, sind Sie noch da, Herr Mannhardt...?»

«Ja... Moment mal, bitte.» Verdammt noch mal, was mochte dahinterstecken? Sprengstoff vielleicht? War Ossianowski davon ausgegangen, daß der Kriminalbeamte, der die Untersuchung leitete, das Päckchen öffnete und dann auch hopsging? Zuzutrauen war es ihm.

Ein Irrtum? Kaum. Ein Gag? Auch nicht. Wurde ein Giulio Linaro von Interpol gesucht? Mannhardt rief Olscha und ließ die Sache prüfen.

Der Herr Postrat wurde langsam ungeduldig. «Was ist denn nun?»

«Wo liegt denn das Päckchen?»

«Bei uns auf dem Hof, sagte ich bereits. Die Beamten aus Kladow haben es in einem Dienstwagen hergebracht – da liegt es noch drin.»

«Augenblick mal...» Olscha stand in der Tür. Mannhardt hielt die Hand über die Muschel. «Was ist?»

«Bei Interpol Fehlanzeige.»

«Und im Fahndungsbuch?»

«Steht auch kein Giulio Linaro drin.»

«Danke.»

«Nun kommen Sie doch mal zu 'ner vernünftigen Entscheidung!» rief Popp.

Blödmann! «Ich hab mir sagen lassen, bei Ihnen geht's auch nicht so schnell!» knurrte er. «Höchstwahrscheinlich ist Sprengstoff in dem Päckchen. Lassen Sie's liegen, wo's liegt, bis die Spezialisten vom Landeskriminalamt da sind und Bleiplatten rüberdecken. Und lassen Sie Ihre Leute in Deckung gehen. Ansonsten: herzlichen Dank für den freundlichen Hinweis und bis gleich!» Er warf den Hörer auf die Gabel. Daß die Jungs alle 'nen Flitz kriegten, wenn sie im höheren Dienst waren.

Mannhardt griff zum Telefon, informierte die Kollegen drüben in der Gothaer Straße und setzte die ganze Maschinerie in Bewegung. Die sollten auch mal was tun für ihr Geld. Er selbst griff sich Olscha und ließ sich von ihm zur Landespostdirektion in der Dernburgstraße fahren, war gleich am Bahnhof Witzleben.

Popp wartete schon, ein Eunuchentyp mit dicker Hornbrille, und Mannhardt dachte an Koch; der hätte diesen aufgeblasenen Frosch vielleicht gefragt, ob er der Erfinder des Popcorns sei.

Der gelbe Kombi mit Owis Päckchen stand einsam und verlassen in der Ecke des Hofes. Popp erklärte, daß ein paar mutige Kollegen die ringsum geparkten Wagen schon weggefahren hätten. Helden gab es immer wieder. Unter diesen Umständen waren die Beamten vom Landeskriminalamt klug genug, auf spektakuläre Aktionen zu verzichten. Keiner von ihnen hatte Lust, mit Ossianowskis Päckchen zum Röntgen zu fahren, ebenso hielten sie's für unsinnig, an Ort und Stelle die Bindfäden zu lösen und den Inhalt in Augenschein zu nehmen. Immerhin war das Ding nicht ganz leicht. Das fahrbare Delaborierungsgerät war gerade defekt. Ausgerechnet. So taten sie das, was auch Mannhardt für das Klügste hielt: sie deckten das Päckchen mit dicken Bleiplatten ab und ließen nur eine faustgroße Öffnung frei, um es ohne Risiko beschießen zu können.

Die Spannung stieg. Sie gingen in Deckung, und der Scharfschütze legte an. Die Köpfe oben an den Fenstern verschwanden. Mannhardt kauerte mit Olscha hinter einem Mauervorsprung.

Feuer!

Zwei Schüsse peitschten über den Hof.

Nichts.

Was auch immer in Ossianowskis Päckchen sein mochte, Sprengstoff war es nicht.

So standen sie alle im Kreis herum, als Olscha die Strippen durchschnitt, die Verpackung aufriß.

«Mensch – ich werd verrückt!»

Zum Vorschein kamen, neben einem schweren Aschenbecher und einem alten Reisewecker, gebündelte Geldscheine.

Mannhardt zählte. Popp und Olscha zählten mit.

«Ungefähr sechzigtausend Mark», sagte Mannhardt. «Ossianowskis gesamtes Vermögen.»

Womit bewiesen war, daß es keinen Killer gab und nie einen gegeben hatte.

Amen!

Dafür gab es einen kleinen Zettel mit Owis kunstvoll-gestochener Schrift:

Meinen herzlichen Glückwunsch, Herr Kommissar! Ich bitte dieses Blatt Papier als meinen Letzten Willen zu betrachten und verfüge hiermit, daß die beiliegende Summe jenem Verlag zukommen soll, der mein Manuskript ‹Die größten Katastropen der Menschheit› mit einer Mindestauflage von 10000 Exemplaren auf den Markt bringt. Es grüßt Sie letztmalig

Ihr
Otto-Wilhelm Ossianowski

«Dem wird noch postum der Nobelpreis verliehen werden», sagte Mannhardt.

«Wir sollten froh sein, daß er den großen Katastrophen der Menschheit nicht eine weitere hinzugefügt hat», sagte Popp.

«Was nicht ist, kann noch werden», sagte Olscha.

Mannhardt fand das alles zum Kotzen. «Kommen Sie, packen Sie den ganzen Krimskrams ein und ab!» Er hatte nur noch das eine Bedürfnis: nach Hause und hinter Sandhausen in der Havel baden.

Aber das war ein Wunschtraum. Es gab zwar keinen Killer, aber es gab einen fast gekillten Zumpe.

Als Olscha ihn in die Keithstraße gefahren hatte und er in sein Büro zurückkehrte, saß Koch im Besuchersessel und sprudelte sofort los:

«Du, diese Frau Zumpe, die ist völlig harmlos! Die hat mit dem Überfall auf ihren Mann nichts zu tun, da leg ich meine Hand für ins Feuer. Klar, sie wollte weg von ihm und Kuhring heiraten, aber sie haßt Zumpe nicht. Für sie ist Owi Kuhrings Mörder – alles andere ist undenkbar.»

«Geh, schreib dein Protokoll und laß mich in Ruhe.»

«Was war denn mit Owis Paket?»

«Nichts. Außer daß sein gesamtes Vermögen drin war.»

«Dann hat Schloo also recht, und es gibt keinen Killer.»

«Ich bewundere deinen Scharfsinn.»

«Und wer hat Zumpe niedergestochen?»

«Laß mich in Frieden und halt endlich mal die Schnauze!»

Mannhardt ließ sich auf seinen sparsam gepolsterten Stuhl fallen, stützte die Ellbogen auf den Tisch und legte sein Gesicht in die Schale der Hände.

Noch zwei Wochen bis zum Urlaub. Menorca, Ciudadela. In der Sonne liegen, schwimmen, alles vergessen... Das Mühlrad in seinem Kopf drehte und drehte sich.

Er blickte zu Koch hinüber, der seelenruhig den *Abend* las.

«Wo hast du dich denn mit Gaby verabredet?» Er mußte was sagen – durch Reden kam 'ne Unterhaltung zustande.

«Mit Gaby...?»

«Mit wem denn sonst! Fräulein Gross – EUROMAG!»

«Im *Reno*.»

«Wer spielt denn da zur Zeit?»

«Keine Ahnung. 'ne Band wahrscheinlich.»

«Auch keine höheren Interessen, was?»

«Nee. In diesem Fall würd ich eher sagen, tiefere.»

«Du bist eine alte Sau, Mensch!»

«Was kann ich dafür? Milieugeschädigt...»

Mannhardt winkte müde ab. Er fühlte sich ausgelaugt, fertig. Eine Batterie läßt man aufladen, wenn sie leer ist. Aber einen Beamten... Sein Vergleich gefiel ihm nicht; er kam sich im Augenblick weniger wie eine Batterie vor als wie eine ausgequetschte Zitrone, und das gefiel ihm noch weniger.

Wer hat Zumpe das Messer zwischen die Rippen gerammt?

Aber es hatte keinen Sinn, daß er sich zur Konzentration zwingen wollte. Seine Gedanken liefen kreuz und quer; nicht er dachte, sondern es dachte in ihm.

Gib's auf! Du verkrampfst dich bloß noch mehr. Lenk dich ab!

Mannhardt ließ Zumpe Zumpe sein und begann, die Namen der amerikanischen Bundesstaaten aufzuschreiben.

Mal sehn, ob ich sie alle zusammenkriege...

Alabama, Arkansas, Colorado, Connecticut, Delaware, Idaho, Indiana, Maine, Nebraska... Nevada, Kansas, Kalifornien, Texas, Florida... Mississippi, Montana, Missouri... Utah, Wyoming, New Mexico... Scheiße, damit war's aus. Nee: Virginia... Georgia, Pennsylvania... Ohio... Iowa... Der Faden riß. Iowa. Iowi. Owi. Zumpe... Verdammt noch mal! Iowa... I = ich, auf Englisch, und owa. Ich. Alle Leute denken an sich, nur ich allein denke an mich... Na und? Wer tut denn was für einen, wenn nicht er selber? Selbst ist der Mann... Iowa... Minnesota...

Selbst ist der Mann?

Na klar!

«Hast du 'n Zollstock da?»

Koch zuckte zusammen. «Brüll doch nicht so... Nee, wozu?»

«Lauf schnell zum Hausmeister und hol einen – na los doch!»

«Bist du...»

«Mensch, hau ab!»

Koch lief aus dem Zimmer.

Ja, das war's. Das mußte es sein!

Koch kam mit dem Zollstock zurück. Mannhardt nahm ihn und klappte ihn auseinander.

«Du bist doch ziemlich genauso groß wie Zumpe, nich?»

«Ja...» Koch begriff nun überhaupt nichts mehr.

«In welcher Höhe hat der den Stich abbekommen – so in etwa? Zeig mal!»

Koch hielt den rechten Zeigefinger an die Stelle.

Mannhardt maß nach. «Ein Meter dreizehn.»

«Was soll denn der Quatsch?»

«Los, zur Fidicinstraße!»

«Soll ich nicht lieber 'n Arzt...?»

«Wenn du nicht gleich spurst, brauchen wir wirklich einen: weil ich dir dann sämtliche Rippen gebrochen habe... Ab!»

Koch war ein bißchen eingeschnappt, und so fuhren sie schweigend zu der Stelle, an der Zumpe in einer Blutlache aufgefunden worden war.

Sie hielten, stiegen aus und traten in den Hausflur.

«Bleib am Lichtschalter stehen. Wenn das Licht ausgeht, drückst du gleich auf 'n Knopf.»

«Zu Befehl», brummte Koch. «Wär ich nie drauf gekommen.»

Mannhardt klappte den Zollstock auseinander, hielt den Daumen auf die Marke 110-13 und ging, den anderen, mit Blech beschlagenen

Teil über die Fliesen ziehend, langsam an der rechten Wand entlang, und an der Stelle, wo in den Fugen noch Spuren verkrusteten Blutes zu erkennen waren. Zentimeter um Zentimeter suchte er die Wand ab; sie war glatt und mit flaschengrüner Ölfarbe gestrichen.

Koch verfolgte sein Tun mit wachsendem Unverständnis, drückte aber gehorsam auf den Knopf, wenn die Deckenbeleuchtung erlosch.

Und Mannhardt fand, was er suchte: in 1,14 m Höhe vom Boden gemessen, eine muldenförmige Vertiefung von ovaler Form, mit einem größten Durchmesser von vielleicht 20 mm und etwa 4 mm tief. Die Farbe hatte wie eine elastische Haut nachgegeben; nur an den Rändern der Delle war sie stellenweise gerissen, so daß der Verputz zum Vorschein kam.

Mannhardt atmete auf. Triumph! Endlich mal einer. Jetzt konnte Dr. Weber anstellen, was er wollte, jetzt prallte alles ab. Erfolg macht unabhängig, Erfolg macht mächtig... Er winkte Koch herbei und zeigte ihm seine Entdeckung.

Langsam, sehr langsam dämmerte es auch bei seinem Assistenten. «Du meinst also... Du meinst, er hat das Messer mit dem Griff gegen die Wand gesetzt und sich...» Er brach ab, weil ein Hausbewohner, ein älterer Mann, mit einer schäbigen Einkaufstasche vorbeiging und sie sekundenlang anstarrte. «Du meinst also, er hat sich selbst mit dem Körper, mit dem Rücken gegen die Messerspitze gedrückt – so lange, bis die Klinge...»

«Ja, das meine ich.»

«Das ist doch Wahnsinn!»

«Nein, Berechnung. Zumpe hat Kuhring das Gift in die Vitaminkapseln getan, er hat ihn ermordet – in der Gewißheit, daß alle Welt Ossianowski für den Mörder halten würde. Doch dann tauchten plötzlich Owis Aufzeichnungen auf, und er mußte von der Möglichkeit, sogar von der Wahrscheinlichkeit ausgehen, daß Ossianowski wußte, wen seine Frau nach der Scheidung heiraten wollte – seine Frau, die er noch immer abgöttisch liebt. Die Aufzeichnungen also, die ihn – seiner Meinung nach – als Kuhrings Mörder ausweisen mußten. Alles sprach gegen ihn, auch die Tatsache, daß er bisher von allen vier Kollegen als einziger mit heiler Haut davongekommen war. Das muß seine Reaktion erst so richtig ausgelöst haben – das und die Tatsache, daß Schloo plötzlich als Owis Killer ausschied, es also – da das Geld weiterhin verschwunden blieb – einen anderen Killer geben mußte... Und diese seine letzte Chance hat er genutzt.»

«Klingt logisch...» Aber Koch war noch nicht so recht überzeugt.

«Zugleich war's wohl auch eine Flucht aus der Wirklichkeit, ein Zeichen für die Umwelt: Ich kann nicht mehr. Oder auch ein echter Selbstmordversuch, der wie ein Mord aussehen sollte, weil er sich schämte, daß... Ein Mann wie Zumpe, der posaunt es nicht gern aus, wenn er scheitert.»

Koch kratzte sich am Kopf. «Ich weiß nicht recht...»

Mannhardt lächelte. «Ich hab noch meinen Plastikbeutel vom Frühstück in der Tasche...» Er zog ihn aus dem Jackett. «Gib mir mal bitte dein Taschenmesser...»

Mannhardt kratzte, etwa einen Meter von der Druckstelle entfernt, Farbe und Mörtel von der Wand. «So! Ich bring das Zeug zum Labor; du holst bitte das Messer aus dem Krankenhaus, falls es noch keiner abgeholt hat, und kommst dann nach. Das heißt – nee: Du wartest sicherheitshalber hier, bis ich die Leute von der Spurensicherung alarmiert habe. Wer weiß... Also, bis dann!»

Anderthalb Stunden später, als sie voller Ungeduld und Unmengen von Kaffee trinkend, in ihrem Büro saßen, kam das Ergebnis aus dem Labor: Mannhardt hatte recht, hatte doppelt recht, weil auch, wie die Ärzte im Urban-Krankenhaus bestätigten, der Verlauf der Stichwunde darauf schließen ließ, daß sich Zumpe das Messer selber in den Rücken gedrückt hatte.

«Du bist schon ein Genie», sagte Koch. Ehrliche Anerkennung, als Ironie getarnt.

«Nicht Genie, sondern Gedächtnis.» Mannhardt warf ihm ein Heft der *Kriminalistik* auf den Tisch. «Heft 2, Februar 1970. Lies mal den Artikel auf Seite 85...»

Koch blätterte, suchte. «Ein Mordversuch? Von Dr. jur. Karl Ender, Polizeipräsident, Wiesbaden...?»

«Genau. Da hat ein 16jähriges Mädchen in Wiesbaden dasselbe versucht.»

Koch sah ihn an. «Und was nun?»

«Damit kriegen wir totsicher einen Haftbefehl gegen Zumpe.»

«Meinst du, er legt ein Geständnis ab?»

«Mal sehen. Wir fahren jedenfalls nachher ins Krankenhaus – vorausgesetzt, er ist vernehmungsfähig.»

«Na schön, ich bereite alles vor.»

Gegen 19 Uhr standen sie im Urban-Krankenhaus am Bett von Zumpe. Hager und von gelblicher Gesichtsfarbe war er schon immer gewesen, doch nun starrte ihnen eine Mumie entgegen. Auf einmal erschien es Mannhardt unsagbar grausam, ihm die Wahrheit ins Gesicht zu sagen. Dieser Mensch hier brauchte Pflege, Hilfe, Liebe – und nicht zwanzig Jahre Haft. Mannhardt spürte einen starken Impuls, alle Akten zu verbrennen und Zumpe zu retten. Andererseits war ihm klar, daß es einzig und allein die erfolgreiche Aufklärung des Falles Ossianowski/Zumpe war, die ihn selber rettete – ohne sie hätte ihn Dr. Weber völlig fertiggemacht... Scheißspiel. Natürlich stand er nicht wirklich vor einer Alternative. Aber er war zugleich froh, daß er nicht zu entscheiden brauchte. Dabei kam ihm in den Sinn, daß vermutlich mancher kleine SS-Mann in gewissen Situationen etwas Ähnliches gedacht haben mochte... Der liebe Gott, wenn es den wirklich gab, würde eines Jüngsten Tages auch keinen leichten Job haben.

«Guten Abend, Herr Zumpe», sagte Koch.

«Guten Abend...» murmelte Mannhardt.

«Sie wollen wissen, wie das mit dem Überfall war?» fragte Zumpe mit schwacher Stimme.

«Nein», sagte Mannhardt mechanisch und hörte seine Stimme wie von einem Tonband. «Ich wollte nur wissen, ob es stimmt, daß Ihr Vater Apotheker war und daß Sie früher mal ein Pharmaziestudium abgebrochen haben?»

Koch hatte ihm diese Information von Frau Zumpe mitgebracht.

Zumpe war erstaunt. «Ja...»

«Und Sie waren im Mai und Juni dieses Jahres zweimal bei Herrn Ossianowski draußen in Kladow?»

«Ja, wir sind da nach dem Baden vorbeigekommen, und...»

Mannhardt tat das, was er tun mußte; er ließ das Fallbeil heruntersausen. «Dann lesen Sie doch bitte mal diese Protokolle hier – und die Schlußfolgerungen...» Sagen konnte er es nicht.

Zumpe las. Langsam, mühsam.

Mannhardt atmete tief durch. Ossianowski konnte stolz sein auf seine ‹Strecke›: Kuhring tot, Zumpe zu lebenslanger Haft verurteilt, Brockmüller verstümmelt; ob die Lux einen bleibenden Schaden davongetragen hatte, stand noch nicht fest... Morgen fand Owis Einäscherung statt, und er hatte sich vielleicht noch wirksamer gerächt, als er beabsichtigt hatte. Oder hatte er wirklich mit voller Absicht Brockmüller des Mordes an Kuhring bezichtigt und durch die Wahl seines Buches dafür Sorge getragen, daß er die Aufzeichnungen fand? Es schien fast so. Genial gesponnen. Mein Gott, was hätte aus diesem Mann werden können, wenn...

Zumpe ließ die Blätter auf die Bettdecke sinken und sah Mannhardt mit großen Augen an.

Mannhardt brachte keinen Ton heraus.

Zumpes Augen füllten sich langsam mit Tränen. Dann flüsterte er kaum hörbar: «Es stimmt, ich war es...» Er schloß die Augen und wandte sich ab.

Wer war hier ein Mörder – Zumpe? Ossianowski? Oder Kuhring und Brockmüller? Oder... Mannhardt?

Mannhardt und Koch gingen auf den Flur hinaus.

«Soll ich dich nach Hause fahren?» fragte Koch.

«Nein, danke; ich nehm 'n Taxi.»

Dann stand er unten auf der Urbanstraße und wartete auf ein Taxi. Er fühlte sich schuldig. Im Verlauf der Untersuchung des Falles hatte er Ossianowskis Menschenhaß gelegentlich geteilt und sich, wenn er ehrlich war, insgeheim gefreut, wie da ein Unterdrückter seine Peiniger erledigt hatte, einen nach dem anderen. Doch nun begriff er, daß sie alle Opfer waren, daß diese Welt nur Opfer kannte.

Autos schossen vorüber, fünftausend Mark wert, zehntausend, fünfzehntausend. Gegenüber flimmerten Farbfernseher. Und morgen gratulierten sie ihm alle, und er kämpfte weiter um die Beförderung zum Hauptkommissar, um ein paar Mark mehr im Monat, und jeder Mensch, dem er zehn Jahre Gefängnis verschaffte, war ein weiterer Pluspunkt für ihn... Er wußte, daß diese düstere Stimmung nicht anhalten würde; er kannte sich in dieser Beziehung. Aber er wußte auch, daß sie sich immer einmal einstellen würde.

Er sah das gelbe Licht eines Taxis vom Hermannplatz her nahen und winkte.

Der Wagen rollte aus, er zog an der hinteren Tür. Sie war verschlossen, und der Fahrer mußte sich erst nach hinten biegen, um sie zu öffnen.

«Wo soll's denn hingehen?» fragte er.

«Waikiki», antwortete Mannhardt. «Und fahren Sie bitte schnell.»

«Wei... Wie bitte? Wo soll 'n das sein?»

«Auf Hawaii», sagte Mannhardt.

6 Millionen rororo thriller

Ein ungewöhnlicher Erfolg für die rororo thriller, über die der Kölner EXPRESS urteilte: «Hier finden engagierte Leser in der Sprache perfekte, in der Handlung außergewöhnliche, psychologisch interessante Literatur.»

PATRICIA HIGHSMITH ● Mord mit zwei Durchschlägen [2117] ● Alibi für zwei [2126] ● Tod im Dreieck [2162] ● Venedig kann sehr kalt sein [2202] ● Das Zittern des Fälschers [2279]

TONY HILLERMAN ● Wolf ohne Fährte [2239]

CHESTER HIMES ● Heroin für Harlem [2134] ● Lauf, Nigger, lauf! [2141] ● Heiße Nacht für kühle Killer [2165] ● Der Traum vom großen Geld [2169]

ANNE HOLDEN ● Wahrheit aus zweiter Hand [2295]

ROBERT HOLLAND ● Fremder Asphalt [2306 – April 74]

P. M. HUBBARD ● Killereiland [2257] ● Hochwasser acht vor zehn [2265]

SÉBASTIEN JAPRISOT ● Porträt einer Dame im Auto mit Brille und Gewehr [2128] ● Weekend im Tresor [2196]

FRED KASSAK ● Lerne morden ohne zu töten [2145] ● Karussell der Erpresser [2227] ● Wenn Liebe über Leichen geht [2263] ● Mord in Fortsetzungen [2275]

H. R. F. KEATING ● Der Pfau muß Federn lassen [2187] ● Finger weg von Heiligen Kühen [2268]

HARRY KEMELMAN ● Am Freitag schlief der Rabbi lang [2090] ● Am Samstag aß der Rabbi nichts [2125] ● Quiz mit Kemelman [2172] ● Am Sonntag blieb der Rabbi weg [2291] ● Am Montag flog der Rabbi ab [2304 – März 74]

-ky ● Zu einem Mord gehören zwei [2221] ● Einer von uns beiden [2244] ● Von Beileidsbesuchen bitten wir abzusehen [2250] ● Stör die feinen Leute nicht [2292]

BERNARD-PAUL LALLIER ● Der Sturz des Schwarzen Engels [2203]

ELMORE LEONARD ● Schwarzer Schnaps und blaue Bohnen [2289]

ELIZABETH LININGTON ● Einsatz für Maddox [2271] ● Vier Mörder für Maddox [2278]

ROSS MACDONALD ● Reiche sterben auch nicht anders [2155] ● Triff mich in der Leichenhalle [2171] ● Manche mögen's eiskalt [2179] ● Tote ertrinken nicht [2183] ● Durchgebrannt [2242]

RALPH MALONEY ● Gentlemen in roten Zahlen [2305 – April 74]

Nationalzeitung, Basel:

«... rororo thriller sind für raffinierte Genießer psychologisch perfekter Kriminalromane ein vollendeter Genuß: blendend geschrieben, perfekt gemacht.»

HANSJÖRG MARTIN ● Gefährliche Neugier [2069] ● Kein Schnaps für Tamara [2086] ● Einer fehlt beim Kurkonzert [2109] ● Bilanz mit Blutflecken [2138] ● Cordes ist nicht totzukriegen [2146] ● Meine schöne Mörderin [2161] ● Rechts hinter dem Henker [2167] ● Blut ist dunkler als rote Tinte [2190] ● Einer flieht vor gestern nacht [2218] ● Tod im Dutzend [2237] ● Feuer auf mein Haupt [2256] ● Mallorca sehen und dann sterben [2270] ● Bei Westwind hört man keinen Schuß [2286] ● Schwarzlay und die Folgen [2303 – März 74]

WHIT MASTERSON ● Unfehlbarkeit kann tödlich sein [2149] ● Mein Mann ist irr und läßt mich grüßen [2176] ● Die Zeugin soll sterben [2236] ● Ein Sarg für Colonel Heaston [2290]

HELEN McCLOY ● Drei in einem Sarg [2166] ● Lüg, wenn du kannst [2182]

JAMES McKIMMEY ● Dann schlachten wir den Sündenbock [2160] ● Gejagt, gehetzt, gefangen [2192] ● Tränen an getuschten Wimpern [2211] ● Die jungen Wilden [2216]

MARK McSHANE ● Party zu fünft [2137] ● Handwerk hat doppelten Boden [2180] ● Alte Feindschaft rostet nicht [2226]

JENNIE MELVILLE ● Die Mörder von morgen [2285]

MICHAEL MOLSNER ● Harakiri einer Führungskraft [2178]

STEFAN MURR ● Nummer fünf – so leid es mir tut [2277] ● Der Tod war falsch verbunden [2301 – Febr. 74]

D. J. OLIVY ● Frag nie den Polizisten [2255]

JANINE ORIANO ● B wie Baptiste [2266]

LAURENCE ORIOL ● Die schweigende Zeugin [2132] ● Meine Kinder, die Mörder [2199] ● Besondere Kennzeichen: keine [2233] ● Hysterie [2272]

THOMAS PAGE ● Countdown für einen Killer [2153]

JUDSON PHILIPS ● Die Zündschnur brennt [2206] ● Fünf kleine Mörderlein [2215] ● Schüsse in Connecticut [2296]

JOYCE PORTER ● Dover schlägt zu [2248]

IRENE RODRIAN ● Wer barfuß über Scherben geht [2194] ● Küßchen für den Totengräber [2307]

17 bedeutende Preise
wurden den rororo thriller-Autoren bereits verliehen, u. a. wiederholt die «Edgar Allan Poe-Auszeichnung der Mystery Writers of America», der «Grand Prix de Littérature Policière» und der Preis der «Crime Writers Association».

MARTIN RUSSELL ● Keine Schlagzeilen für Mr. Hobbs [2185] ● Das Blut an meinen Kleidern [2225] ● Vor Redaktionsschluß [2284] ● Stimme ohne Gesicht [2293]

FRANCIS RYCK ● Ein Sender im Gepäck [2222] ● Alle Fäden in ihrer Hand [2254]

PETER SANDER ● Blues für Kitty [2124]

GIORGIO SCERBANENCO ● Stirb bei tiefgekühlten Fischen [2259] ● Die Signorina ohne Revolver [2269] ● Ein kleines Hotel für Sadisten [2283]

CHRISTOPHER SHORT ● Ein Sheriff aus dem Süden [2200]

SIDNEY SHELDON ● Der Arzt und die Unsichtbaren [2273]

MAJ SJÖWALL / PER WAHLÖÖ ● Die Tote im Götakanal [2139] ● Der Mann, der sich in Luft auflöste [2259] ● Der Mann auf dem Balkon [2186] ● Endstation für neun [2214] ● Alarm in Sköldgatan [2235] ● Und die Großen läßt man laufen [2264] ● Das Ekel aus Säffle [2294]

MARTIN SMITH ● Die Hörner des Bockes [2297]

MIKE ST. CLAIR ● Nur ein ganz kleiner Mord [2252]

LOUIS C. THOMAS ● Nacht im Nirgendwo [2163]

PETER TOWNEND ● Stirb auf Sardinien [2299 – Febr. 74]

BILL TURNER ● Für die Katz [2147] ● Zwei Köder für die Falle [2193] ● Trau keinem unter dreißig [2208] ● Das letzte Grab für dich [2253] ● Solden und die Damen (2300 – Febr. 74]

MACGREGOR URQUHART ● Mädchenkiller [2207]

JOHN HOLBROOK VANCE ● Das tödliche Tal [2157] ● Die feinen Leute von Pleasant Grove [2181]

DENYSE VAUTRIN ● Autor im Kreuzverhör [2298]

FRIEDHELM WERREMEIER (Jacob Wittenbourg) ● Ich verkaufe mich exklusiv [2151] ● Taxi nach Leipzig [2188] ● Der Richter in Weiß [2210] ● Ohne Landeerlaubnis [2220] ● Ein EKG für Trimmel [2234] ● Platzverweis für Trimmel [2260] ● Trimmel macht ein Faß auf [2282] ● Treff mit Trimmel [2274 – April 74]

GORDON M. WILLIAMS ● Die Belagerung von Trenchers Farm [2243]

ROWOHLT TASCHENBUCH VERLAG